KB166494

잊지 못할 내 삶의 한 순간

잊지 못할 내 삶의 한 순간

가재산 외 55명

인디언은 말을 타고 한참 달리다 잠시 멈춰 서서 지나온 뒤를 돌아본다.
영혼이 같이 쫓아 오나 보기 위해서란다.
여기 56명이 지나온 삶의 해상도를 높이기 위해 뒤를 돌아보고 있다.

작가교실

■ 발간사

책과글쓰기대학 회장 가재산

인간개발연구원에서 에세이 클럽으로 시작한 책과글쓰기대학도 어연 15년이 되었습니다. 15주년을 기념해서 제 2문집을 발간하게 되어 너무 기쁘고 감개무량합니다. 책과 글쓰기는 자기가 살아온 삶에 해상도를 높이는 일이라고 했습니다. 5년 만에 발행되는 이 문집은 코로나로 단절되고 멀어져가는 우리들의 마음을 글로나마 마음과 마음을 이어 보고 서로 위로해보자는 생각으로 시작되었습니다.

그러다 보니 참으로 다양한 분들이 참여했습니다. 책과글쓰기대학 정식 회원들 이외에도 미얀마의 유학생, 교수, 아이를 키우는 젊은 주부들은 물론 외부 전문 작가들도 10여 분이 참여했습니다. 이번 문집은 처음 글을 쓰시거나 왕초보 분들이 많아 눈높이를 같이 하거나 조율하기가 어려운 상황인데도 불구하고 서로 격려하고 도와주는 사이에 글들이 많이 좋아지고 다듬어진 것 같습니다.

이번 에세이 문집을 낸 목적은 잘 쓰시는 분들의 글을 자랑하거나 잘 쓴 글들을 발굴하기 위한 것이 아니고 함께 삶의 모퉁이에서 자신을 한번 뒤돌아보는 기회를 갖고자 하는 의미도 있었는데 서로 고쳐 주고 격려해 주고 집단지성을 통해서 다듬는 지혜를 발휘해주신 데 대해 깊은 감사를 드립니다.

특히 이번 문집은 다양한 사람들이 참여했지만, 코로나의 위험을 최소화하기 위해 스마트워크로 진행되었습니다. 1년여 동안 핸드폰으로 책쓰기 교육을 하는 동안 연마해온 실습의 기회를 통해서 한번도 만나지 않고 비대면으로 한 달여 만에 글을 마감하고 총 2개월 만에 출간된 기록을 가지게 된 것도 자랑스러운 일입니다.

인디언들은 말타기를 좋아하는데 한참을 달리다 잠시 멈춰서서 자신들이 달려온 뒤를 돌아다본다고 합니다. 영혼이 같이 쫓아오는지 확인하기 위해서라지요. 에세이는 머리로 쓰는 게 아니라 가슴으로 쓴다고 했습니다. 여기에 실린 글들은 그동안 살아온 삶을 되돌아보면서 고달픈 삶에는 쉼표를, 보람된 일이나 추억에는 느낌표도 찍어보고, 때로는 자신의 삶에 의문을 던져보는 글들이 모인 아름다운 문집이 된 것 같습니다.

송나라 문장가 구양수는 위문 3다(爲文三多) 달라고 했습니다. 즉 많이 읽고, 많이 쓰고, 많이 고쳐야 한다고 했습니다. 이번 문집을 발행하는 동안에 어떤 분은 열 번 이상 수정을 해서 좋은 글로 탄생한 분도 계시고, 어떤 분은 자신의 글이 궤도를 벗어났다고 여러 번 다시 쓰신 분도 계십니다. 이번 문집에 처음으로 참여하신 분들은 앞으로 더 많은 책과 글쓰기를 통해서 전문 작가로 발돋움하기를 기원합니다.

문집이 나오기까지 도와주시고 격려해 주시는 모든 분들께 감사드립니다, 특히 김창송 초대 회장님께서는 늘 격려와 성원의 말씀을 해주셨고, 박춘봉, 정문호 전임 회장님들을 포함한 자문단 어른들께도 후배들을 위해 깊은 관심을 가져주신데 대해 감사드립니다.

특히 글을 마지막까지 예쁘게 다듬고 출간까지 맡아 애쓰신 이채윤 작가님, 양병무 학장님 이하 수고해주신 여러분들께도 감사의 말씀을 드립니다. 문집이 여기서 그치지 않고 계속적으로 다음 문집이 나오기를 기대합니다. 감사합니다.

회장 가재산 드림

■ 격려사

책과글쓰기대학 학장 양병무

2020년은 코로나의 해입니다. 역사는 중세시대 페스트를 기억하듯이 훗날 코로나를 역사의 변곡점으로 기록할 것입니다. 이탈리아 작가 보카치오가 단편소설 데카메론을 통해 1348년을 페스트의 해로 각인시켜 주었듯이 말입니다. 코로나는 우리의 삶에서 많은 것을 바꾸어 놓았습니다. 비대면이 빠르게 일상화되고 있습니다. 책과글쓰기대학도 변화를 외면할 수 없었습니다. 비대면으로 글쓰기와 책쓰기를 진행하는 것이 낯설지 않게 되었습니다. 드디어 비대면으로 50여 명이 참여하는 문집을 발간하기에 이르렀습니다. 기획에서 출간까지 두 달 만에 이루어진 쾌거입니다.

"정말 가능할까요?"

비대면과 스마트워크로 문집을 만들자는 기획안이 올라왔을 때 걱정 반 기대 반으로 시작한 것도 사실이었습니다. 하지만 정확하게 두 달 만에 책이 발간되었습니다. 다양한 분들이 서로 다른 모습의 글을 보내주어서 문집의 내용이 풍성해졌습니다. 어쩌면 이렇게 다양할 수 있을까요? 인공지능시대에 요구되는 능력이 바로 다양성과 공감 능력이라고 하지요. "차이점을 서로 축하해 주자"는 스티븐 코비 박사의 말이 진한 여운으로 다가옵니다. 만나지 않고도 짧은 시간에 50명 넘는 분들이 글로써 소통할 수 있다는 사실이 놀랍고 신기할 따름입니다.

5년 전에 1차 문집이 나왔을 때도 참가하신 모든 분이 놀라며 반가워하였습니다. 이번 문집은 코로나 속에서 진행되었기에 더욱 의미가 있습니다. 다양한 분들의 삶이 각기 다른 각도에서 감칠맛 나게 조명되어 있습니다. 어린 시절 이야기, 청년 때 다니던 직장의 추억, 인생을 바꾼 한 권의 책 등이 흥미롭게 소개되어 있어서 참 재미있습니다. 코로나 블루로 인해 힘든 시절에 문집 속의 메아리들을 보면 많은 위로와 격려가 됩니다. 작가들의 글을 간접적으로 경험하면서 공감하는 기쁨과 성취를 맛볼 수 있어 더욱 좋습니다. 코로나 시대에 끌려가는 삶이 아니라 끌어가는 삶의 저력을 보여주는 탁월한 내용들이 아닐 수 없습니다.

책과글쓰기대학이 15년 전에 출범하던 때가 떠오릅니다. 초대 회장님이신 김창송 수필가께서 "우리가 사막의 기적을 이룬 두바이와 일본 토요타 공장을 견학해서 참으로 유익한 시간을 가졌습니다. 기록하지 않으면 기억할 수 없으니 글쓰기와 책쓰기 모임을 만들자"고 제안하시어 역사가 태동 되었습니다. 이번 문집은 30대에서 80대까지 다양한 분들이 참여하여 세대를 아우르는 책이 되었습니다. 글쓰기가 왕초보인 분도 용기를 내서 글을 썼습니다. 글을 보고 서로가 댓글을 사용하여 격려하고 제안하는 과정을 통해 아름다운 글들이 얼굴을 내밀게 되었습니다. 선배와 후배가 격려하고 위로하고 서로 도와주는 아름다운 공동체의 모습이었습니다.

무엇보다도 원로 회장님들이 솔선수범하여 감동을 주고 있습니다. 김창송 회장님, 박춘봉 회장님, 정문호 회장님은 앞장서서 참여해 주시고 대학을 이끌어주고 계십니다. 또한 가재산 현재 회장님의 열정과 헌신 덕분에 가능한 일이었습니다. 글을 꼼꼼하게 수정하여 문집을 만들어주신 이채윤 작가님의 공로도 잊을 수 없습니다. 특히 소중한 원고를 제출해 주신 작가분들의 적극적인 참여 덕분에 2차 문집이 빛을 볼 수 있었습니다. 수고하신 모든 분께 깊은 감사를 드리며 축하의 말씀을 드립니다. 벌써부터 다음의 3차 문집이 기대됩니다.

감사합니다! 축하드립니다! 기대됩니다! 영원하라. 책과글쓰기대학이여!

| 목차 |

■ 발간사_ 책과글쓰기대학 회장 가재산 04
■ 격려사_ 책과글쓰기대학 학장 양병무 07

제1장 내 삶의 터닝 포인트

자신감을 심어준 교장 선생님 –윤백중 ······················· 17
논어, 로마, 성경을 읽는 기쁨 –양병무 ························· 19
삶의 체험 속에 지혜가 있다 –김봉중 ························· 25
검프의 벤치에서 날아온 운명의 깃털 –신태균 ··············· 30
터닝 포인트도 되지 못한 나의 방황期를 추억하다 –송영권 36
나의 삶을 바꾼 책 한 권 –한영섭 ······························ 40
책을 보는 것만으로 배부른 바보, 간서치(看書稚) –박동순 44
인터넷신문 발행인의 급변환적 삶 –문일석 ················· 48
여행의 꼭지점, 이구아수 폭포 –이진숙 ······················ 52
내 삶의 터닝포인트; 40–40 –박윤미 ·························· 59
귀한 사업을 추진하다 –이승도 ································· 67
제2의 삶을 살게 한 3 · 3 · 3의 지혜 –가재산 ·············· 71

제2장 가족사랑

그래도 희망은 있다 –김창송 ········ 79
막걸리를 사 주신 아버지 –고문수 ········ 83
나의 특별한 구두 한 컬레 –정선모 ········ 87
엄마의 기도가 만들어낸 기적 –문정이 ········ 91
넬리 윤과 돌아온 장고 –이용만 ········ 97
엄마의 자리 –김연주 ········ 104
부치지 못한 편지 –김영희 ········ 109
딸의 미루어진 오로라 여행과 할머니의 염원 –윤석구 ········ 115
아버지의 마음 –이형하 ········ 121
삶에서 나를 관통한 그 어떤 것 –김은경 ········ 126
외삼촌의 따뜻하고 그리운 품 –서은희 ········ 131

제3장 보람된 순간, 보람된 사람

그리운 할머니들 –이전우 ········ 137
긍정의 삶 –정문호 ········ 143
대한독립과 코로나독립만세를 외치며 –노운하 ········ 150

삶의 깊은 수렁에 빠질 뻔했던 젊은 시절, 빛의 사자로
나타나신 선배 –장동익 ······ 157
간판 아저씨 –신미균 ······ 162
초등학교 7학년 시절 –안창호 ······ 165
빛과 같은 긍정의 말 한 마디 –보경 ······ 170
징검다리 하나 –안만호 ······ 175
미얀마에 울려 퍼진 천상의 선율 –오순옥 ······ 179
내 큰 딸도 있어요 –김완수 ······ 184
나의 색소폰 사랑 –이문우 ······ 191
꽃 한송이의 묘비명 –진주희 ······ 196

제4장 잊지 못할 추억

나의 투병기 –박춘봉 ······ 207
추억의 오솔길 –김종억 ······ 212
와우 세상이 없어졌다 –김희경 ······ 216
꿀순이를 그리워하며 –안희영 ······ 220
내 인생을 바꾼 최고의 멘토 이야기 –예진 ······ 225
용의 머리와 뱀의 머리 –노영래 ······ 232

배 곯은 한 끼 –권오인 236
잊지 못할 우동 한 그릇 –이채윤 240
평생 잊지 못할 아름다웠던 나만의 추억 –킨킨탓 246
다섯 번이나 TV 생방송에 출연한 사연 –백영진 250
외삼촌의 따뜻하고 그리운 품 –서은희 131

제5장 행복동행

잃어버리고 싶은 순간의 힘 –이일장 259
이봐, 해보기나 했어 –김흥중 263
북청 물장수가 돌아왔다 물과 화장실의 전설로 –이만휘 269
예초기를 돌리며–예초기 인생론 –구건서 275
잊지 못할 영화 한편–카일라스 가는 길 –한헌 280
매사 급류와 맞섰던 '나의 청년기' –소정현 286
바나프라스타(Vanaprastha)의 삶 –오태동 292
절대와 상대를 오가는 존재, 사랑 –류한영 298
퇴직은 있지만, 은퇴가 없는 삶 –최일수 302
새 아침의 가치 –강득형 306
장애인들과의 행복한 동행 –이은영 311

제1장

내 삶의 터닝 포인트

나무

-박해영

먼저 간 자부터 흙이 되고
흙이 되어야 나무로 돌아간다
나무 하나가 자라고
나무 하나가 잎을 떨구고
제 몸에서 여읜 잎들
눈물어린 눈으로 지켜보고
발가벗은 나무 겨울을 나고
다시 나무에 잎이 돋고
나무 또 자라고
나무 또 잎을 떨구고
낙엽들이 수도 없이 썩어가고
먼저 간 자부터 흙이 되고
흙이 되어야 나무로 돌아간다
얼마나 많은 제 잎을 떨구어야 할까
나무 하나 태어나
죽을 때까지

자신감을 심어준 교장 선생님

–윤백중

초등학교 교사자격증 소지자들의 배치 고사를 보았다. 8대 1의 경쟁이다. 포천에 있는 오래된 학교로 발령이 났다. 정신없이 한 해를 보냈다. 신년 학년 담임과 보직을 발표하는 날이다.

"교직생활 10년에 이 학교 부임한 지도 5년이 지났습니다. 오래 근무한 선생님들도 많은데 부임 2년차 선생님에게 교비와 기성회비 같은 알자 보직을 몰아주십니까? 보직을 받지 않은 선생님도 계시는데요." 3월 초 교직원 회의에서 최고참 선생님의 항의성 발언이다. 다른 선생님들의 의견도 많이 나왔다.

여러 선생님들의 말을 다 들은 교장선생님은 낮은 목소리로 말씀하셨다. "무보직은 임신 등 본인의 사정을 듣고 배려한 것입니다. 윤 선생에게 두 보직을 몰아준 것은 사범학교나 교대 출신이 아닌 상고와 일반 사범대학 출신이란 것도 고려했습니다. 교장으로서 선생님들에게 말씀드립니다. 윤 선생이 일 년 후 여러 업무 처리 등이 선생님들의 마음에 안 드시면 내가 책임지겠습니다." 단호한 말씀에 회의는 무사히 끝났다.

보직을 받았지만 마음이 편하지 만은 않았다. 당시 학교 경리는 단위도 크지 않았고 단순한 단식 부기수준이었다. 미숙한 교사는 교육청에서 실시하는 여러 부서의 전달강의도 받고 보직 수행을 하고 있을 때였다. 일 년 동안 교장선생님의 말씀을 생각하면서 최선을 다해서 열심히 맡은 일을 했다.

한 해가 지났다. 교직원 회의 시간에 교장 선생님은 인사 말씀을 하시며, "일 년 전 정해 드린 보직에 하실 말씀 있으면 말씀하세요." 회의장은 잠시 조용했으나 잠시 후 "아주 만족했습니다."라는 함성이 터졌다. 웃음이 별로 없으신 교장 선생님이 활짝 웃으시며, 여러분 노고의 경의를 표한다고 하셨고, 회의는 순조롭게 진행되었다. 새로운 보직발표 순서에서 또 교비를 맡아달라고 하셨다. 저는 4년제 교육대학 졸업 후 부임한 유능한 선생님도 계시니 선처 바랍니다. 하면서 보직을 내놓는 대신 다른 어떤 보직도 흔쾌히 받겠다는 의견을 말씀드렸다.

새로 받은 보직은 체육이다. 연중 최대 행사인 가을 운동회와 교육청이 주최하는 축구대회를 주관하는 부서이다. 초등학교에서 가을 운동회는 전체 학생과 모든 교사가 참여하는 일 년 중 가장 큰 행사이다. 각 학년 담임선생님의 협조가 절대적인 보직이다. 추석 전후에 하는 운동회는 한 달 전부터 계획을 세워 고학년을 포함해 반별 학년별 모두가 함께하는 운동이다. 교과과정에 맞게 연습을 해야만 하는 어려움이 있다. 담임선생님들의 도움 없이는 어려운 일이다. 학생 규모에 맞는 프로그램도 필요했다. 저학년 고학년의 시간 배정도 잘해야 담임들이 협조한다. 순서지에는 학부모의 참여도 시간대에 알맞게 넣어야 된다. 주어진 예산을 효율적으로 사용하는 것도 필요하다. 총 예산대비 운동

내용에 따른 상품의 배정도 중요하다.

우선 상품을 경기종목에 맞게 안배했다. 다음은 지난 운동회 때 구입한 상품 내용을 보았다. 상품 종목을 가지고 도매로 흥정을 했다. 많은 양은 아니지만, 시골에서 가을 운동회를 하는데, 서울 전국도매상을 찾는 선생님은 처음 본다는 상인도 있었다. 그때는 배달도 안 되어 손수 버스로 운반했다. 도매로 상품을 구매하니 지난해 운동 때 상품보다는 품질도 좋았고 양도 많았다. 같은 운동을 해서 일등 한 고학년 학생들은 상품이 작년보다 많고 품질도 좋다고 기뻐했다. 날씨도 좋아 운동회는 성황리에 끝났다. 운동 후 열린 종합 평가 조회에서 교장 선생님이 금년 운동회는 성황리에 진행되었고, 상품도 같은 예산인데 푸짐했다며 체육 담당자에게 칭찬을 해 주셨다.

매년 봄 교육청 주관으로 축구대회가 열렸다. 체육 담당자의 책임으로 선수들을 선발하고 연습을 해야 한다. 봄이라 해가 길어 수업이 끝난 후에 연습을 했다. 대회 시작 직전에 학교별 조 추첨을 했다. 군내 최강팀으로 해마다 거의 우승을 하는 팀과 예선에서 만났다. 최선을 다했으나 후반 종료 몇 분을 남기고 한 골을 먹었다. 0:1로 패한 것이다. 예선 탈락으로 싱겁게 끝났다. 응원 나온 동료 선생님 보기가 민망했다. 실력도 없이 출전해서 망신만 당했다며 지도교사를 안 좋게 보는 선생도 있었다. 해질 무렵 결승에 오른 팀은 우리와 예선에서 싸운 팀이다. 결승 결과는 3:0으로 완승했다. 우승팀은 우리만 간신이 이기고 다른 팀들과는 결승까지 7:0, 5:0 또는 3:0으로 완승하는 것을 본 후 영평초등학교가 2등 했다고 지고도 즐거워했다.

국가 교육공무원으로 첫 근무지였던 영평초등학교를 찾아갔다. 일진이 좋았는지 교장 선생님을 만날 수 있었다. 전직 교사였다는 설명에 교장 선생님은 손수 차를 타 주시며 반갑게 안내해 주셨다. 아내와 같이 예절 있는 후한 대접을 받았다.

노 교장 선생님은 현재 학생이 60여 명으로 몇 년 후면, 우리 학교와 이웃 영중초등학교, 금주초등학교가 통합된다는 설명을 하셨다. 새로 양문에 신축 교사를 짓고 합치면 영평초등학교는 없어진다고 말씀하셨다. 다행인 것은 영평초등학교는 포천시에서 가장 오래된 학교라 교육박물관으로 될 것 같다는 설명을 하셨다. 이름도 영중면에 영중 금주 영평초등학교가 있는데 세 학교가 통합후 새로운 학교명을 영평초등학교로 정했다고 한다. 통합 신축 교사는 2022년에 준공 예정이란다.

학교 내부를 안내하시며 선생님이 가르치신 교실이 어디냐고 묻기에, 여기라고 말씀드리니 친히 열린 교실 문 쪽을 보시면서 안내해 주셨다. 오십여 년 전에 필자가 가르쳤던 교실을 볼 수 있었다. 5학년 교실을 보면서 그때 가르친 학생도 지금은 환갑이 넘었겠구나 생각하니, 참 세월이 많이 갔구나 하는 생각에 알 수 없는 야릇한 마음이 머리를 스친다.

부임한 지 일 년밖에 안 된 초임 교사에게 학교 살림살이를 다 맡겨 주신 교장 선생님의 깊은 뜻을 평생 잊을 수가 없다. 믿음에 대한 감사함을 마음속 깊이 간직하며 평생의 은인으로 존경하며 살고 있다.

경영학 박사, 한국 문인협회 회원, 국제 펜 한국본부 회원, 전직 교사

논어, 로마, 성경을 읽는 기쁨

–양병무

"나는 누구인가."

"어떻게 살아야 하는가."

인문학의 기본적인 질문이다. 내 전공은 경제학이지만 인문학에 관심을 갖게 되는 계기가 있었다. 30여 년 전 미국 유학을 마치고 귀국한 후 얼마 있다가 언론사에 다니는 친구가 "훌륭한 한학자 선생님이 계시니 논어를 함께 공부하자"고 권유했다. 나는 마음속으로 "지금이 어느 시대인데 논어를 공부하는가"라고 생각하며 정중하게 거절했다. 하지만 선생님을 뵙고 나서 생각을 바꾸어 서당에서 『논어』 공부를 시작하게 되었다.

논어는 공자가 2,500년 전에 제자들에게 한 말씀을 제자들이 편집한 책이다. 동양의 기본이 되는 고전이다. 하병국 선생님은 한학의 정통을 잇는 한학자로서 사서삼경에 능통하신 분이다. 선생님의 지도로 논어를 공부하면서 논어의 매력에 서서히 빠져들었다. 서당에 다녀온 날이면 고전을 공부한다는 자부심과 지적인 배부름으로 가득했다. 논어를 읽고 깨달은 기쁨을 억누를 수 없어 사람들에게 알려야 되겠다는 마음이 생겼다.

서당에 10여 년을 다니다 보니 '서당 개 3년이면 풍월을 읊는다' 는 말을 실감하게 되었다. 인간개발연구원 원장 시절 '행복한 논어 이야기' 라는 제목으로 칼럼을 써서 일주일에 한 번씩 이메일로 회원들에게 보내기 시작했다. 사람들의 반응이 좋았다. 오늘의 시각으로 논어를 바라보고 사례를 들어 해석하면서 고리타분한 옛날 말씀이 아니라 지금도 살아 움직이는 것을 느꼈다. 1년 동안의 자료를 모아 『행복한 논어 읽기』 책을 펴낼 수 있었다. 논어를 읽고 나니 대학, 중용, 맹자, 시경 등 사서삼경이 눈에 들어오기 시작했다. 동양의 역사와 철학을 어느 정도 이해하게 되니 중국인이나 일본인을 만나면 격조 높은 대화를 할 수 있게 되었다.

동양의 고전에 젖어 있을 때 일본인 출신 이탈리아 작가 시오노 나나미가 쓴 『로마인 이야기』가 베스트셀러가 되면서 천년 제국 로마 역사에 대한 관심을 갖게 되었다. 로마인 이야기는 15권으로 된 방대한 책이다. 1995년부터 1권이 발간된 후 시리즈로 책이 나올 때마다 반응이 뜨거웠다. 나는 3권까지는 흥미롭게 읽었으나 나머지 책들은 바쁘다는 이유로 더 이상 읽지를 못하고 있었다. 이때 로마인 이야기 출판사인 한길사 김언호 사장이 의외의 제안을 하는 게 아닌가. "로마인 이야기 책이 많이 팔려서 출판사로서는 감사하게 생각하고 있다. 하지만 이 책의 독자가 주로 대학생을 비롯한 젊은 사람들이 많아서 아쉬움이 있다. 오피니언 리더들이 바빠서 책을 제대로 읽을 수 없으니 책에 쉽게 접근할 수 있도록 로마인 이야기 리더십 코스를 개발하자." 그리고 "우리 민족의 우수성에다 부족한 2%를 로마 역사에서 접목하면 우리

민족은 세계를 리드할 수 있다”는 비전을 제시했다.

2004년도에 인간개발연구원에서 주관하여 리더십 코스가 만들어지고 공병호경영연구소의 공병호 박사를 비롯한 로마인 이야기 마니아 6명과 함께 코스를 개발하여 진행하게 되었다. 6명이 바쁜 사람들이라 2년 이상 지속할 수가 없어서 나중에는 과정을 총괄한 내가 ‘천년 제국 로마에서 배우는 지혜와 리더십’이란 제목으로 강의를 책임지게 되었다. 10여 년 동안 로마 강의로 바쁘게 지냈다. 그 내용들을 모아서 『행복한 로마 읽기』 책을 발간했다. 로마 역사를 통해 서양 세계가 한눈에 들어오면서 그리스 문화, 르네상스 등 서양사를 공부하는 기쁨이 배가 되었다. 서양의 역사와 철학을 이해하고 유럽 여행을 할 때면 아는 만큼 보인다고 서양의 문화 유적들이 더욱 실감 나게 다가오는 것을 느꼈다.

서양사를 공부한 후 자연스럽게 성경에 주목하게 되었다. 나는 기독교 신자로서 교회에 다녔지만, 성경을 자세히 읽지는 못했다. 대부분 일요일에 교회에 출석하여 성경 읽는 것으로 만족하고 있었다. 하지만 15년 전에 당시 숙명여대 이경숙 총장이 새벽 교회에 다닐 것을 진지하게 추천했다. 그때부터 온라인 새벽예배를 매일 드리기 시작했다. 15년 동안 매일 아침 거의 빠지지 않고 듣다 보니 어느덧 성경 전체가 이해되기 시작했다. 설교와 함께 성경 전부를 읽는데 7년 정도의 시간이 걸렸다. 시간의 흐름과 함께 구약성경과 신약성경이 자연스럽게 연결되고 이해되면서 성경을 읽는 기쁨이 커지기 시작했다.

그리스 로마 문화의 헬레니즘과 이스라엘의 히브리즘에 대한 공부도 하게 되었다. 서양철학은 헬레니즘과 히브리즘에 대한 이해가 중요하다. 헬레니즘은 이성이 믿음보다 앞선다. 이성은 믿음과 충돌하기도 한다. 반면에 히브리즘은 믿음과 이성이 함께 간다. 히브리즘의 시각으로 성경을 보면 그렇게 재미있을 수가 없다. 헬레니즘과 히브리즘은 결국 만나게 된다. 이런 내용들을 담아서 최근에 『행복한 성경 읽기』 책을 펴낼 수 있었다.

나는 논어, 로마, 성경을 통해 동양과 서양의 역사와 철학을 폭넓게 공부하는 행운을 맛보았다. 동양과 서양의 인문학의 진수를 공부하는 기쁨은 말로 다 형언할 수 없다. 요즘 유튜브를 보면 좋은 강의들이 참 많다. 동양과 서양의 고전을 소개하는 강의도 상당수에 이른다. 유튜브를 보고 있노라면 배경을 알고 있기에 공부하는 즐거움은 더욱 커지는 것을 느낀다. 공자가 논어에서 "학이시습지불역열호(學而時習之不亦說乎), 배우고 그것을 제 때에 실행하면 기쁘지 아니한가"라고 한 말씀이 더욱 절실하게 다가온다.

행복경영연구소 대표, 책과글쓰기대학 학장, 전 인천재능대교수,
전 재능교육 대표이사

삶의 체험 속에 지혜가 있다

–김봉중

2020년 벽두부터 온 세계가 '코로나19가 일상인 시대' 가 시작되었다. 하늘이 세상에 병을 주기 전에 약부터 준 것일까? 대한민국은 다행이다. 비대면 방식으로도 잘 살아갈 수 있도록 의료환경의 선진화, 첨단의 IT기술에 의한 교육이나 소통수단, 온라인 쇼핑과 택배 채널 등 많은 부분에서 미리 준비시켜 주었기 때문이다.

그러나 코로나19 문제로 관심의 후순위가 되었지만 일자리 문제는 더욱 심각해지고 있다. 소위 4차 산업혁명이 일자리를 급속히 잠식하고 있으며 코로나19의 영향까지 겹쳐서 수많은 기존의 산업이 붕괴되고 있기 때문이다.

결국은 뉴노멀 새 시대가 열리고 있다. 나이와 상관없다. 고령화가 빠르게 진행되면서 건강하고 능력있는 많은 국민이 할 일이 없고 시간이 넘치게 남아서 걱정인 시대가 급속히 다가오고 있다. 정부의 일자리 정책은 귀중한 세금만 낭비하고 있지만 그나마 다행이다. 급속히 넘쳐나는 시간을 응집하여 제대로, 국민 행복으로 연결하려는 노력은 구호조차 찾아볼 수 없다.

나는 평생직장이던 금융기관에서 임원으로 52세에 퇴직하였다. 그 후 17년 동안 변변한 일을 하지 못했다. 오히려 임원 재직경력이 발목이었다. 다행이 첫해부터 블로그를 시작하였다. 블로그는 시간은 많고 일자리는 없고 그런대로 능력은 있다고 생각하는 나에게 알 맞는 체험 기록장였다.

63세이던 6년 전에는 생면부지의 블로그 친구들 15명을 모아서 '시니어 블로거 협회' 를 조직하였다. '능력있고 건강한 시니어들의 지혜 생활 체험기' 를 네이버 카페에 발표하는 공익활동을 시작했다. 그 결과로 협회는 2019년에 서울시에서 비영리 사단법인 허가를 받았고 회원이 곧 2,000명이 될 것으로 보인다.

우리 모든 남녀노소는 '코로나 19' 로 가중되는 비대면 소통, 일자리 없는, 주로 집에만 있어야 하는 시간부자 상황을 전혀 예상하지 못했다. 이럴수록 '실사구시의 체험이 가장 확실한 지혜' 다. 나는 시간부자 시니어 자격으로 협회 회원들과 함께 고민하고 행복했던 시간을 고백하는 책을 쓰고 있다. 유튜브에는 내가 걷고도 또 걸은 걷기 여행 사진을 영상으로 만들어서 '시니어타임스 길 박물관' 채널로 공유하고 있다.

책을 쓰다가 문득 길 박물관 영상이 지나치게 서울 중심이어서 많이 빈약하다는 생각이 들었다. 이에 지난 2020년 10월 1일에는 추석 연휴를 이용하여 동해안 해파랑길 770km 50코스를 걷기 시작했다. 홀로 걷기는 쉬운 일은 아니다. 그러나 홀로라야 내 취향에 맞게 코스를 마음대로 택하고 구경하고, 현지인과 대화하고 어울려서 여행지 문화를 이해하고 추억을 만들 수 있다. 그래서 나는 여행의 백미를 홀로 걸으면서 자유롭게 숙박하는 걷기 여행이라 생각한다.

6일째 걷는 날에 내 말에 공감표를 찍어주는 이벤트가 생겼다. 평창용평리조트에서 하루 4시간×주 5일로 신선놀이 같이 이모작 직장생활을 하고 있는 시니어 지인에게서 전화가 왔다. 오늘 밤 어디에서 묵을 거냐고 묻는다. 포구에서 묵으란다. 숙소로 와서 싱싱한 회로 응원파티를 해주겠단다.

좋은 인연을 선의로 가꾸면 행운이 고구마 덩굴처럼 주렁주렁 이어진다. 그가 내 여행에 도움을 주려고 책 한 권을 들고 왔다. 여행이 다 끝난 후에야 아래 독후감을 써주었는데 지금은 저자와 의기투합하는 친구가 되었다.

지난번 여행 시 주문진 회센터에서 한국액티브시니어협회 김남국 수석 부회장에게서 받은 책이다. 나는 그때 동해안 해파랑길을 통일전망대에서 남으로 6일째 홀로 걷고 있었다. 나의 소식을 페이스북에서 알게 된 그가 응원차 오면서 들고 온 책인데 이제야 완독했다. 이 책의 저자가 강릉에서 해파랑길을 남쪽으로 걸어서 동해안, 남해안, 서해안으로 걸었기에 앞으로의 나의 여정에 참고하라고 가져왔음을 걷기도, 책 읽기도 이미 끝난 지금에서야 깨닫게 되다니 미안하기 그지없다.

바야흐로 걷기 여행 황금시기가 열렸다. 코로나19로 비대면이 일상이 되면서 걷기는 건강과 여행 두 마리 토끼 이상의 의미를 가지게 되었다. 감동이다. 저자는 벌써 2년 전에 우리나라 동, 남, 서해안을 5개월 동안 하루에 28km씩 걸었다. 그냥 걸은 게 아니라 사색, 철학을 하며, 우리나라의 자연 역사 생태를 탐구하여 이 책에 담았다. 아름답다, 그는 여행을 마친 후에 시인, 낭송가, 걷기 전도사로 나섰다. 20년 후 80세에는 60세에 출발한 이런 새 삶을 스스로 칭찬할 수 있도록 더욱 적극적으로 살겠다는 의지에 또 한 번 감동한다. 아름답다.

인간은 의지를 가진 만큼 성장하고 아는 만큼 볼 수 있다. 하지만 이 모든 것은 호기심에 열정이 따라주어야 가능하다. 저자의 끊임없는 호기심의 발동과 실행이 앞으로 저자를 얼마나 변모시키게 될지 궁금해진다. 이 책에 써놓은 우리나라 산천의 아름다움과 사람들의 정, 그의 시구 만으로도 나는 충분하다. 저자를 내가 운용하는 모임에 초대할 이유가 넘친다. 빨리 만나서 서로의 인생을 풍요롭게 하기 위해 자주 소주잔을 기울이는 시간을 가져야겠다."

고성군 통일전망대 입구에서 동해안 해파랑길을 남행으로 걸은 나는 계획보다 많이 걸어서 10일 동안에 19코스 280km 정도를 건강하게 완보했다. 10일째 날 오후 5시 40분에 삼척 버스터미널에서 서울행 버스를 탔다. 걷기에 좋은 2021년 봄과 가을에 10일씩 더 걸어서 전체로 30일 동안에 해파랑길 전체 770km를 완보 종주할 예정이다.

사유는 각기 다르지만 시간부자가 넘쳐나는 이 시대에 내가 '시니어, 시간부자'로서 체험한 것을.

책으로 유튜브 영상으로 공유하는 오늘의 작은 노력이, 시니어에게는 물론 비대면 시대의 시간부자 국민생활에 조금이나마 도움이 되기를 희망한다. 나에게도 후반생 삶의 큰 보람으로 다가오지 않을까….

시니어 블로거협회 회장

검프의 벤치에서 날아온 운명의 깃털

–신태균

여기는 미국 조지아주 사바나 법정. "Paul Shin!" "Yes!" 호명소리를 듣자마자 나는 반사적으로 몸을 일으켜 뚜벅뚜벅 걸어 나갔다. 양손에는 습한 땀 기운이 느껴지고 나의 목소리는 성대를 벗어날 때마다 불규칙한 진동을 보이고 있었다.

1995년 11월 13일 오전 10시 30분. 그 날 나는 미국 남부도시 '사바나'의 다운타운 조지아주 법정에 있었다. 내가 피고인석에 서자 반대편에 서 있는 흑인 모녀가 시야에 들어온다. 한가운데에는 40대 초반쯤 되어 보이는 금발의 백인 판사가 앉아 있고, 빛나는 배지의 경찰 제복을 입은 50대 흑인 경찰이 조서를 읽어 내려간다.

"피고 측 진술하시오."

나는 억울하면서도 동정심을 자아내려는 듯 작은 목소리로 말했다.

"나는 플로리다에서 온 방문객입니다. 제 잘못이긴 하지만 신호가 너무 멀리 떨어져 있어 못 보았습니다."

판사는 담당 경찰에게 당시 상황에 대해 추가설명을 요구했고 경찰은 간략히 답했다. 이어지는 판사의 한마디.

"당신이 양보 표시를 봤어야 했소."

시간이 멈춘 듯, 긴장한 틈새로 적막이 흐른다. 검정색 가운을 입은 젊은 백인 판사가 중저음으로 최종판결을 내린다.

"당신을 벌금형에 처하오."

나는 법정을 빠져나와 복도 사이에 있는 긴 의자에 무거운 물건을 던지듯 몸을 털썩 내려놓았다. 피곤이 몰려왔다. 조지아주 법원 건물은 생각보다 깨끗하다는 느낌을 주었다. 법정은 한 200명쯤 들어갈 수 있을만한 공간에 창문 사이로 빛이 들어와 생각보다 밝았고 뒷문으로는 법정 사람들이 수시로 드나들었다. 바로 앞 사건에서 백인 친구가 2년형을 선고받았을 때 난 마치 지옥 문턱에 서 있는 느낌이었다. '휴우! 다행이다.' 주머니에는 미화 500불이 봉투에 담겨 있었고 그중 100불을 꺼냈다. 법원 창구에 가서 내야 할 벌과금이다.

법원을 도망치듯 빠져나와 다운타운의 버스 정류장 앞 한 벤치에 앉았다. 여기서 세 블록만 가면 항구 선술집 촌이다. '커피라도 한잔해야 하나?' 해변에서 불어오는 싱그러운 바람은 얼굴을 스치고 열대 가로수 이파리들이 깃털처럼 바람에 흩날린다. 찌푸렸던 어제 날씨와는 달리 정오를 10분쯤 앞둔 오늘 날씨는 쾌청하기 그지없다. 거리는 한산하고 노인들도 한가롭게 걸어 다닌다. '도대체 내게 무슨 일이 있었던 거지?' 벤저민 버튼의 시간처럼 내 머릿속의 시침 또한 계속 거꾸로 흘러가고 있었다.

25년 전, 나는 플로리다의 주도(州都) '탈라하시' 에서 연수 중이었다. 플로리다는 미국 대륙 동쪽 최남단에 꼬리처럼 붙어있는 권총 모양의 큰 반도다. 한반도로 비유하자면 탈라하시는 만주 연변쯤 되고 바로 위 러시아처럼 붙어 있는 주가 조지아다. 조지아의 가장 동쪽 도시가 최초의 주도 '사바나' 인데 그곳에서 큰 다리 하나만 건너면 바로 '사우스캐롤라이나' 다.

플로리다에 있었던 내가 왜 이곳 머나먼 조지아 법정에 서야 했던가? 이야기는 다시 2주 전으로 거슬러 올라간다. 10월 24일 금요일 오전 11시 30분, 플로리다 주립대학의 주말 영어수업 종료를 알리는 벨이 울렸다.

"이번 주도 끝났다. 주말은 지역탐사다. 처자식 두고 왔으니 죽기 살기로!" 함께 공부하는 사우디, 태국, 베네주엘라의 젊은 친구들과 인사를 나누자마자 천리마 도요타 캠리를 몰아 조지아를 향해 I-95를 탔다. 5시간을 꼬박 달려야 한다. "중간엔 한 번만 쉬는 거다. 점심은 드라이브스루 픽업! 빅맥 세트에 콜라는 물론 대짜다."

조지아 가는 길은 늘 환상이다. 커다란 호수에, 군데군데 늪지도 있고, 끝이 보이지 않는 목화밭은 물론, 길게 늘어진 장대 같은 갈대밭도 장관이다. 미국 남부의 목가적 풍경에 '내 고향으로 날 보내 주오' 같은 흑인영가까지 틀어 놓으면 영락없는 19세기다. 모두 사진에 담아내야 한다.

애틀랜타를 지날 때면 마틴 루터 킹의 'I Have a Dream'이 생각난다. 이곳에 그의 생가와 무덤이 있어서만은 아니다. 나 또한 꿈을 찾아 이 역만리 이곳까지 오지 않았는가?

사인보드를 보니 곧 사바나 다운타운에 진입이다. 조용하지만 이젠 한물간 항구도시 사바나. 지도를 보며 좁은 길로 들어섰다. 신호등이 잘 안 보인다. 아주 멀리 보이는 게 하나 있기는 하다. 신호를 보고 출발을 했다. 1차선 도로를 빠져나오는 순간, 이게 무슨 일인가? 왼편 시야가 열리면서 4차로에서 수십 대의 차량이 내게 달려드는 것이었다. 난 그때 헐리우드 영화 속에 있었다. 돌진하는 차량들의 클랙슨 소리가 거세게 들려왔다. 아! 나는 지금 질주하는 그 차들을 가로질러 가고 있는 것이었다. 차량마다 굉음을 내며 내 차를 피해가고 있었다. 이젠 브레이크를 밟아서도, 액셀러레이터을 밟아서도 안 되는 상황이다. 나는 서서히 죽음의 블랙홀로 빨려 들어가고 있었다.

"꽝" 하는 소리와 함께 나는 결국 대형 링컨 콘티넨탈 승용차의 옆구리를 정면으로 들이받고야 말았다. 바퀴 휠이 금색인 검정색 세단이었다. 옆 문짝은 완전히 찌그러지고 연기 속 부서진 차 안에서 두 사람이 비명을 지르며 나왔다.

흑인 모녀가 탄 차였고 20대 후반의 딸이 운전을 했다. 짙은 화장을 한 그녀가 울며 소리친다. "You tried to kill me!" 나는 그냥 멍하니 서 있었고 곧바로 경찰이 왔다. 플로리다 번호판을 확인한 후 내게 운전

면허증을 받아 조서를 작성하는 듯했다. 20분쯤 지났을까? 경찰은 면허증과 서류를 주며 말했다.

"곧 법원에서 출두명령이 갈 거요. 조지아 법정에 서야 합니다. 지금은 You're free to go!"

문득 어젯밤이 생각났다. 사고 한 달 뒤 법원의 출두명령을 받아들고 플로리다 탈라하시에서 5시간이나 차를 몰아 이곳 사바나에 오후 9시쯤 도착했다. 법원 근처에 숙소를 잡고 샤워를 했다. 잠을 청하였으나 잠이 올 리 없었다. 애꿎은 법원 출두명령서만 보고 또 보았다.

벌금형일까? 아니면 구류를 살아야 하나? 혹시 판사 질문을 못 알아들으면 어쩌지? 굵은 팔뚝에 문신이 가득한 미국 제소자들과 함께 지내야 한다면……. 아! 나도 모르게 한숨이 터진다. 머릿속에선 오만가지 생각이, 귓가엔 환청이 들린다. "You go to jail, jail, jail!" 이리저리 몸을 뒤척이다 한잠을 못 자고 새벽을 맞았다.

그 후 25년! 어느덧 스물다섯 해가 훌쩍 흘러버린 오늘 나는 수업을 마치고 성균관대학교 후문 앞 벤치에 앉아 마을버스를 기다리고 있다. 입사 13년 차에 미국 지역 전문가로 연수를 떠났고 6년 뒤 다시 보스턴에서 MBA 유학길, 임원이 되어 다시 16년. 최고경영자 시절을 끝내고 이젠 육십이 너머 성대에서 동양철학을 공부하는 늙은 학생이 되어 학교 앞 벤치에 앉아 있다. 25년 전 사바나 벤치의 그때를 추억하면서… 그 당시 어찌 지금과 같은 노년의 학교 생활을 눈꼽 만치라도 예상했으랴.

당시 내가 법원을 빠져나와 앉아 있던 사바나 타운의 그 벤치는 영화 〈포레스트 검프〉에서 주인공 검프(톰 행크스 분)가 자신의 과거를 회상하며 142분간 내내 앉아 있던 바로 그 벤치였다. 영화 포스터의 그 벤치 말이다. 25년 전의 그 날처럼 스산한 바람에 낙엽 한 장이 날아와 깃털처럼 어깨에 앉는다.

영화에서 흰색 정장 차림의 검프는 무릎 위에 초콜릿 상자를 들고 엄마가 들려준 말을 꺼낸다.

"인생은 초콜릿 상자와 같은 거야. 네가 무엇을 고를지는 아무도 모른단다."

그날 내가 앉았던 벤치에서 날아갔던 그 운명의 깃털이 25년을 돌아와 오늘 다시 내 어깨 위에 내려앉는다. 앞으로 25년 후 나는 또 어떤 모습의 인생을 살고 있을까?

한국뉴욕주립대학교 석좌교수, 칼럼니스트, 전 삼성인력개발원 부원장, 한샘 사외이사

터닝 포인트도 되지 못한 나의 방황期를 추억하다

–송영권

우선, 내가 고등학교를 졸업하고 대학 갈 형편이 못되었을 때 이야기부터 하련다. 나는 진학을 포기하고 다른 궁리를 하고 있었다. 그해 봄에 국가공무원 9급(당시에는 5급을) 공채시험을 보았다. 하릴없는 사람처럼 우두커니 시간만 죽이고 고시 임용을 기다릴 때이다. 남들은 내가 왜 갑자기 그렇게 멍청해져 있는지 의아해할 정도였다. 그때 나는 멍청해 있던 것이 아니라 오히려 많은 책을 읽었다. 빠라빠리하고 밖으로만 쏘다니던 내가 뒹굴뒹굴 굴러다니며 책만 읽고 있으니 집안 어른들도 이상하게 볼 정도였다. 하지만 그때 나는 많은 책을 읽었다.

그때 읽은 책들을 떠올려 본다.

임어당의 『생활의 발견』, 카네기의 『인간관계론』, 앙드레 말로의 『인간의 조건』, 『채근담』, 쇼펜하우어의 『인생론』, 마키아벨리의 『군주론』을 읽었고 D.H. 로렌스의 『채털리 부인의 사랑』도 읽었다. 왜 이런 것을 소개하는가. 자랑? 천만에! 아래의 이야기를 통해서 능히 알아차릴 수 있으리라.

그러고 나서 1974년 3월 고용노동부(당시에는 노동부)로 발령을 받아 서울 종로구 관수동에 소재하는 서울중부지방사무소에 배치되었다.

아무런 배경도 없었지만, 시험성적이 좋아서 서울 그것도 지방 관서 중 서열 1번인 곳에 발령받은 것이라고 나중에 전해 들었다.

충주 촌놈이 느닷없이 서울 그것도 종로 중심가에서 직장생활을 하자니 어설픈 게 많았었다. 그렇게 어리바리하게 공직생활을 시작하였으나 2년쯤 되니까 눈에 보이는 게 있었고 회의를 갖게 되었다. 엄격한 잣대를 들이밀 때 결코 도덕적이지 못한 것이 보였고 이슬비에 옷 젖듯이 나도 동화되는 것을 알아차리면서, '이것은 아니다' 라는 생각에 사표를 내던졌다. 사표와 함께 공무원증을 반납하고서 혼자 종로 2가에서 3가, 4가, 5가를 걷는데 그렇게 허전할 수 없었다. 그 뒤 회유(?)에 못 이겨 고향인 충주로 발령받아 공직생활을 이어 갔다.

다시 청주로 발령받아 근무하던 중 1979년 가을에 결혼을 하였고 공직생활은 그대로 이어졌다. 그런데 한 2년쯤 되었을 때인가, 내 삶에 대한 회의가 다시 찾아왔다, 신혼생활에 부족함이 있어서가 아니고 나의 이상과 미래에 대한 생각을 하게 되면서, 현실과의 괴리로 인한 회의를 갖게 된 것이다. 이렇게 그냥그냥 필부로 살 것인가를 생각하게 된 것이다.

그러면서 생각해 보았다. 과연 어느 직업이 나의 이상에 맞을 것인가. 공직은 하위직에 불과했었고 승진해 봤자 일선 기관장일 테니 양에 차지 않았다. 그럼 정치? 그것도 아니었다. 5공 초기였는데, 그쪽도 내가 갈 곳이 못 되었다, 그 뒤 대학교수, 성직까지 생각해 보았으나 모두가 오염되어 있어 내키지 않았다. 엄청난 사회적 지위와 명예를 바라는 것이 아니었다. 남자로 태어나 족적은 남겨야 할 것이고 도덕적으로도 부끄럽지 않아야겠다는 생각이었다.

그래서 혼자 나섰다. 먼저 괴산 장연면에 있는 각연사를 찾았다. 당시에는 자가용이 없어서 시외버스를 이용할 수밖에 없었고, 버스에서 내려 한참을 걸어야 했다. 주지스님께 그냥 하루 묵었다 가겠다 하며 허락을 받아 깊은 산중의 싸늘한 바람도 쐬고 하늘의 별도 올려다본 후 자리에 누워 생각을 정리하려 했으나 잠만 자고서 아침을 맞았다. 그러고서 집으로 왔다.

그 뒤 청주는 물론 도내에서 신망받는 어느 지도층 인사를 집으로 찾아뵈었다. 물론 도덕성도 갖춘 분이기에 선택하였다. 지금 생각해 보면, 일면식도 없는 입장에서 무슨 배짱으로 그리했는지, 반갑게 정중히 맞아 응대해 주셨으나 역시 내가 원하는 답을 얻지 못하였다.

다시 그해의 겨울이었다. 낮부터 함박눈이 엄청나게 쏟아졌다. 퇴근하여 저녁을 먹고서 혼자 집을 나섰다. 살고 있던 아파트 뒤에 있는 초등학교 운동장으로 갔다. 정강이가 거의 다 묻힐 정도로 눈이 쌓인 운동장을 뛰어다니며 울부짖었다. 하늘도 보고 들었을 텐데 답하지 않았다. 야속하고 답답도 했다. 한참을 그러다가 집으로 돌아와 노트와 펜을 들고 책상 앞에 앉았다. 나만의 기도문을 쓰기 위해서다. 잠시 후 다음과 같이 짧은 기도문을 완성하였다.

"주여! 오늘도 이 아들에게 건강과 지혜를 주시어, 사랑과 인내와 용기로 당신과 함께 할 수 있도록 도와주시옵소서"

아버지의 인도로 초등학교 때 세례를 받은 천주교 신자였으나 평소 기도는커녕 주일도 제대로 지키지 않았으면서 하느님을 찾은 것이다.

그분께서 어이없어 하셨을 것이다. 여하튼 위와 같이 나만의 기도문을 만들어 고희를 앞두고 있는 지금까지 아침저녁 잠자리에서 혼자 마음 속으로 기도해 오고 있다. 여전히 신앙생활은 제대로 않으면서 습관처럼 말이다. 저 기도문 속에 내 삶의 키워드가 들어 있다. 건강은 기본이고 지혜, 사랑, 인내, 용기이다.

이런 과정을 거친 내가 어떻게 살고 있는가? 별것 아닌 듯하나 그렇지만도 않다. 100세 시대에 맞추어 공직에서 정년 10년을 앞두고 나와 공인노무사 개업을 하여 지금껏 활동하고 있고, 이순의 나이를 넘어서는 그것에 그치지 않고 따뜻한 시낭송 등으로 외롭고 고단하고 아파하는 우리 이웃을 위로하는 활동까지 더하여 소위 3모작을 하고 있는 중이다.

젊은 시절에 방황은 하였으면서 답은 찾지 못하였으나, 이렇게 늘 기도하는 마음으로 살고, 사람과 일에 정성을 다하다 보니 이나마 살고 있는 것이 아닌가 한다. 지금껏 살아오면서 온갖 고난을 겪었고 재산이나 사회적 지위도 얻지 못하였으나, 더 바랄 게 없을 정도로 모든 것이 만족스럽고 그저 감사할 뿐이다. 주머니는 비었어도 또래들이 나의 삶을 부러워하고 칭송하니 자랑스럽기까지 하다. 이른바, 자존감 100%이니 이만하면 족하지 아니한가.

젊은 시절의 방황이 터닝 포인트는 되지 못하였으나 지금의 결과에 조금이라도 영향을 끼쳤을 테니 부질없는 것이었다고 치부할 것은 아닌 것 같다. 나는 내가 자랑스럽고 사랑스럽다.

시인, 시낭송가, 공인노무사, Echo 에코시낭송클럽 회장,
100세 준비코치, 노무법인 더휴먼 원장

나의 삶을 바꾼 책 한 권

–한영섭

나는 초등학교 5학년 때부터 철봉, 평행봉 운동을 하면서 몸을 다졌다. 중학교 3학년 무렵에는 철봉, 평행봉, 텀블링 대에서 자유로운 새처럼 훨훨 날았다. 낮에는 철봉에 매달리고 밤에는 주먹과 발차기로 샌드백을 때리고, 역기를 들었다. 그때 나는 한창 힘이 뻗쳐 뭐든지 손만 대면 부술 듯한 느낌이 들었었다. 주변의 친구, 선후배들에게 내 몸은 흉기가 되어 가고 있었다.

중학생 처지에도 자주 집을 나와 부모님들이 안 계신 친구들 집을 전전하며 서로 의리의 사나이들이라고 의기투합하면서 동네 싸움꾼이자 말썽쟁이가 되어 갔다. 집 나간 나를 누이가 주먹 쓰는 대선배들에게 부탁하여 나를 잡으면 혼내달라고 부탁할 정도로 심각한 상태였다. 나는 그렇게 뒷골목을 배회하며 중학교를 마쳤다.

고등학교 1학년 때였다. 멋진 학생용 구두를 사서 신고, 텀블링 뜀틀을 크게 한 바퀴 원을 그리며 돌아 착지하다가 그만 사고를 치고 말았다. 발을 헛딛어 오른 발목이 금이 가고 말았다. 많은 친구들 앞에서 잘난 체하다가 사고가 난 것이었다. 그야말로 원숭이가 나무에서 떨어진 격이다.

동네 한의원에서 피를 뽑고, 결국 정형외과에 가서 깁스를 하고 말았다. 집 앞이 바로 학교인데도 가지 못하고 집에서 쉬어야 했다. 매일 만나던 친구들도 못 만나니 많이 심심했다. 하지만 인생만사 새옹지마(塞翁之馬)라 했던가! 그것이 나를 돌아보는 좋은 기회가 되었다. 누이 친구가 턴테이블에 LP판을 가져다주어 많은 클래식 음악을 듣기도 했다. 그때 나는 내 인생의 책을 만나게 되었다.

누이 친구는 카네기 전서 중『인생의 길은 열리다』라는 책 한 권을 가져다주었다. 무심코 책장을 펼치던 나는 점점 그 책에 빠져들고 말았다. 그 책에는 내가 그간 걱정하고 있던 것을 생각하게 하고, 전혀 인생의 방법론을 알지 못했던 것들이 소상하게 나와 있었다. 앞으로 어떻게 살아야 하는지 길이 희미하게나마 알 수 있었다.

모르는 단어는 국어사전을 찾아보고, 그래도 이해 안 가는 용어와 구절은 따로 적어서 나중에 선생님께 물어보기로 하고 노트에 정리하였다. 나는 정말 그 책을 열심히 읽고 정리했다. 두 번 세 번 다시 읽어보고, 나중에는 빌린 책이지만 줄을 그어 중요한 부분을 체크하고, 또 다시 읽으면서 밑줄 친 부분을 노트에 다시 일일이 정리해 두었다. 열 번 정도 읽으니 몰랐던 단어와 구절도 저절로 이해가 되었다.

고등학교 1학년 후반기 한 달을 쉬고 다시 학교에 갔을 때는 아예 내 인생 좌우명 10가지, 십계명을 두꺼운 종이에 써서 스카치테이프로 십계명이 헤어지지 않게 꽁꽁 싸매 두었다. 이 십계명을 항상 주머니와 가방에 갖고 다니면서 숙독하고, 외우며 정신적인 것은 물론이고 실천하고자 노력했다.

첫 번째 계명이 "부모님을 공경한다"였으니 그야말로 부모님이 가장 좋아하실 정도로 효도하는 모습으로 변화되었다.

두 번째가 "항상 감사하며 웃자"로 긍정의 자세를 갖도록 하는 습관을 만들었다. 이후 나는 과거 함께 놀던 친구들을 찾아가 "미안하지만 이후부터 난 공부를 하기로 했다"면서 "이곳에는 다시 올 수 없다"고 선언하게 되었다.

세월이 항상 이 십계명대로 지켜지지는 않았지만, 주변 친구들과 집안의 식구들이 "야! 많이 변했다"라고 할 정도로 변한 것이다.

지금 돌이켜 생각해 보면, 당시 다리를 다치지 않고, 그러한 인생의 책을 만나지 못했더라면, 그리하여 부랑배 같은 친구들과 지속적으로 어울렸다면 어찌 되었을까? 청춘의 그 중요한 시기에 싸움질이나 해가며 공부와 멀리 하고, 나 스스로를 쓰레기통에 버리게 되었지도 모른다고 생각하니 아찔한 생각이 들곤 한다.

당시, 무서움이 없던 시절에 인척 중에 한 분은 나에게 프로권투나 레슬링을 권하면서 자기가 매니저로 해 주겠다는 제안을 한 적도 있었을 정도였다. 나 스스로도 운동이 체질에 맞는 거 아닌가 생각했던 시절이었다.

그런데 깁스를 하고 한 달 동안 누워 있으면서 사귀던 친구들과 멀어지고, 인생의 길을 열어 주는 좋은 양서가 내 인생길을 바꾸어 준 것이다. 한 권의 책이 나의 자아를 일깨워 주는 시간이 되었으니 얼마나 훌륭한 선생 아니겠는가.

지금에서야 돌이켜 생각해 보면 중고등시절 누구라도 때리다가 사고가 났거나 경찰서나 교도소를 들락날락했더라면 정말 나의 현재는 어떻게 되었을까 상상만 해도 아찔하다.

당시에는 누가 맞아도 경찰서에 신고도 없었고, 유야무야 되거나 학교에서 정학이나 맞는 정도였었는데, 그 당시 큰 사고로 이어져 퇴학을 맞았거나 했다면 참 어려운 상황으로 갈 수 있었을 텐데, 그 질풍노도(疾風怒濤)의 시기에 책 한 권을 만나 내 인생의 의미를 찾아간 것은 참으로 다행스러운 일이 아닐 수 없다.

인간개발연구원 원장

책을 보는 것만으로 배부른 바보, 간서치(看書痴)

–박동순

나는 유난히 책에 대한 욕심이 많은 편이다.

어릴 적부터 책 읽기를 무척 좋아했지만, 우리 집에는 책이 귀한 편이었다. 학교에 입학하기 전에는 표지가 찢겨나간 동화책을 외울 정도로 읽고 또 읽고는 또래들에게 살을 덧붙여 신나게 이야기해 주기도 했다. 학교에서 배우는 교과서도 누나와 형이 썼던 것을 물려받다 보니 약간의 낙서나 밑줄이 그어져 있기도 했다. 내가 공부 시간에 일어나 책을 읽을 때는 개정판에 최신화된 통계 숫자가 바뀐 부분을 선생님이 고쳐주셨던 기억이 있다.

국민학교 4학년이 되면서부터 책을 많이 읽을 수 있다는 생각에 독서 감상문을 쓰는 특별활동부에 들어가게 되었다. 친구들이 운동장에서 뛰어놀 시간에 도서실에 남아 책에 빠져드는 게 무척 뿌듯했다. 휴일이나 방학 때는 집에 있는 몇 권의 책들을 앞에서부터 읽고, 다음에는 뒤에서부터 읽고, 나중에는 중간중간 집히는 대로 읽고 또 읽었다.

중학교에 가서야 제대로 된 도서관을 만날 수 있었다. 도서관은 나에게 새로운 세상이었다. 세상이 책이 이렇게 많다는 게 놀라웠다. 닥치는 대로 책을 읽을 수 있었다. 그리스 로마 신화에서 신들의 이름을 줄

줄이 외우는 게 참으로 재미있고 신기했다. 나는 특히 문학과 역사 분야가 흥미로웠다. 그러나 취업을 목표로 실업계고등학교를 진학하면서 독서에 대한 꿈은 차츰 멀어지는 듯했다.

직장을 갖게 되면서, 나는 봉급을 탈 때마다 꼭 책 한 권씩을 구입해야겠다고 결심했다. 당시의 사회 흐름에서 빠지지 않기 위해 베스트셀러도 샀고, 주변에서 책 소개를 받고 읽어봐야겠다는 생각에 메모해 두었던 책을 사서 읽었다. 부서장을 할 때는 어김없이 직원들에게 생일 선물로 책을 사 주었다. 함께 직장 생활하는 후배들에게 내가 읽은 책을 소개해 주기도 했고, 그들도 봉급을 타면 매달 한 권씩의 책을 사서 읽도록 권하기도 했다. 나는 틈틈이 독서 후에는 책의 내용을 메모해 두는 습관을 붙여 나갔다. 그래야 그 책을 다 읽었다는 생각이 들었다. 일종의 책을 '정복했다' 는 느낌을 즐겼다.

결혼하면서 신혼 살림집에서 가장 많은 짐은 책이었다. 직장의 특성상 이사를 자주 다니게 되었는데 가장 큰 문제가 책이었다. 학생 때의 전공 서적을 비롯해서, 직장의 교육기관 교재들까지 모두 싸 들고 다녔다. 이사를 앞두고는 지금처럼 포장이사가 없어 박스를 구해다가 모든 짐을 며칠 동안 꾸려야 했다. 이때 책을 챙기는 것은 늘 내 몫이었다. 엘리베이터가 없었던 아파트의 좁은 계단으로 책 박스를 메고 수십 번을 오르내렸던 기억은 지금도 흐뭇하다. 어떤 때는 집이 좁아 책 박스를 아예 풀어놓지도 못하고 꼭 필요한 몇 권의 책만 꺼내놓기도 했으나, 여전히 새로 사는 책으로 숫자는 늘어 갔다.

지금도 내 집에는 책이 많다. 내 방 세 면의 벽은 책으로 빼곡하다. 손만 뻗으면 책이 닿을 수 있도록 배치를 해 두었기 때문에 언제나 볼 수 있다. 나는 이 공간에 머무는 것이 가장 행복하다. 예전에 읽었던 책을 꺼내 보면 그 시절로 시계를 되돌리는 것 같은 행복한 착각에 빠져들기도 한다. 어떤 때는 비상금이 책갈피에서 나와 횡재를 한 적도 있다. 책 좀 버리라는 가족들의 잔소리를 견디어 낸 내가 자랑스럽다.

이사할 때 보니 내 방에서 짐을 꾸리는 분이 가장 수고를 많이 하시는 걸 보았고, 무게 나가는 책 박스만 해도 1톤 트럭으로 부족할 것 같았다. 우리 집은, 아니 내 방은 이삿짐센터의 기피 대상이 될 것 같다는 생각이 든다. 그럼에도 불구하고 그래도 내가 믿을 것은 책밖에 없는 것 같다.

그래도 여전히 나는 한 달에 두세 번 책을 산다. 신문이나 SNS를 하다가도 책을 소개하는 데서 눈에 띄는 책을 메모해 두었다가 한꺼번에 모아서 산다. 귀가 얇다고 평을 받는 나는 누가 감명 깊게 읽었다고 하면 사고 싶은 생각에서 빠져나올 수가 없게 된다. 어떤 책은 도서관에서 빌려 보았는데 다시 한번 읽고 싶어서, 또는 내 책으로 영원히 소유하고 싶어서 사기도 한다. 한번은 책을 사서 앞부분을 읽고 있는데 페이지를 넘길수록 익숙해짐을 느꼈다. 책장을 꼼꼼하게 살펴보니, 아뿔싸 얼마 전에 읽었던 똑같은 제목의 책을 사서 또 읽고 있었는데 밑줄 긋는 것도 거의 같은 데 놀라 혼자 웃을 수밖에 없었다.

나는 사실 몇 권의 책을 출간했다. 내 이름으로 세상에 책을 내놓는 일은 참으로 가슴 벅찬 일인 동시에 무거운 압박감을 느끼게 했다. 망설이는 나는 출판사의 부추김으로 얼떨결에 책을 내놓게 되었다. 출판사는 내게 이런 귀띔을 주었다. "저자가 된다고 세상이 달라지거나 사람들이 다르게 대하지는 않을 겁니다. 그리고 모든 책이 베스트셀러가 되는 건 아닙니다." 내가 만난 누군가는 "책은 독자의 시간과 돈이 아깝지 않아야 한다."고 일침을 주기도 했다.

작가가 되고 나는 여행을 하거나 누구를 만나러 갈 때는 내 책을 두어 권 가방에 챙겨 간다. 어떤 때는 그냥 갖고 돌아온 때도 있다. 책은 대하는 것은 그 사람의 인생을 만나는 것이므로 책을 건네는 것이 마음에 내키지 않을 때도 있기 때문이다. 다음에 책을 낼 때는 좀 더 멋지고 완벽한 책을 세상에 내놓고자 한다. 그러나 세상에 완벽한 책이란 있을까? 하는 생각도 든다.

나는 근사한 서재를 갖고자 한다. 정년퇴임 후에 나는 볕이 잘 드는 창가에서 돋보기를 콧등에 걸치고, 책을 읽다가 졸고 졸다가 읽기를 거듭하는 행복을 누리고 싶다. 아니면 책장에 빼곡한 책들을 쳐다보는 것으로도 흐뭇한 '간서치(看書痴)'로 살고 싶다. 내 서재에서 새롭게 쏟아지는 미래의 책도 실컷 만나고 싶고, 한번 읽었던 과거의 책들도 또다시 만나고 싶다. 내 소박한 책장에서 세상을 먼저 고뇌하며 살았던 수많은 인생들이 나의 손길과 눈길을 향해 소리치고 있다. 그들이 내게 손을 내밀어 맞잡고자 외치는 아우성 속에 나는 파묻혀 있다. 그래서 나는 행복한 책 욕심쟁이다.

한성대 교수, 〈내인생 주인으로 살기〉 저자,
군사편찬연구소 국제분쟁사부장

인터넷신문 발행인의 급변환적 삶

–문일석

인터넷신문 발행인으로 3대 뿌리론이라는 지론을 갖고 있다.

"나의 뿌리는 바람이고, 태양이고, 녹색이려니…"

알렉스 헤일리의 소설『뿌리(root)』가 있다. 노예로 살던 흑인들의 삶이 촘촘하게 묘사돼 있다. 필자(1952년생)도 나의 루트를, 수필(隨筆=붓 가는 대로)적 접근으로 펼쳐본다.

나의 뿌리는 시골-대 이은 농부 집안이다. 나는 전남 담양군 수북면 풍수리 700번지에서 태어났다. 이 마을은 500여 년 정도 이어온 문씨 집성촌이다. 마을 앞에 평야가 있고, 2km쯤 떨어진 곳으로 영산강이 흐른다. 3km쯤 떨어진 북쪽으로 병풍산-3인산이 있다. 평야에는 1년 내내 풍광이 가득했다.

부친 1세대-나(문일석은 둘째 아들) 2세대-아들 3세대로 이어진다. 부친은 대대로 이어온 농사꾼 집안의 농부였다. 전통적으로, 벼농사를 지으며 살았다. 지게도 짊어졌었다. 벼 베기도 했다. 탈곡도 했다. 그러하니 나는 100% 시골 촌놈 출신이다. 온 영혼, 온몸이 촌놈 출신이다. 그런데 나로부터 커다란 질적인 변화가 시작됐다. 농경사회, 나의 이전 조상들은 대대로 농부였다.

난 어릴 적에 아버지한테 무척 두들겨 맞으며 자랐다. 아주 어릴 적, 나는 구타를 당하면서 "하나님이 있다면 아버지를 데려가 달라"고 기도했다. 그러나 응답이 전혀 없었다. 아버지는 무질서한, 동물에 버금가는 나를 매질로 다스렸으리라.

난 문씨 집성촌 출신으로, 문씨의 한 사람으로, 토종 문씨였다. 문중 출신 가운데, 고향인 시골, 담양에 있는 농업(실업)고등학교를 처음 졸업했다. 나의 시대부터 비로소 현대문명 사회에 진입한 것이다. 이때 태어난 게 행운이었다.

농업계 고등학교에서 농업의 여러 가지를 학문으로 공부했으나 전형적인 아버지 농사꾼의 맥, 그 뒤를 잇지는 못했다. 그럼에도 나는 19세까지 소년 농부였다. 그 후 탈농촌 했다. 서울로 상경할 때 나의 주머니에는 당시 돈 3천 원이 들어있었다. 극 극빈자였다. 서울에 올라와 겨우 대학을 졸업했다.

농부 출신으로 기자-작가-시인, 그리고 첨단 인터넷 신문사인 브레이크뉴스의 발행인까지 됐다. 몇 주간신문의 편집국장을 거쳐 주간신문인 〈주간현대〉, 〈사건의 내막〉 발행인으로 23년 세월을 보냈다. 농사꾼 출신으로 허구 헌 날 볼펜, 타자기, 컴퓨터 자판과 함께 살아왔다.

현대 자본주의의 심장인 미국 뉴욕의 맨해튼에서도 5년여 살아봤다.

전통 농부의 삶이 급변환, 변동하는 삶의 연속이었다. 눈 뜨면 변하는 급변환 시대, 이런 시대에 정착하느라 쉼 없는 노력이 가해졌다. 속도 빠른 급변환의 시대라 이후 얼마나 변환할지 모른다.

내 막내아들(여기에서 막내아들을 거론함은 질적 변환에 따른 언급)은 아마 나의 뒤를 이어 집안 처음으로 서울대를 졸업하고, 4년 전 미국 위스콘신 주립대 박사과정(생명공학)에 입학, 현대-첨단 문명 시대를 살아가고 있다. 지난해 위스콘신주립대학에서 석사과정을 마치고, 박사과정을 이수 중이다. 필자 전후 3대, 그 가운데 3대 시대인 그의 세대는 과연 어떤 질적인 변환이 이뤄질까? 궁금해진다.

나의 DNA 속에는 농사꾼 기질이 살아있을 것이다. 조상 대대로 그 뿌리가 농사꾼이었으니까. 마찬가지로 내 아들들, 그들의 DNA 속에도 평야의 풍광기질이 자연스럽게 이어지고 있을 것이다. 나의 부모 세대로부터 3대째인 아들 세대는 과연 어떤 변환, 어떠한 새 세상이 열리게 될까? '자유로운 우주여행' 시대에 살 수 있을지도 모른다.

지인인 허유 화가(전 교수)는 '겨우 삼류 인생' 인 오늘의 나에 대한 평에서 "호남 출신 신명문가" 라고 추켜세우면서 "장수해서 명예와 부를 향유하라" 고 권면했다. 정헌석 박사는 "악조건 환경에서 신분 상승을 도모했다" 면서 '피땀 어린 노력' 을 칭찬해줬다.

농사꾼 출신 무지렁이-알거지를 '신분 상승' 시켜준 미국식 자본주의여 고맙다. 자본주의여 진정으로 고맙도다! 들판의 바람과 그 들판을 비추인 태양, 그리고 들판에 자란 녹색 벼-보리, 그런 원초적인 것들이 원래 나의 고향이었으리라. 나의 뿌리에 해당된다.

그러하니 바람처럼, 태양처럼, 녹색 식물처럼— 의연하게 살아가면 된다. 아! 나의 뿌리는 바람이고, 태양이고, 녹색이려니……. 나 남아있는 존명의 기간, 나의 뿌리였던 바람과 햇볕과 녹색을 흠모하며 살아가리다.

* 〈집필 후기〉 필자 개인의 삶, 하류 인생인 그저 그런 인생인, 미미한 족적이, 누군가의 삶을 비교하는 거울이 될 수 있기를 바란다.

시인, 브레이크뉴스 발행인

여행의 꼭지점, 이구아수 폭포

-이진숙

여행은 폭포수처럼 콸콸콸 넘치는 활력소다. 물벼락처럼 쏟아지는 감동이다. 영혼의 속살까지 떨리는 설레임이다. 내가 살아가는데 필요한 에너지원이다. 삶의 여백을 풍성하게 채워 주는 멀티비타민이다. 마음의 근육을 키워 주는 워밍업이다. 마음밭에 뿌리는 행복의 꽃씨다. 꿈의 다리를 이어주는 일곱빛깔 무지개다. 그래서 오늘도 나는 여행을 꿈꾼다.

문득 수박씨처럼 붉은 일상에 박혀서 답답함을 툭 뱉어내고 싶을 때, 인생의 맛도 멋도 못 느끼는 호박씨를 깊은 맛으로 까먹고 싶을 때, 무료한 일상을 누룽지처럼 고소하게 긁어먹고 싶을 때, 쥐 나는 생각들을 쥐포처럼 노릇노릇 구워 먹고 싶을 때, 질겅질겅 씹고 있는 고독을 풍선껌처럼 불고 싶을 때, 심심한 권태를 짭조름하게 조리고 싶을 때, 우울로 반죽한 가슴이 빵처럼 부풀어 오를 때, 삶의 무게를 가볍게 스카프처럼 두르고 싶을 때, 허망함의 두께를 훌훌 벗어 버리고 싶을 때, 세상으로부터 버림 받은 것 같은 숨 막히는 고요가 밀려올 때, 마음의 나사를 조이고 조여도 자꾸만 느슨해질 때, 울긋불긋 단풍잎 감성으로

물들고 싶을 때, 한쪽 가슴이 가을 낙엽처럼 우수수 쏟아져 내릴 때, 황량한 바람이 뼛속 깊이 파고들 때, 꺼져가는 정서에 꽃잔등 하나 달아 주고 싶을 때, 지친 생각 다친 마음을 토닥토닥 안아 주고 싶을 때, 잘못 끼워진 생각의 단추 바로 잡아 풀어 주고 싶을 때, 칙칙한 마음을 표백제에 담가 하얗게 빨고 싶을 때, 꼬리표처럼 따라다니는 잡념을 세탁기에 돌리고 싶을 때, 박하사탕 같은 쉼표를 깨물어 먹고 싶을 때, 방전되는 가슴에 느낌표를 달아주고 싶을 때, 별같이 많은 물음표에 마침표를 찍어주고 싶을 때, 고삐 풀린 망둥이처럼 쏘다니고 싶을 때, 풀죽은 양어깨에 풍선을 매달아주고 싶을 때, 바람 낀 바람구두 신고 훨훨 날아가고 싶을 때, 시시때때로 색이 변하는 색종이 같은 감정을 색칠하고 싶을 때, 갑자기 믹스커피처럼 달달한 휴식이 그리울 때, 수채화 같은 추억 한 잔 마시고 싶을 때, 눈빛 해맑은 나를 만나고 싶을 때, 남몰래 비밀스런 꿈 하나 간직하고 싶을 때 그럴 때마다 수시로 나는 여행을 꿈꾼다.

여행은 계획을 세우고 스케줄을 잡을 때부터 설레인다. 스케줄을 잡고 나면 미리미리 트렁크에 짐을 싸면서 여행 갈 생각에 들떠서 콩닥콩닥 잠 못 이룬다. 여행의 묘미를 흠뻑 즐기고 와서도 그 짜릿한 여운으로 오래오래 행복하다. 그래서 여행은 가도 가도 즐겁고 간 데 또 가도 새롭고 여행지에서 돌아오자마자 또 가고 싶어서 안달하는 여행 중독자가 되어 간다. 그동안 나는 바쁜 일상에 묶여서 다니지 못했던 여행을 한꺼번에 몰아서 2, 3년 동안 정신없이 다녔던 것 같다. 가는 곳마다 매 순간이 감동이었지만 그중에서도 최고를 꼽으라면 남미여행에서 만난 이구아수 폭포의 황홀함을 잊을 수가 없다.

물론 페루에서 만난 잃어버린 공중 도시 마추픽추도 정말 경이로운 감동이었다. 산봉우리와 하늘이 맞닿아 공존하는 잉카 최후의 요새 마추픽추는 400여 년 동안 베일에 싸여 있다가 1911년 미국인 고고학자에 의해 발견되었다. 큰 돌은 무려 300여 톤에 달하는 크고 작은 돌들을 산도 험하고 교통수단도 없던 그 당시에 해발 2400미터 산꼭대기까지 날라다 정교하게 쌓아 만든 잉카인들의 생활 터전이 고스란히 남아 있다. 하늘에서 내려온 신성한 사람들만 살았을 것 같은 신비로운 도시, 잉카인들이 스페인의 공격을 피해 세운 비밀도시라고도 하고, 군사훈련을 하기 위해 몰래 세운 비밀의 요새라고도 하고, 자연재해를 피해 고지대로 올라왔다고도 하는 공중도시를 버리고 어디론가 사라져버린 신비의 고대도시 마추픽추도 남미여행의 꽃이라고 말하는 사람들도 많은데 그래도 나는 단연 이과수 폭포의 그 웅장함을 평생 못 잊을 것 같다.

이구아수 폭포는 여의도 면적의 630배나 될 만큼 그 규모가 어마어마해서 브라질과 아르헨티나와 파라과이 3국에 걸쳐 있다. 브라질이 20%, 아르헨티나가 80%를 차지하고 있는 양국이 국립공원으로 보호하고 있고, 전 세계 7대 자연 경이에 선정되어 있다. 300여 개나 되는 크고 작은 폭포수가 파노라마처럼 광활하게 펼쳐져 있어서 여러 위치에서 바라보는 각도에 따라 감동이 다 색다르다. 브라질 쪽에서 바라보는 폭포가 장관이라는 사람들도 있고, 아르헨티나 쪽에서 바라보는 폭포가 더 감명 깊었다는 사람들도 있고 사람마다 의견이 분분하지만 나는 아르헨티나 쪽에서 바라본 '악마의 목구멍' 이 최고였다.

악마의 목구멍을 보려고 레일 기차를 타고 긴 산책로를 따라 한참을 걸어서 가야 했다. 멀리서부터 물안개가 피어오르고 천둥 같은 폭포의 울음소리가 들려왔다. 파랑 무늬 나비 요정도 날 따르며 발걸음을 재촉했다. 악마의 목구멍에 가까이 다가갔을 때 감히 범접할 수 없는 폭포의 아우라는 실로 경이로움 그 자체였다. 진흙 물에 우유를 섞어놓은 것 같은 빛깔의 폭포수가 초당 몇만 톤씩 엄청난 양을 쏟아내며 천지를 뒤흔들고 있었다. 악마의 목구멍이 용솟음치며 땅이 꺼질 듯한 굉음소리로 포효하고 있었다. 그들의 언어로 이구아수 폭포가 왜 '위대한 물' 인지 '악마의 목구멍' 인지 알 것 같았다. 잠시만 바라보고 있어도 영혼을 빼앗기고 만다는 악마의 목구멍은 정말 손가락 하나만 까닥하면 금방이라도 블랙홀처럼 빨려 들어갈 것 같았다. 나는 물보라에 흠뻑 젖는 줄도 모르고 한동안 넋을 놓고 악마의 유혹에서 헤어 나오질 못했다.

"무지개다!" 옆에서 탄성을 지르는 소리에 정신을 차리고 둘러보니 비 온 뒤 하늘에서나 봤던 쌍무지개가 악마의 목구멍에 선명하게 걸려 있었다. 여기저기서 환호성이 터져 나오는 이구아수 폭포의 하이라이트 환상의 극치였다. 나는 빨주노초파남보 일곱빛깔 무지개의 환청을 타고 구름이 되어 별이 되어 돌개바람이 되어 팔색조처럼 이구아수 폭포를 날아다녔다.

그 순간 내 인생 최고의 절정에 와있는 것 같았다. 긴 비행의 피로와 20일간의 힘든 여정이 한방에 싹 날아가버렸다. 헬기를 타고 하늘에서 바라보는 이구아수 폭포의 그림 같은 경치도 잊지 못할 환상이었다. 보트를 타고 폭포 속으로 들어가서 물벼락 물 폭탄을 쫄딱 맞으면서 온몸으로 생생하게 느꼈던 이구아수 폭포도 꿈같은 감동이었다. 여러 위치에서 다양한 각도로 이구아수 폭포를 조망하면서 나는 남미여

마비된 공간속으로
불새 한 마리 날아 오른다

낮에는 구름을 먹고
밤에는 별을 따는
나는야 바람이어라

빨 주 노 초 파 남 보 무지개를 타고
드넓은 광야를 마음껏 휘젓고 다니는
자유로운 영혼이어라

스치는 손길마다
속 깊은 정 나눠 주는
나는야 숨가쁜 바람이어라

행의 꼭지점을 찍었다.

벌써 4년이 되어 가는데도 이구아수 폭포의 그 강렬한 아우라는 아직도 생생하게 뇌리에 박혀서 내 심장 박동수를 늘리고 있다. 인생은 여행길이다. 여행은 행복하게 전염되는 바이러스다. 점점 메말라가는 가슴에 촉촉한 감동의 바이러스를 심어주고 싶다. 어서 코로나19 바이러스가 종식돼서 다시 한번 그 가슴 벅찬 감동을 느끼고 싶다. 세계 3대 폭포중 나이아가라 폭포와 이구아수 폭포의 감동에 이어 마지막 남은 코스 세계에서 가장 길다는 빅토리아 폭포도 기대 만발이다.

여행 갈 생각만으도 벌써부터 내 마음밭에 색색의 행복꽃이 만발한다. 글이 되기를 기다리고 있는 감성을 위해, 시가 되기를 바라고 있는 희망을 위해 나는 날마다 여행을 꿈꾸며 살고 있다.

오늘도 세월 바늘 갈아 끼우고
째깍째깍 길을 나선다

꽃길인줄 알고
구름다리 사뿐사뿐 걸었는데
가시밭길 터널길도 만나고
깜빡 졸다 샛길로 빠져도
돌아 돌아서 가야만 하는 길

이왕 가는 길

여행 한 모금 축이고
산들산들 웃으며 가자
몽실몽실 춤추며 가자

가도가도 끝이 없는 인생 여행길

작가 지망생, 중앙대 예술대학원 문예창작전문가과정

내 삶의 터닝포인트; 40-40

-박윤미

오늘도 나는 출근길에 '나'에 대해 생각해 보게 된다. 온전히 나에게 집중할 수 있는 이 시간. 나는 어느 시대에 살고 있을까. 라디오에서 들려오는 용어나 노래가 낯설다. 가끔은 시끄러운 음악 소리에 모르는 신조어들을 스마트폰으로 찾아보게 된다. '나이가 벌써 난 이렇게 된 것일까?' 그리고 출근한 나의 직장에서 50대를 바라보는 선배들의 경험담 속에는 '내가 모르는 이야기인데?' 할 만큼 그 속에서는 젊은이가 된다. 우리는 그렇다. 우리를 사람들은 N세대라고 부른다. 우리나라에서 처음 열린 서울올림픽을 국민학교 때 경험하고, 한일 월드컵을 대학교 때 경험하고, 해외여행을 자유롭게 다니고, 투쟁이 필요한 사회문제를 크게 겪지 않은 세대이다. 내가 경험한 것은 '등록금 투쟁' 정도. '국민학교'가 익숙한 나이 많은 어른의 느낌과 삐삐, 핸드폰, 스마트폰을 학창 시절부터 자연스럽게 접해 본 젊은 느낌도 드는 나이이다.

나는 올해 태어난 지 40년이 되었다. 이제 더 이상 사회 초년생도 아니고, 사회 중년층도 아직은 아니다. 어머니. 아버지 세대 앞에서는 '아직 젊다', '어리다', '한참이다' 이런 말을 듣게 되고, 나보다 10살

이상 어린 후배를 앞에서는 "앞자리가 4라고요?" 하며 놀라움을 부르는 나이다. 이 나이를 지내본 수많은 세대와 사람들이 비슷한 느낌을 받고 지나셨고, 추억하실 것이다. 그 안에 지금 '우리', '내' 가 서 있다. 오늘의 이야기는 올해 40년의 인생을 살아온 짧고 어리기만 한 이야기일 수도 있고, 내가 경험한 사회의 모습을 어느 정도 반추해 보는 그런 이야기가 될 것 같다. 어른들이 보면 철없이 어릴 수도 아직 인생의 무게를 모르고 하는 소리일 수도 있다. 반면, 20대 후배들에겐 옛날이야기나 고루하게 접하게 될 수도 있겠다.

그래서 난 40을 맞은 '우리' 의 관점에서 글을 쓰고 싶다. 철없이 떼쓰며 인생의 선배님들에게 충고를 듣고 싶은 어린 마음과 후배들에게 인생 선배로서 들려주고 싶은 마음을 담아…….

~40

나는 40살이 된 지금 한 아이의 엄마이자, 부인이자 13년 차 직장인이다. 스마트폰 알람에 눈을 뜨고, 메시지를 확인하며 하루를 시작한다. 생각보다 요즘은 변화의 속도가 빠르다. 취사선택해야 하는 정보도 많고, 새롭게 알아야 할 생활 방식도 많다. 스마트폰에서 검색 능력도 빨라야 하고, 듣거나 보게 되는 정보에 대한 기억도 어느 정도 해야 한다. 최근엔 원격 회상회의 기술도 습득해야 한다. 태블릿 사용법도 요즘 새로 익히고 있다. 자연스럽게 전해본 정보통신수단이지만, 요즘은 낯설다. 매뉴얼을 읽고 알아야 할 만큼.

나의 국민학교 시절, 친구와 약속은 만나서 잡고 집으로 전화해서 확인했다. 서로 놀이터에서 만나서 하루 종일 뛰어놀고, 집에서 친구들과 인형놀이하고, 같이 만나서 '산수' 문제집을 풀었다. 중학생이 되었었을 때 PC 통신이 등장했다. 만나지 않고도 컴퓨터 상에서 친구를 만날 수 있었다. 집에 전화가 오면 통신이 끊기긴 했지만, 그래도 만나지 않고, 멀리 있는 친구도 사귀는 기회가 되었다. 고등학생이 되었을 때는 또 다른 신문물이 등장했다. 삐삐, 시티폰. 학교 쉬는 시간 공중전화에는 어찌 그리 긴 줄이 섰던지. 삐삐에 찍힌 숫자들이 우리의 대화 수단이었다. 얼마 전 인기있던 '~1997' 그 드라마는 나에게는 경험이자 추억이다. 그리고 인터넷이 등장했다. 집전화에도 끊기지 않던 나만의 인터넷. 지금에 비하면, 느리기 그지없지만, 그 당시엔 얼마나 빠른 나만의 소통 수단이었는지.

내가 대학생이 되었을 때는 핸드폰이 등장했다. 숫자가 아닌 문자메시지도 보낼 수 있었다. 접는 전화부터 모양도 색도 다양해졌다. 인터넷은 더욱 빨라졌다. 광랜, 무선 인터넷 등이 등장하기 시작했다. 2000년대 대학생활은 그런 신세계였다. USB가 등장했다. 내가 한 과제를 작은 USB에 넣어 가볍게 들고 다닌다. USB가 나오기 전 과제 제출을 위해 컴퓨터 본체를 택시에 싣고 온 적도 있었다. 나의 20대엔 새로운 것 천지였다. 10년도 되지 않아 스마트폰이 등장했다. 인터넷도 되고, 전화도 되고 쇼핑도 되고, 게다가 화면에 터치가 된다. 나의 30대에 새로운 것이 또 등장했다.

정보통신의 변화가 우리 나이와 함께 했다. 스마트폰은 말 그대로 정말 스마트했다. MP3 플레이어 없이 스마트폰으로 노래를 듣고, 영화를 보고, 쇼핑도 하고, 은행 업무도 본다. 물론 내가 처음 접한 사과 회사의 스마트폰이 이 정도는 아니었지만, 화면에 바로 터치하면 모든 것이 해결되는 그런 '마술폰' 이었다. 모든 업무도 전화도 해결되고, 모든 정보가 스마트폰 속으로 들어갔다. 30대의 후반엔 태블릿이 등장했다. 노트북보다 가볍고, 스마트폰이 커졌다. 스마트폰부터 접한 20대에선 옛날이야기일 수 있지만, 이 모든 것을 직접 겪은 난 축복이라고 생각한다. 아직은 이런 변화가 쉽고 빠르게 접해지니 말이다. 조금만 나이가 많았다면, 기계치인 나에게 학습이 되었을 것 같다.

40~

올해부터 나는 왜 "30대세요?" 하는 말이 좋을까? 주변에선 나이가 들어서라고 한다. 20대 직장에 신입이던 시절, 40대 부장님을 보며, "우와~ 정말 나이가 많으시구나. 저 나이 되면 다 능숙해지겠지?" 생각했던 일이 떠오른다. 지금 내가 그 나이가 되었다. 후배에겐 능숙하게 정보를 주고, 난감한 상황에 충고나 격려도 할 수 있는 나이. 내가 생각한 40대는 그랬다. 그런데 생각보다 40대는 그만큼 어른은 아닌 것 같다. 아직 배워야 할 것도 많고, 모르는 것도 많으니. 그리고 더 어려 보이고 싶어진다. 그런데 놀랍게도, 체력은 따라가지 못한다. 그래서 40대다.

오늘도 70에 가까워진 친정엄마는 "아직 젊다?" 라고 하신다. 그런데 20대 직장 후배는 "40대요?" 이렇게 되묻는다. 우리는 그렇다. 젊다고 하기엔 젊지 않고, 나이 많다고 하기엔 뭔가 부족하다. 두 계층의 연결 세대가 아닐까. 부모님 세대도 이해가 되고 아직은 따른다. 20대 문화는 배우고 싶다. 20대가 들어줄진 모르지만, 직장 선배로서, 인생 선배로서 뭔가 혜안을 제시해야 하는 것은 아닐까 하는 생각도 든다.

쉽지 않다. 두 세대를 잇는다는 것. 40대인 '젊은이' 가 해야 할 일 같다. 그래서인가 나는 요즘 걱정이 많아졌다. 부모님도 자식도 주변도 걱정하게 된다. 그것은 건강과 관련되니 더 그렇다. 두려움도 커졌다. 지금 내가 이렇게 해도 되나 눈치를 보게 된다. 그래도 변화무쌍하던 시대에 적응하던 20대엔 안 그랬는데… 언제 대학을 입학했지 하고 되돌아보니… 20여 년 전이다.

20년 동안 난 계속 어른이었는데… 시간이 벌써 이렇게 지나 있다. 그만큼 나에게도 경험에서 우러나온 내공이 생겼다. 여러 사람들을 만났고, 내가 어떻게 할 수 없는 인간관계도 생겼고, 내가 책임져야 하는 인간관계도 생겼다. 이제 누구 뒤에 숨어 해달라고 할 수는 없다. 부모님을 대신해 일을 해결해야 하기도 하고, 아이를 위해 미리 해야 하는 일도 많아 졌다. 이게 나의 지금이자 현실이다.

아침에 눈을 뜨고 세수하며 아이의 아침 먹거리, 준비물, 오늘 아이 스케줄을 다시 챙긴다. 그사이 나는 옷을 입었고, 입에는 빵이 들어가 있다. 아침 식사와 나의 출근 준비는 다른 일과 동시에. 화장은 직장에서. 퇴근을 했다. 요즘 유행하는 '육아 출근' 시작이다. 아이를 유치원에서 찾아오고, 다른 학원 보내고, 그사이 나는 저녁을 준비하고, 아이 숙제를 점검하고, 그러고 보니 '내일 졸업 사진 찍는다고 옷을 차려입고 오라고 하셨는데…' 옷이 마땅치 않다. 마음이 바빠진다. 그래도 졸업 사진인데… 원피스 하나 찾아보니 너무 크다. 할 수 없다. 긴급 바느질로 허리 줄이고, 팔 단추도 다시 달아 본다. 집 정리와 청소하는 동안 빨래를 돌리고, 그사이 아이 중심 저녁 식사를 마치고 나니 벌써 9시다. 난 이른 퇴근인데도 아직도 출근해서 입은 옷 그대로이고 화장을 지우기는커녕 불편한 콘텍트렌즈도 빼지 못했다. 9시 넘어서야 부랴부랴 씻고 잠을 청해볼까 하지만, 아이는 잘 생각을 하지 않는다. 나는 자고 싶은데… 오늘도 아이보다 내가 먼저 잠들어 버릴 것 같다.

가끔 이런 현실이 매우 바쁘고 정신이 없다.

40대 시작에서 나의 꿈은 무엇일까.

10대 시절에 꿈은 너무도 당연한 질문이다. "뭐가 되고 싶은지? 어느 직업을 하며 살고 싶은지, 일을 하고 싶은지?"가 중심인 구체적 꿈이었다. 그리고 20대가 되고 꿈에 가까워지기 위해 공부를 했었다. 그리고 여러 차례 시험을 거쳐 난 꿈에 가까운 교사가 되었다. 그때의 나는 40대가 되면 모든 것이 안정되고 꿈이란 것은 더 이상 치열하게 생각하지 않는 그런 시기일 것만 같았다. 정말 40대가 된 지금 꿈이 무엇일까. 앞으로 살아갈 나의 모습에서 꿈은 무엇일까. 꿈을 위해 더 노력해야 할 필요가 없는 것일까.

40대에 꿈을 이야기하면 누군가는 그냥 지금처럼 살아가라 하고, 누군가는 꿈을 왜 생각하냐고 할 수도 있다. 100세 시대라는 요즘, 매일 같은 일상 속에 살고, 육아에 지쳐 잠들면서도 꿈을 꾸고, 출근 시간

찰나에 나의 꿈을 생각해 본다. 40대의 꿈은 20대처럼 구체적인 일보다는 삶의 가치를 찾는 것 같다. "어떻게 나이 들 것인가?"

무슨 일을 하기 위해 일하기보다는 하고 있는 일을 더 전문화하고, 더 새로운 것을 잘 습득하고, 더 내가 쌓아놓은 경력을 체계화해야 하지 않을까.

새로운 관계 속에서 안주하기보다는 알고 있는 인간관계를 관리하고, 새로운 인간관계에 적응하기 위해 노력하지 않을까.

바뀌 가는 물리적 환경에 지금까지 습득한 기술과 그리고 하루가 다르게 변하는 기술에 적응하기 위해 공부하고 익혀야 하지 않을까.

100세 시대, 조금만 걸어도 숨이 차고, 걷는 것보다 차를 타고 다니기보다는 한 번 더 걷고, 한 번 더 주위를 둘러보며 나의 몸과 마음의 건강을 생각해야 하지 않을까?

그리고 늦지 않았다면 나의 꿈은….

'나'를 위해 '나'를 돌아볼 수 있는 40대의 시작을 맞이하고 싶다. 위 세대와 어울림도 아래 세대와 조화도 어색하고 쉽지 않지만, 20대보다는 생각의 여유가 있어 크게 당황하지 않고, 80대 위 세대보다는 기억력이나 건강이 따라주니 아직은 꿈을 가질 만하다. 그래서 나는 오늘 하루 나의 꿈부터 적어 본다. "영어 단어 외우기, 새로운 사람의 말을 5분 이상 눈을 마주하고 듣기, 내가 가장 생소한 영역의 책을 20분 정도 읽기, 20분 정도 평지를 땀이 날 만큼 걷기…"

가장 나에게 와닿는 일부터 적어 본다. 앞으로는 나의 이런 모습들이 쌓여 나의 아이에게는 열심히 사는 부모로, 나의 경력에는 그래도 물어

보면 답을 줄 수 있는 선배로, 잊어버리고 기억하고 새롭게 도전하며 아름다운 나이듦을 시작해 보고 싶다.

하루하루 나의 꿈을 세우고, 쌓고, 10년 후엔 지금보다 하나라도 나은 나의 모습으로 맞이하기 위해서. 누군가 '꿈'을 물었을 때 언제든 대답할 수 있는 모습이 되기 위해 오늘도 힘차게 시작한다.

초등학교 교사

귀한 사업을 추진하다

-이승도

지난해 여름 아프리카 여행에서 만난 아프리카 천주교 예비 사제들과 함께 아프리카 고아들을 지원해왔다.

예비 사제들과 함께 잠비아 루사카 고아들을 후원하는 것은 코로나 사태로 지속하기가 쉽지 않을 것 같다. 지구 반대편에 있는 지리적 거리도 부담스럽다. 함께 의기투합한 아프리카 예비 사제들이 학업에 집중하면서 관심이 낮아지고 있는 것도 사업의 한계이다.

그들은 아프리카 15개 나라의 가톨릭교구에서 선발된 엘리트들로 2년간의 힘든 교육을 받고 있으니 봉사활동을 지속하기가 쉽지 않았으리라. 나는 이전에 국내 대학생들을 지원하면서 학생 신분으로 무엇이든지 지속적으로 유지하는 것이 쉽지 않다는 것을 직접 경험했었다. 그래서 예비 사제들에게 1년동안 초심이 변하지 않으면 국내 지인들과 함께 다양하게 지원하겠다고 약속했었다. 앞으로 계속 지켜보겠지만 현실적으로 쉽지 않을 것으로 생각된다. 그들이 교육이 끝나 사제가 된 뒤에 나에게 연락할 것으로 생각한다.

얼마 전에 미얀마 어린이를 대상으로 교육봉사를 하는 '빛과 나눔 장학협회(부회장)' 사무총장이신 오순옥 박사를 내 사무실에서 만났다.

'빛과 나눔장학협회' 는 세계에서 가장 가난한 나라 중에 하나인 미얀마의 학생들에게 교육의 기회를 주기 위해서 만들어진 봉사단체이다. 오순옥 박사로부터 미얀마의 오지에 있는 학생들을 대상으로 몇 년 동안 추진해 온 교육봉사의 추진 동기와 과정 그리고 향후 계획에 대해서 들었다. 옛 수도인 양곤에 유사한 형태의 교육봉사를 수행하고 싶다고 하셨다.

양곤지역 학생들 장학금 지원은 내가 지원해주겠다고 말했다. 그리고 한국으로 유학 온 석박사과정에 있는 학생 2명과 함께 활성화시켜 보자고 했다. 오순옥 박사께서는 기대하지 않은 제안에 너무 감사하다며 눈시울을 적셨다. 가슴이 따뜻한 사람이다.

나는 이렇게 제안했다. 이전에 수도였던 양곤지역의 학생들 100명을 내가 지속적으로 후원하겠다. 양곤지역의 학생들을 집중적으로 지원해서 활성화시키겠다. 주변 지인들에게 진행 과정을 공유하여 서서히 동참시키겠다고 했다. 그들이 동참한다면 지원학교를 확대해나갈 수 있을 것이다. 간혹 후원하는 사람들과 함께 미얀마 여행을 가서 그들과 함께 식사를 하면서 교류한다면 더 많은 사람들이 동참할 것이다.

세계여행 관련 책을 출간 준비 중인데 수익금을 기부하겠다고 약속했다. 아프리카 어린이를 위해 기부하고 싶다는 분들도 몇 분 있기에 그분들의 지원을 미얀마지원사업으로 돌릴 수 있을 것이다. 주변에 생각은 있었는데 적당한 기회가 없었거나 신뢰할 봉사단체가 없어서 기부하지 못하는 분들이 있다는 것을 알게 되었다. 은퇴하신 분들 중에 인생을 좀 더 보람있게 살고 봉사하고 싶은 사람들도 많이 있다. 그분들에게 봉사할 수 있는 하나의 방법을 제시할 수 있을 것이다. 나 또한 무기력하고 삶이 재미없을 때 어려운 상황에 있는 아이들을 도와준다고 생각하면 의욕이 생길 것 같다. 기부금은 실명으로 관리하여 전액 학생에게 기부하면 신뢰를 줄 수 있을 것이다.

깊이 고민해서 결정한 것은 아니지만, 내가 하고 있는 여러 가지 일 중에 가장 중요하고 의미있는 일이 될 것 같다. 많은 지인들과 뜻을 함께할 수 있고, 거리가 가깝기에 쉽게 미얀마 여행을 통해 후원하는 학생들과 만남도 가능하니 지속적인 사업이 될 수 있을 것이다.

한국에도 어려운 사람이 많으니 그들에게 기부하는 것이 어떻냐고 하는 사람도 있다. 그것도 맞는 말이다. 세계인에 대한 관심은 내가 3년간의 세계여행을 하기 전에 생각해 본 적이 없다. 세계여행을 하면서 우리나라는 이미 세계인들이 부러워하는 선진국이 되어 있다는 것과 우리나라가 어려울 때 도와준 나라들이 많이 있다는 것을 알게 되었다. 가난한 나라인데도 불구하고 한국이라는 더 가난한 나라를 위해 도와주었던 것이다. 그들에게 우리가 이젠 보답할 시기가 되었다고 본다. 세상에는 가난해서 교육의 기회를 갖지 못하는 아이들이 너무나 많았다. 이건 비극이다. 그들이 제대로 교육받는다면 그가 속한 사회와 국가, 나아가 인류를 위해 많은 것을 할 수 있는데 방치되고 있는 것이 가슴 아프다.

나는 지난 30년간 월급의 20~30%를 힘든 사람과 학생들을 위해서 기부해 왔다. 그런데 최근에는 나의 조그만 정성이 그들에게 그리 도움이 되지 않는다는 생각이 들었다. 요즘 학생들에겐 여러 가지 혜택이 많아

나의 정성에 비해 그들이 느끼는 감동은 기대에 미치지 못하고 있다.

내가 기부를 많이 하는 것을 보고 돈을 벌면 기부하겠다는 사람들이 많았다. 수십 년을 뒤돌아보니 그렇게 말한 사람이 실천하는 경우는 별로 보지 못했다. 코스닥에 상장해서 수백억을 벌어도 그들의 생각과 행동은 비슷했다. 뭐든지 지금 당장해야 한다. 도움이 필요한 사람들이 그들이 돈 벌 때까지 기다려주지 않는다. 일찍 지원할수록 더 효과적이다. 나중에 큰돈을 벌었다면 또 통 크게 봉사하면 된다. 인생을 사는데 10억 원을 가지고 있으나 9억 원을 가지고 있으나 무슨 차이가 있을까? 100억 원을 가지고 있으나 90억 원을 가지고 있으나 행복의 차이가 있을까? 그런데도 많은 사람들이 조금이라도 더 벌려고 아등바등하고 있다.

이젠 우리 모두는 세계인으로 생각할 필요가 있을 것 같다. 우리의 조그만 도움으로 인류사회에 기여할 수 있는 아이들을 발굴하고 육성할 수 있다면 매우 의미 있고 귀한 사업이 될 것이다. 친구들이 나를 보면 답답하다고 하지만 마음이 그렇게 돌아가는 것을 어찌하랴. 사람마다 생각이 다를 수 있겠지만, 나의 마음이 계속 그렇게 돌아가니 어쩔 수 없다.

이 사업이 성공적으로 실행되고 크게 확대되어 많은 어린이들이 새로운 세상을 볼 수 있기를 빌어본다.

휴먼포커스 대표이사

제2의 삶을 살게 한 3 · 3 · 3의 지혜

–가재산

"가상(가형) 미안해요. 조금만 더 기다려줘요!"

"제가 급한 문제가 생겼어요. 이유는 가서 말씀드릴게요."

약속된 시간이 지나 30분 뒤 이와다 선생님이 급하게 내가 기다리던 호텔 로비로 들어섰다.

"정말 미안해요."

"그런데 급한 일이 잘 해결되셨어요?"

가쁜 숨을 내쉬면서 오늘 늦게 출발하게 된 이야기를 듣고 깜짝 놀랐다.

"사실은 제가 한 달 전에 대장암을 수술했거든요. 그 후 한 달간 외출 금지령이 떨어졌어요. 오늘이 3주째인데 가상이 서울에서 오랜만에 동경에 왔다는 전화를 받고 아내 몰래 외출하려고 나오다가 딱 걸렸지 뭐에요…"

외교 문제와 코로나로 일본을 가지 못해 3년 전 마지막으로 뵈었던 그날 자초지종을 설명하시는 선생님의 얼굴에는 정말 미안하다는 표정이 역력했다. 나의 후반전 인생을 송두리째 바꿔주신 인생 멘토 이와다 선생님은 이렇게 나에 대한 관심과 애정이 남달랐다.

나는 인생에 삶의 멘토라고나 할까? 나 자신이 퇴직 후 후반전 인생을 살아가는데 꼭 닮고 싶은 사람이 있었다. 회사에 다니던 삼성자동차 시절, 당시 인사, 교육담당 임원을 맡았지만, 자동차 경험이 완전 백지상태였던 터라 자동차 교육을 위해 몇 분의 외부 고문을 영입했다. 그 가운데 가장 기억에 남는 분은 운 좋게도 고문으로 직접 모셨던 이와다(岩田) 선생님이시다.

이와다 선생님은 일본 혼다자동차에서 정년퇴직 후 2년간 고문으로 있으면서 열정적으로 회사 설립 초기부터 혼다자동차 교육시스템을 송두리째 전수해 주셨다. 백지에서 출범하는 회사의 교육시스템을 기초부터 세워주시고 처음 차가 나와서 판매가 시작될 때까지 적극적으로 도와주셨다. 불행하게도 신차가 나오기 시작하자마자 IMF가 터지면서 빅딜로 인해 회사가 대우차에 합병되었는데 결국 파산하게 되었고, 결국 르노자동차에 넘어가고 말았다. 나도 회사를 그만두었지만, 개인적인 친분을 계속 유지하면서 일본에 갈 때마다 꼭 뵙곤 했다.

그분은 일본의 혼다(Honda)자동차 창업자이자 마쓰시다 고노스케 회장과 함께 '경영의 신' 이라 불리던 혼다 소이치로 회장의 몇 안 되는 문하생(門下生)이었다. 영업 지점장, 판매회사의 사장, 그리고 연수원에 15년 근무했다. 예순 정년이 얼마 남지 않았을 때 일본의 이토(伊騰)에 있는 혼다 종합연수원 원장이었는데 그 당시 일본에 지인으로부터 이 분이 곧 정년퇴직한다는 소식을 듣고 곧바로 일본으로 날아가 만나게 되었다.

첫인상부터 소탈한 성품에 인자한 분이었다. 막상 가보니 별도의 연수원장실 조차도 없었고 직원들과 똑같은 책상에서 나를 맞이해준 것부터 인상이 좋았다. 회사업무를 떠나 개인적으로 나는 그분에게서 무척 많은 것을 배웠다. 인생을 살아가는 방식이나 목표는 나의 제2 인생의 길을 가는데 벤치마킹 대상이자 훌륭한 멘토였다. 나는 지금까지 이분의 살아온 길을 비슷하게 닮아 가기 위해 나름 노력해왔다.

가장 감명 깊었던 것은 그의 철저한 시간 활용법이었다. 그분은 조그마한 수첩에 1년 동안의 스케줄을 깨알 같은 글씨로 기록하여 관리했다. 은퇴 이후에도 주어진 긴 시간을 자신을 위한 일, 계속 돈 버는 일 그리고 타인을 위한 봉사로 3등분하여 황금 비율이랄까 3:3:3으로 균등하게 철저하게 나눠 쓰고 있었다.

첫번째 3은 자신의 건강과 취미생활 즉 자신만을 위한 시간이었다. 새벽 다섯 시에 일어나 비가 오나 눈이 오나 한 시간 넘게 빠른 걸음으로 공원을 산책하며 체력을 관리했다. 산책을 나갈 때 매일 변화를 주기 위해 모자, 스카프, 위아래 운동복을 매일 바꾸어 입었다. 서른한 벌을 따로 준비하여 벽에 걸어 놓고 매일 바꾸어 입고 있다는 사실에 놀라지 않을 수 없었다.

2002년 월드컵이 지나고 그해 일본에 갔을 때 붉은 악마들의 'The RED'라는 글씨가 새겨진 빨간 티셔츠를 한 벌 드렸더니 애들처럼 좋아하시던 모습이 지금도 눈에 선하다. 그래서인지 그 당시 일흔을 넘긴 나이인데도 오십 대처럼 건강해 보이고, 골프 실력 또한 싱글을 유지하고 있었다. 그리고 취미로는 집에 도자기 굽는 자그마한 요(窯)까지 준비하고 도자기를 만드는 일이었다.

두 번째 3은 회사의 일을 하고 돈도 버는 일을 계속하는 것이었다. 삼성자동차 고문을 그만두신 이후 90이 다 되신 현재까지도 일본에서 '선샤인(Sun shine)이라는 작은 컨설팅 회사를 설립하여 대표 컨설턴트로 일하면서 전국을 돌며 강의와 기업체 자문 활동을 활발하게 하고 있다. 물론 사무직원은 별도 없이 사모님이 다 도와준다.

마지막 3은 남을 도와주는 봉사활동에 투자하는 시간이다. 주로 고향에 내려가 봉사활동을 직접 몸으로, 때로는 금전적 지원으로 실천하면서 인생을 멋지고도 풍요롭게 살고 있다. 참으로 후반전의 인생 설계가 멋진 분이다. 그래서 일본에 들를 때마다 꼭 그분을 만나 뵙고 소주 한잔 기울이면서 그분의 인생 이야기를 듣곤 했다. 그리고는 333의 원칙을 그대로 나한테 적용하기 시작했다. 40대에 퇴직한 이후 나의 삶은 그럭저럭 닮은 꼴로 가고자 30여 년간 노력했고 앞으로도 그렇게 해볼 생각이다.

나는 나 자신을 위한 투자를 퇴직 이후 대폭 늘렸다. 여러 개의 대학원도 다녔고, 체력을 보강하기 위한 트레킹 클럽을 만들어 500여 회원까지 모일 정도로 흠뻑 빠지기도 했다. 더욱 의미가 있는 것은 당초 10권만을 쓰기로 마음먹었던 책쓰기가 이제 30여 권에 이른다.

두 번째로 돈 버는 일도 삼성에서 배운 인사교육 관련 실무를 중소기업에 전파하기 위해서 나이 오십에 중앙일보와 JOINS HR을 창업했다. 그리고 10년 전 60 나이에 피플스그룹을 세워 20여 년을 컨설팅과 교육사업을 했고 앞으로도 한류경영연구원을 통해 계속 일을 놓지 않으려고 한다.

앞의 두 가지 방향에는 크게 차질이 없었는데 가장 어려웠던 게 세 번째 타인을 위한 일이었다. 시간이 없고 여유가 없다는 핑계가 늘 장애물이었다. 드디어 2년 전에 시작한 미얀마 학생 100명에게 장학금 주는 일을 시작했다. 1억을 기부하면 된다는 아너스 클럽도 생각했다.

'세상은 인간이 바꾸지만 인간은 교육을 통해 바뀐다' 는 생각으로 학생들에게 장학금 주는 게 목적이 아니라 청소년들에게 꿈과 도전을 심어주는 교육을 시키는 것으로 진행하고 있다. 과거 미얀마는 아시아 3대 강국이었고 우리나라에 6 · 25 때 쌀을 지원한 나라인데 사회주의를 도입한 이래 지금은 세계 최빈국으로 전락해 정말 도움이 절실하다. 최근에는 책쓰고 싶은 시니어들을 책이 나올 때까지 작가와 출판사들이 도와주는 '핸드폰 책쓰기 코칭협회' 를 만들어 활동하다 보니 그분들이 책이 세상에 나올 때면 수입은 없어도 내 책이 나오는 일만큼이나 기쁘고 신바람이 난다.

나이가 들어서 하는 일은 '일은 좋아하는 일, 잘 할 수 있는 일, 그리고 의미 있는 일' 이 있는 것 같다. 좋아하는 일은 주로 자신을 위한 일이라서 자기가 하는 일이 즐겁기 때문에 피곤하지도 않고 재미가 있다. 잘 할 수 있는 일은 계속 돈 버는 일에 유리하다. 그러나 의미 있는 일은 좀 다르다. 의미 있는 일은 오히려 돈을 써야 하고 가끔은 힘이 들 수도 있지만 가치가 있다고 생각하면 열정이 생기며 하고 나면 도리어 자기가 행복해진다. 타인을 위한 봉사요 기부는 묘하게도 자기가 더 행복을 느끼는 행위라는 것을 체험한다.

이제 첫째, 둘째 과제는 어느 정도 이루었으니 세 번째 과제에 집중하며 앞으로의 삶의 무게의 추를 옮기며 살아가고자 한다. 코로나가 물러가면 바로 후반전 삶의 길을 안내해 주신 이와다 선생님을 뵈러 동경으로 달려가야겠다.

핸드폰책쓰기 코칭협회 회장, 책과글쓰기대학 회장, 피플스그룹 회장

가족사랑

웃음

-김용길

벽에 걸려 있는 액자
아버지는 거기서 몇 년째
나를 내려다보고 계시다
나는 주로 돌아앉아서 노트북을 두드리고
이따금 아버지를 돌아보지만
별로 나누는 이야기는 없다
아버지는 한마디 말이 없고
나 또한 할 말이 없었다

어느 날 아들이 내 방에서 자고 있었다
문득 낯설고 생경했다
눈길이 아버지에게 가 닿았다
아버지 실실 웃고 계셨다

그래도 희망은 있다

–김창송

'코로나바이러스19'로 세상이 소란스럽다. 그 옛날 저 멀리 아프리카에 통상사절단을 인솔하고 모로코 나이지리아 리이베리이- 이집트에 갈 때였다. 입국 한 달 전부터 말라리아 예방약을 복용해야 했다. 그곳은 매년 전염병으로 수만 명이나 사망자가 발생하는 지역이었다. 모두가 출국에 앞서 걱정이 태산 같았다. 살인 모기가 전파한다고도 했다. 특히 화장실에 앉아 있을 때 조심하라고 했다.

그렇듯 코로나바이러스도 언제 어떻게 지명율이 높아질지 아무도 모른다. 그런 걱정이 앞서자 모두가 우울한 하루하루다. 미국이나 유럽이나 선진국들이 더 난리다. 어느 나라가 안전하다고 장담할 수도 없다. 무엇보다도 공부하려 유학 간 손주들이 큰 걱정이다. 잠이 안 온다.

손자들 셋이 미국에 가서 공부를 하고 있는데 세계 최강국이라 믿었던 미국이 코로나에 속절없이 당하고 있는 것이었다. 감염자는 물론 사망자도 많아서 월남전에서 전사한 군인 숫자보다 많아졌다 한다. 나는 손자들을 모두 불러들이기로 결심했다.

민이는 펜실베이니아대학 3학년에 재학 중이다. 통역병으로 군 복무를 마치느라 졸업이 늦어졌다. 친구들과 함께 의논하여 잠시 서울 집으로 나오기로 약속되었다고 한다. 공항에 도착한 지 무려 3시간이나 되었는데도 소식이 없다. 필시 검역에서 이상이 있는 게 분명했다. 집에서는 모두가 안절부절못한다. 밤늦게야 손자의 육성 전화를 받고야 잠들 수 있었다.

그다음은 막내손자 빈이는 남가주대학에서 컴퓨터를 전공한다. LA 지역도 동부와 같이 코로나로 기숙사 방에서 밖으로 자유롭게 나갈 수가 없다고 한다. 심지어 마스크조차 없다는 것이었다. 그래서 서울에서 마스크를 보내주는 소동도 벌어졌다. 날이 갈수록 매스컴에 온통 난리다.

아이들 애비는 도쿄대학에 교환교수로 가 있었다. 일본은 조용한데 한국만 유달리 소란스러운 것 같단다. 모두가 외지에 뿔뿔이 헤어져 있으니 속수무책이었다. 나로서는 아이들을 불러들이는 것이 옳다고 판단했고 전화통에 불이 났다.

드디어 비행기 표를 간신히 구할 수 있었다. 이리하여 손자 둘은 제 에미 품에 돌아왔다. 이제 남은 것은 준이를 불러들이는 일뿐이다. 카네기 메론을 졸업하고 하바드 바이오 메디컬 박사과정에 조교 겸 들어갔다. 이제 겨우 20대 초반의 나이에 자기 나름의 꿈을 이룬 것이다.

"할아버지 오래오래 사세요. 제가 인공 심장을 만들 때까지"

말만 들어도 기쁘고 대견했다. 그의 꿈은 하늘을 찌르듯 투지에 넘쳐 있었다. 새벽 4시까지 연구실의 불을 밝히고 있다는 그는 어느 누구에게도 뒤지지 않았다.

어릴 때부터 자립심이 강하고 이론이 강하여 어느 일간지의 수습기자 노릇도 했다. 하버드 연구실은 세계 어느 곳보다도 안전한데 한국에 나오라는 나의 말에 아이는 머리를 갸우뚱하는 듯했다. 나는 그 아이도 한국으로 불러들였다.

귀국해서 그는 저녁을 먹으면서도 "지금 우리 방의연구팀들은 새로운 학설 창출에 올인하고 있는데……." 나만은 한가롭게 여기에 와 있다며 마음은 보스턴에 가 있었다. 그는 말을 이어간다. 학생들마다. 각자가 자기의 전공뿐만이 아니라 지구촌의 미래에 대해서도 사유하는 세계의 평화를 위한 리더를 배출하는 총 본산지라고 서슴없이 이야기 한다. 세계적인 석학들의 다양한 분야의 학설들이 하버드의 브랜드로 지구촌 넘어까지 전파를 타고 나간다는 것이다.

어찌 되었든 이리하여 손주 다섯 중 셋은 구출한 셈이다. 남은 두 손녀는 일찍이 저들보다. 한국에 오래 전에 돌아와 바쁘게 자기일에 열중하고 있다. 큰 소녀는 미국 고등학교 재학 중 미술 경시대회에서 자화상으로 골드메달을 수상한 바 있다. 카네기홀에 걸려있는 그 그림을 보는 순간 눈시울이 뜨거워졌다.

지금은 어엿한 여성 CEO 작가로서 무역협회 주관 뉴욕 전시회에 대표로 다녀온 바도 있다. 뿐만 아니라 교사직까지 맡아 그야말로 투잡으로 외국은행 등에 한국 민화와 히스토리도 가르치기도한다.

끝으로 둘째손녀는 반데빌트대를 졸업 후 오바마 행정부 공무원 시험에 합격했다. 10년 가까이 근무하다 한국에 나와 일 하고 있다. 이리하여 다섯 손주는 다행이 코로나 피해는 없다. 고통은 행복으로 가는 지름길이라 했던가, 저들의 앞날에 어떤 일이 있을지 알 수가 없다. 앞으로 아무리 힘들어도 "희망은 있다"라고 말하고 싶다.

성원교역 (주) 회장

막걸리를 사 주신 아버지

–고문수

미스터트롯. 영탁이가 부른 막걸리 한 잔은 내가 주인공이다. 이 노래를 들으면서 아버지에 대한 그리움과 막걸리를 나눈 추억이 떠올랐다. 아버지는 철도공무원이었다. 60년대 초, 40대 중반에 자의 반 타의 반 퇴직하였다. 아버지는 두 주먹을 불끈 쥐고 일어나 지역 재건사업, 농경지 정리사업, 전기 없는 마을의 전기 가설 공사 등 지역 내에서 할 수 있는 소규모 토건 사업을 시작하였다. 몇 년간 일하다 보니 마을 주민들로부터 신용을 얻었다.

아버지는 소싯적에 서당에서 한문을 배운 터라 한학을 많이 알 뿐만 아니라 맥가이버처럼 손재주도 좋으셔서 배울 점이 많았다. 소규모 토목공사지만 수주받기 위해 손수 도면을 작성하여 제시하고 공사를 개시하였다. 신장은 175cm 정도, 이마가 약간 튀어나온 듯한 인상에 이목구비가 아주 뚜렷한 멋쟁이 아버지였다.

사업이 점차 안정적으로 운영되면서 집안 형편이 조금씩 좋아지고 있었다. 어느 날 아버지가 부산에 볼일 보러 오셨다가 내가 다니는 고등학교로 찾아오셨다. 유달리 아버지를 좋아했던 나는 수업을 뒤로하고 뛰쳐나갔다.

학교 앞 작은 식당으로 데려가 밥을 사 주시면서 "고생 많지, 몸은 괜찮나? 공부는 잘하고 있나? 그라고 막걸리 한 잔하자." 하시면서 용기를 북돋워 주셨다. 당신이 못나 자식이 객지에서 자취생활하면서 고생한다고 말씀하시는 모습을 본 나는 더욱 밝은 표정을 지으면서 "아부지요, 아무 고생 없이 잘 지내고 있습니더, 걱정 마이소."라고 크게 말하면서 막걸릿잔을 옆으로 돌려 꿀꺽꿀꺽 들이켰다.

학교에서는 음주며 담배 피우는 것을 강력히 단속하였지만, 아버지와 나누는 막걸리 한잔은 예외라는 생각이 들었다. 설사 수업에 복귀하여 냄새를 풍긴다 하더라도 사실대로 얘기하겠다고 자신을 설득시키고 있었다. 그 후로도 아버지는 여러 차례에 걸쳐 학교에 찾아오셨고 그때마다 막걸리 한 잔은 빠지지 않았다. 아버지는 항상 내 곁에 아니 내 가슴속에 계셨다.

어릴 때였다. 아버지가 막걸리 사 오라고 심부름을 시켰다. 막걸리를 파는 술도가는 집에서 그리 멀지 않았다. 술도가에서 술을 거르고 나면 술지게미가 나오는데 손으로 집어서 먹어 본 적도 있다. 배가 고파서 꼬르륵하는 판에 먹어보았던 기억이 난다.

아버지가 모내기철에 일하시면 못줄을 잡기도 했다. 중간에 새참 먹는 시간이 있는데 엄마나 친척이 머리에 이고 오는 양철대야 속에는 소면국수와 김치 그리고 막걸리는 빠지지 않았다. 당시 막걸리는 술이라기보다 특별히 먹을 것이 없는 시대에 일종의 간식으로 보였다. 아버지가 보는 앞이지만 아주 조금 마시지 않았나 싶다.

고등학교 재학시절, 복막염 수술을 받은 후 고향 집에서 회복하고 있을 때였다. 새벽 일찍 아버지는 집에서 멀리 떨어져 있는 염소목장을 찾아갔다. 염소를 방목하기 전에 한 마리를 골라서 사 왔다. 아들이 하루빨리 나으려면 보양식을 먹어야 한다고 생각하신 아버지는 염소고기에다가 옻나무 토막을 넣고 함께 달여서 옻 염소탕을 만들어 주셨다. 가끔 옻 닭탕도 해주시며 하루빨리 회복하여 학업에 뒤처지지 말라고 격려해 주셨다.

또 오일장이 돌아오면 시장에서 싱싱한 생선을 사 와 생선회를 수시로 먹게 해주셨다. 그때 먹은 작은 갯상어의 회 맛은 일품이었다. 수술 후 생선회를 먹으면 수술 부위가 빨리 아문다는 얘기를 듣고는 그렇게 회를 많이 사 주신 것이다. 너무 자주 먹어서 고름 등 불순물을 빼내려고 만들어 놓은 피부 구멍이 막혀 다시 수술칼을 대야 하는 아픔이 있었지만, 그래도 괜찮았다. 그 어느 때보다 아버지의 사랑을 듬뿍 느낀 시간이었다. 그리고 하루빨리 회복하여 아버지가 건네주는 막걸리 한 잔을 받고 싶었다.

중학교 때 폐결핵에 걸렸을 때도 몸에 좋다는 이것저것을 구해다 주셨다. 물론 어머니도 건강이 좋지 않았지만, 나를 위해 열심히 돌봐주었다.

6·25전쟁 중에 아버지는 공무원이라 근무지에 있었고, 어머니와 형님 그리고 나와 동생이 피난을 떠나게 되었다. 내가 네 살 때였다. 기차 화물칸 속에서 감기가 들었는지 온몸이 불덩이처럼 뜨겁게 달아오르기도 하고, 얼굴이 하얗게 질리며 기절하기도 하였다. 전쟁 중이라 의료시설을 찾아갈 수도 없었고, 약품을 구할 수도 없었다. 숨소리가 점

점 희미하여 살 가망이 없을 거라고 생각한 어머니와 열 살 위의 형님은 가마니를 나의 전신에 덮어 놓았다. 오죽했으면 그랬을까. 전쟁 시 피난길은 약간의 먹을 양식과 짐보따리가 가벼워야지 기민성이 있지 않을까 싶다. 그런데 며칠이 지나자 기적적으로 살아났다.

이후 아버지와 재회하였을 때 함께 피난 가지 못한 것을 못내 미안해 하면서 가족 모두를 위로하였다. 옛말에 자식이 부모보다 먼저 이 세상을 하직하면 그것보다 더한 불효가 없다고 했다. 부모님께 누를 끼치지 않겠다고 다짐하면서 끈질긴 생명력으로 일어선 게 아닌가 하는 생각이 든다.

아버지는 주량이 대단하였지만 술주정이나 흐터러짐이 전혀 없었다. 그런 모습을 자식들에게 각인시켜 주면서 자식들이 막걸리 몇 잔 마시는 것을 용인하지 않았나 싶다. 아버지 앞에서 그때 어렵게 배운 주도酒道가 지금까지 술주정을 하지 않는 매너 좋은 술꾼으로 만든 것 같다. 그토록 사랑하고 존경했던 아버지! 소탈하고 항상 긍정적이고 활동적이셨던 아버지는 2001년, 86세를 일기로 하늘나라로 떠나셨다. 미스터트롯 선발대회에서 영탁이가 '막걸리 한 잔' 을 불러 대히트를 쳤다. 아버지 가슴에 대못을 박진 않았지만 못난 아들을 달래주시고 용기를 북돋아 주시면서 아버지가 따라주던 막걸리 한 잔이었다. 아버지와 다시 한 번 막걸리 한 잔을 기울일 수 있다면 소원이 없겠다.

한국자동차산업협동조합 전무이사, 자동차조합근무(1966.4~현재),
자동차산업학회 부회장

나의 특별한 구두 한 켤레

–정선모

오래 전, 재벌의 총수였던 분의 부음 소식이 장안의 화제가 된 적이 있다. 그분이 경영하던 회사의 발전이 곧 국가 경제의 발전이라는 등식이 성립될 만큼 우리나라의 경제부흥과 함께 성장해온 회사의 창업주였다. 각 매스컴에서 앞다투어 그분의 일생을 조명하는 특집을 다루었는데, 그중에서 가장 인상 깊었던 것은 천문학적 숫자로 표시된 그분의 재산이 아니라 낡은 구두 한 켤레였다. 15년이 넘도록 신어온 구두는 밑창을 몇 번이나 갈았는지 모를 정도로 낡아서 보는 이들을 숙연하게 했다. 아직 주인의 온기가 남아있을 것만 같은 구두 한 켤레가 백마디 말보다 더 깊은 슬픔을 말해주고 있었다.

그 구두를 보니 고흐의 '구두 한 켤레' 라는 그림 한 점이 떠오른다. 얼마나 오래 신고 다녔는지 거죽이 닳고 닳아 칠이 벗겨지고, 처음의 모습은 짐작할 수 없을 정도로 찌그러진 구두는 보는 사람의 마음을 비애에 젖게 만든다. 벗어놓은 구두 한 켤레만 달랑 그려 놓았는데도 장편소설 한 권을 읽은 것만큼 구두 주인의 고단한 삶을 미루어 짐작해볼 수 있어 무척 인상적인 그림이다. 힘든 노동을 해야 먹고 살 수 있는, 가난한 삶의 구체적 모습들이 농축되어 있는 고흐의 그림과 재벌 총수의 낡은 구두가 닮은 표정을 하고 있다는 사실은 많은 생각을 하게 한다.

이란 출생의 마지드 마지디 감독의 〈천국의 아이들〉이라는 영화를 본 적이 있다. 남매인 오빠와 동생은 신발 한 켤레를 같이 신는다. 수선집에 맡긴 동생의 단 하나 밖에 없는 신발을 찾아오다 잃어버리는 바람에 그렇게 된 것이다. 가난한 집안 사정을 너무나 잘 아는 남매는 신발 사달라는 소리도 못 하고, 금방이라도 찢어질 것만 같은 운동화를 번갈아 신으며 학교에 가야 한다. 동생은 오전반, 오빠는 오후반이니 수업이 끝나자마자 달려와서 신발을 바꿔 신는다. 동생의 수업이 늦게 끝나기라도 하면 오빠는 지각할 수밖에 없다.

어느 날, '전국어린이 마라톤 대회' 가 열린다는 소식이 전해진다. 3등 상품이 운동화란 걸 안 오빠는 대회에 참가하기로 마음먹는다. 누구보다 달리기를 잘하지만, 반드시 1등 아닌 3등을 해서 동생에게 운동화를 갖다주겠다고 약속한다. 전국에서 몰려온 수많은 아이를 제치고 맨 앞에서 달리던 오빠는 한 명, 또 한 명을 먼저 보내고 꼭 3등이 되도록 숨이 턱에 닿도록 달렸지만 바라지도 않던 우승을 해버리고 말았다. 우승컵을 받아들면서도 동생과의 약속을 지키지 못한 것이 너무 속상해 눈물을 글썽이는 오빠. 그런 오빠의 모습이 얼마나 애처로운지, 동생을 아끼는 마음이 얼마나 따뜻한지 절로 눈시울이 뜨거워졌다. 가난하지만 마음만은 풍요로웠던 시절을 그리워하게 하는 영화였다.

마라톤을 끝낸 후 온통 상처투성이인 발을 씻기 위해 벗어놓은 운동화는 밑창이 휑하니 뚫려있었다. 주인을 위해 제 몸 부서지는 것도 모르고 온 힘을 다해 뛰어준 운동화의 희생에 눈물이 핑 돈다. 가족 간에, 이웃 간에 잃어버린 정의 통로를 이어주는 마지드 마지디 감독의 화법(話法)에 한동안 푹 빠져있었다.

중학교에 입학했을 때의 일이다. 내가 들어간 학교는 반드시 검은색 단화를 신어야 했다. '천국의 아이들' 처럼 가난했던 시절, 구두를 사달라는 말을 차마 입 밖에 내지 못하고 걱정만 하고 있던 참이었다. 어떻게 그 사실을 알았는지 아버지가 나를 데리고 구둣방을 찾았다. 쌀 반 가마니 값은 될 정도의 거금을 내고 구두를 맞추어 주었던 아버지의 마음을 난 오랜 뒤에야 짐작할 수 있었다.

난생처음 반짝이는 구두를 찾아 신던 날, 세상 사람들이 온통 내 구두만 바라보는 것 같아 걸음걸이도 반듯하게, 어깨 쭉 펴고 집 앞길을 몇 번이고 왔다 갔다 했다. 오래 신어야 한다며 조금 크게 해달라는 아버지 말씀을 충실히 따른, 구둣방 주인이 만들어준 구두는 너무 커서 걸으면 덜커덕거렸다. 그래도 좋았다. 졸업할 때까지 딱 그 발에 맞게만 컸으면 좋겠다는 생각을 할 정도로 그 구두가 좋았다.

그 구두를 신고 다니는 동안 난 한 번도 달리기에서 1등을 해본 적이 없다. 그때의 바램을 들어주셨는지 그다지 키도 자라지 않았다. 고호의 구두만큼 정말 오래오래 신고 다녔다. 몇 번이고 칠을 다시 하고, 밑창을 갈고, 꿰맨 부분이 터져 다시 깁기도 하면서 나와 함께 어디든 함께 다녔다. 고치러 갈 때마다 버릴 때가 되었다는 구둣방 주인의 말을 열 번도 넘게 들으며 꿋꿋하게 신었다.

지금은 신발장에 갖가지 신발이 가득하다. 그러나 어떤 신발을 사도 그때처럼 기쁘지 않다. 신다가 싫증 나면 멀쩡해도 버리고 다른 것을 산다. 유행 따라 사고, 옷차림에 맞추어 산다. 쉽게 얻고 쉽게 버리는 생활에 익숙해진 우리는 그만큼 많은 것을 잃었다.

오래도록 함께 지낸 물건은 이미 무생물이 아니다. 주인의 체취가 흠뻑 배인 구두 한 켤레, 모서리가 닳은 지갑이나 흠집투성이인 안경은 곧 그 사람을 상징한다. 손때 묻은, 땀이 밴 소지품들은 곧 우리의 자서전이다.

아버지가 맞춰준 그 구두를 신고 나는 정말 열심히 공부하고 책을 읽었다. 학교 도서관에서 가장 늦게까지 남아있는 날이 허다하여 비가 오면 아버지는 1시간 가까이 걸어가야 하는 학교로 우산을 들고 찾아오곤 하셨다. 건물 밖에서 유리창 너머 내가 공부하는 모습을 지켜보던 아버지를 생각하면 지금도 가슴 한켠이 찡하다. 도서관에 찾아오지 않고 1시간이든 2시간이든 내가 나올 때까지 기다려준 아버지가 있었기에 가로등 하나 없던 밤길도 무섭지 않았고, 아무리 비가 퍼부어도 아버지 우산 속 그늘은 세상 그 어느 곳보다 안온했다. 아버지가 맞춰준 구두와 아버지가 씌워준 우산만 있으면 세상 무서울 것이 없던 그때가 정말 그립다.

도서출판 SUN 대표, 수필가, 한국액티브시니어협회 부회장

엄마의 기도가 만들어 낸 기적

-문정이

구름 한 점 없는 밤하늘, 늑대의 울음 같은 심연의 달빛에 숨이 막혔다. 축 늘어진 아이를 안고 달리는 어미의 목구멍을 긁어내리는 울음 섞인 숨소리에 밤마다 짖어대던 개들도 침묵하고 있었다. 까만 벨벳에 박힌 보석 같은 별빛이 눈이 시리게 아름다웠다. 손을 뻗으면 손에 묻어 날 것 같아 힘겹게 팔을 뻗어 보았지만, 외면하듯 멀어지는 별빛이 서럽게 아름다웠다. 처절한 울음만이 가득한 침묵의 순간. 갑작스레 발작하듯 짖어대는 개들의 울음소리에 퍼뜩 정신을 차리고는 울어서 쉬어버린 목소리로 쉭쉭거리는 쇳소리와 함께 입을 떼었다.

"엄마, 별이 너무나 예뻐요."

이 말에 엄마는 미친 듯이 소리를 지르며 통곡하기 시작했다. 나중에 아주 오랜 시간이 지나 그때 왜 그렇게 소리를 지르며 울었냐고 물어보자, '정이 네가 드디어 고통을 못 이기고 미쳤구나' 생각되어서 그랬다고 한다. 나는 그저 밤하늘의 별이 예뻤을 뿐인데…….

4살, 유난히 마르고 허약했던 나는 또래 중 키가 가장 작았다. 추석 명절을 며칠 앞둔 어느 날, 연례행사로 목욕을 하기로 했다. 까만 가마

솥에 물을 끓여서 어른 한 명이 들어가 앉아도 넉넉한 큰 고무다라이를 안방에 들여놓고 목욕을 하기로 했다. 펄펄 끓는 물을 양동이에 담아 방안으로 옮기는 일을 하던 둘째 언니가 양동이를 안방 문 앞에 내려놓고 잠시 자리를 비운 사이, 신을 신고 밖으로 나가려던 나는 확인도 안 하고 오른발 전체를 양동이에 담갔다. 키가 작아 발을 뺄 수도 없던 나는 미친 듯 비명소리만 질렀다. 그리고 비명소리에 놀라 언니가 집안으로 튀어 들어올 때까지 꼼짝없이 발을 담그고 있어야 했다.

본능적으로 알았는지는 모르겠지만 그때 발버둥을 쳐서 양동이 물이 엎질러졌으면 온몸에 화상을 입었을 거라고, 어린아이가 대견하다는 칭찬 아닌 칭찬을 참 많이도 들었었다. 물론 그 바람에 오른쪽 다리 전체에 심각한 화상을 입었지만... 표현하기는 좀 끔찍하지만, 삶아졌다는 게 가장 적당한 표현일 것이다.

그때부터 시작된 화기 빼는 작업! 술을 지나치게 많이 즐기시던 아버지 때문에 언제나 됫병으로 소주가 몇 병씩 있었기에 가능했던 일이지만, 작은 고무다라이에 안에 들어가 서서, 소주를 연신 화상 부위에 들이부었다. 워낙 심각한 화상이라 이미 물집이 터질 듯 부풀어 올라있었기에 그 고통은 4살 아이가 감당하기에는 너무나 큰 고통이었다. 온 동네가 떠나갈 듯 비명을 지르면서 지쳐 쓰러질 때까지 고문 같은 몇 시간을 엄마 머리카락을 부여잡고 서 있어야 했다.

그렇게 악몽 같은 시간을 버티다 기절한 나는 그대로 잠이 들었고, 그날도 술을 머리끝까지 마시고 집에 온 아빠가 소리소리 지르며 아이 죽이려고 작정했냐고 빨리 병원으로 가라는 소리에 퍼뜩 정신을 차린 엄마가 나를 이불에 싸매 안고 택시를 탈 수 있는 신작로까지 30분 거리를 달렸다. 그때의 밤하늘은 별마로 천문대에서 보았던 밤하늘보다 더 아름다웠다. 40년이 훌쩍 지난 지금도 손에 잡힐 듯이…….

어렵게 택시를 잡아 타고 시내를 갔지만 이미 병원문은 다 닫혀 있었다. 병원 문을 엄마는 미친 듯이 두드렸고, 세 번째로 찾아간 병원에서 졸린 눈을 비비며 원장님이 문을 열어주셨다. 그리고 시작된 진찰. 왜 이제야 왔냐고… 이 상태면 아마 평생 장애를 가지고 살아가게 될 거라고 말하는 의사 선생님의 멱살을 엄마가 억세게 부여잡았다. 키가 150이 안 되는 엄마였기에, 엄마가 의사 선생님의 멱살을 잡았다기보다는 엄마가 매달린 것처럼 보였다.

"당신 의사 맞아? 이 아이가 이제야 4살이야. 그런데 어떻게 평생 장애를 자기고 살 거라는 말을 그렇게 쉽게 뱉을 수 있는데, 말이면 다 말이야?"

"잘~해야 장애를 가지고 살 수 있는 거고, 이건 화상 부위가 너무 넓고 깊어서 살아 남는 것도 장담하기 힘들다고… 어디 사람을 돌팔이 취급해!?" 라고 소리를 지르며 엄마의 손을 거칠게 쳐냈다. 그러자 엄마는 차가운 병원 바닥에 무릎을 꿇고 머리를 바닥에 박은 채 두 손을 머리 위로 올려 의사 선생님께 빌기 시작했다.

"의사 선생님 제발 우리 딸 살려주세요. 제발 살려주세요. 이제야 4살입니다. 내 다리 잘라 붙여줘도 좋으니 제발 걷게 해 주세요. 살려주세요."

엄마의 처절한 모습이 너무나 가슴이 아파 난 다시 울음을 터트렸고, 그 후로 다시 정신을 잃었던 건지 기억이 나지 않는다.

내가 다시 눈을 뜬 곳은 집이었다. 그리고 엄마는 집에서 민간요법으로 치료를 하기로 마음먹었다. 어차피 살아도 평생 장애를 가지고 살아야 한다면 그 십자가는 엄마 스스로 져야 한다고 생각했었다고 한다.

어느 날 시장에서 우연히 들었다는 민간요법이 생각나서, 여기저기 수소문을 해 다시 방법을 물어봤다고 한다. 갱엿을 분유 깡통에 넣고 불을 붙인 후 쥐불놀이하듯 돌려 완전연소를 시키고 남은 재를 밀가루처럼 곱게 갈아서 생들기름에 섞어 환부에 붙이는 방법이었다. 그러면 살짝 딱딱하게 마르는데, 환부가 드러나지 않도록 계속 바르고 또 발라줘야 했다. 접착력이 좋은 편이 아니기에 부슬부슬 떨어지는 것을 하루에도 수십번씩 덧발라 줘야 했다.

물집으로 뒤덮인 환부에서는 끊임없이 물집이 잡히고 터지고를 반복했고 그때마다 덧발라주는 일을 반복해야 했다. 엄마가 없을 때는 내가 혼자 내 환부에 덧발랐던 기억이 생생하다. 그런데 문제는 그 안에서 새 살이 올라올 때까지 그 모든 고통들을 진통제도 없이 버텨야만 하는 것이었다. 밤마다 고통에 몸부림치면서 잠을 잘 수 없었고, 그때마다 나는 한나(아들을 낳게 해 달라고 너무나 간절히 기도를 해서 술 취한 사람 취급을 받았던 성경 인물)의 기도를 보았다.

고통에 몸부림치면 약이 떨어져 나갔기에 움직이지 못하도록 나의 다리를 밤새 붙잡고 있어야만 했던 엄마의 눈에서는 눈물만 흘러내렸다. 나의 다리를 붙잡고 걸을 수 있게 해달라고 기도하던 엄마의 기도 소리가 지금도 너무나 선명하게 들리는 듯하다.

사진 한번 찍기가 어려웠던 시절 사진이라도 남겨져 있으면 좋으련만, 그 모든 사건은 나와 가족의 기억에만 생생하게 남아있다. 그리고 내 다리는 흉터 하나 없이 깨끗하게 나았다. 발목 부분에 주근깨 같은 점들이 있는데, 왼발에는 없는 것이 오른발에만 있으니 그것이 유일한 증거 같다는 생각을 종종 하게 된다.

어떻든 평생 못 걸을 거라 의사가 선언했는데, 기적이 일어난 것이다. 아마 동네 사람들은 모두 구경하러 왔던 거 같다. 어떻게 그 다리가 흉터 하나 없이 나을 수 있냐고……. 비슷한 시기에 팔 한쪽에 뜨거운 물이 닿아 화상을 입었던 동갑내기 여자아이는 심하게 일그러진 흉터와 그 팔이 펴지지 않는 후유증이 남아서 두 사건을 비교하며 더 놀라워했는지도 모르겠다.

물론 그 민간요법은 우리 집 만의 비법이 되어 그 후 남동생이 얼굴 전체에 화상을 입었을 때도, 가슴 부위에 크게 화상을 입었을 때도 같은 방법으로 치료를 했고, 못 참고 잡아 뜯은 부위만 작은 흉터가 남아 있을 뿐 깨끗하게 치료되었기에 확실히 효과가 있는 방법이기는 하다. 하지만 나에게는 그 모든 것이 기적이다. 엄마가 그 비법을 우연히 듣게 된 것도 기적, 흉터 하나 없이 치료된 것도 기적, 그 끔찍했던 고통을 어린 몸으로 감당해 낸 것도 기적. 이 모든 게 간절한 엄마의 기도가 만들어 낸 기적이라고 생각하며 감사의 생활을 하고 있다.

그리고 이제 어른이 된 나는 매일매일 기적을 경험하며 살고 있다.

"한 걸음" 의 기적

"한 숨" 의 기적

"한 줌 온기" 의 기적

"나" 라는 기적

"너" 라는 기적

"우리" 라는 기적

E3Group consulting대표, 20년차 기업전문강사, 상담학 박사

넬리 윤과 돌아온 장고

–이용만

골퍼라면 누구라도 그러하듯 나도 정말 잘 쳐보고 싶다. 18홀을 가장 적게 쳐서 낮은 점수를 내야 하므로 정교하고 호쾌한 샷이라야 한다. 타수를 많이 치면 운동이 되어 몸에 이롭다지만 적게 쳐야 마음이 좋다. 실수를 줄이는 게 골프 경기이고, 줄이지 못한 실수만큼이 핸디캡이 된다. 부부간에는 스윙폼도 얼추 비슷하다. 나의 아내는 고맙게도 나를 따라 하며 무던히도 애써왔다. 흰 피부에 우아와 교양을 중시하는 아내가 점점 나처럼 냅다 쳐대는 게 신기했다. 힘이 없는 게 아니었다. 약한 척하는 것은 여자들이 종종 쓰는 효과 있는 처방이다. 이제는 여기저기 아픈 곳을 호소하기 바쁜 할머니지만, 골프장에 가면 이명도 없어지고 관절염도 잊는다. 골프장이 병원보다 싸게 먹힌다는 것을 나는 늦게나마 알았다. 오늘은 아내와 호젓한 라운딩을 갖는다.

골프에 대해 문외한이더라도 잘 다듬어진 초록의 골프 코스는 TV 화면에서 보기만 해도 좋다. 선수들의 기량을 척 보면 금세 안다. 불안, 초조, 근심, 자만, 자신감… 모두 알 수 있다. 나는 여성 골퍼들의 화려한 복장과 섬세한 숏게임, 부드러운 샷과 표정 등 볼거리가 더욱 좋다.

내가 '제시카 코다' 의 팬이었을 때 아직 '넬리 코다' 는 꿈을 키울 때였다. 요즈음은 동생 '넬리' 가 언니를 능가한다. 골프선수로서 가문을 빛내는 '코다' 라는 자매의 성姓이 재미있다. 음악 용어로 코다는 클래식 음악에서 마지막 악장의 끝부분을 말한다. '절정과 흥분의 도가니' 그게 코다이다. '코다' 라는 나만의 이미지에 스스로 열광한다. '넬리 코다' 가 뿜어내는 폭발적인 샷은 그녀의 미니스커트와 미모마저 함께 날려버릴 정도다.

20여 년 전 장인과 장모님을 먼저 여읜 아내를 나는 깊이 공감하지 못했다. 지금 생각해도 솔직히 공감 능력이 부족했다 싶다. 내가 자주 되돌아보는 렘브란트의 성화 '돌아온 탕자' 처럼 나는 의례적인 선 그 이상을 넘어서지 못한다. 급기야 심한 우울감에 시달리던 아내를 위해, 급히 떠난 곳이 호찌민이다. 비행기 시간이니, 티켓 값이 문제가 아니었다. 밤 12시에 택시로 골프장을 찾아가는데, 소통도 안 되고 위치를 모르니 운전사 저희들끼리 바뀌면서 캄캄한 산야를 헤매었다. 나와 아내는 거의 납치되는가 보다 했던 기억이 생생하다. 아이러니하게도 아내의 우울감은 그렇게 나아졌다. 누구나 심각해지는 때가 있으려니… 이제는 나도 조금은 안다.

올여름 노모를 여의고 나서 아내는 50일간의 연미사를 홀로 끝낸다. 나는 미안해서 고맙다는 말도 할 수 없다. 수고한 아내를 위로라도 해야 한다. 손녀를 돌보느라 아픈 곳이 두 배는 더 늘었다. 아내의 기를 살려야 한다. 오랜만에 골프팀 구성하기는 어색하다. 골프는 주로 4명 1팀으로 하는 것이 관례다. 4인 값의 카트 비용과 캐디피fee를 지불하며 둘이 치기는 좀 그렇다. 애인과의 골프라면 둘만이 쳐야 한다. 골프 가르쳐 달라던 여성분들이 나라고 왜 없었겠는가? 사실 바람기도 감정과 이성 사이에서 팽팽한 균형을 이루다가 마지막 지푸라기가 한 개 얹어지면 그쪽으로 기울어지는 게 인생사다. 돌이켜보면 용기가 부족한 게 나를 살렸고, 키도 작은 편, 미남 아닌 게 천만다행이었다. 참으로 아슬아슬하다. 나의 속마음을 들키거나 말거나 내색도 않는다. 나는 아내와의 라운딩이 무엇보다 귀중해져서 왕복 4시간 운전도 즐겁다. 무엇이든 비우면 편하다. 내가 생각해도 유연해져 다행이다. 돌잡이 손녀하고 놀아주기 시작하면서부터일까? 연륜 덕분일까? 어떤 연유인지 모르겠다.

처녀 시절 아내는 이름이 뭐냐고 묻는 남성들에게는 '순자' 라고는 절대 안 하고 그냥 '윤이에요' 라고만 했다. 우리 두 딸도 깔깔대며 웃던 오래된 에피소드이다. 아내 이름은 호적에 등재된 때부터 '순자' 이다. 하지만 주변에서는 모두 천주교식 성녀 이름인 '아네스' 로 부른다. 파평 윤씨이므로 '윤, 순, 자!' 딸 다섯인 집에 막내딸로 태어나셨다. 일제강점기 영향인지 이름의 끝 자는 '아들 자子' 자字가 흔했다. '순자' 라고 발음해보면 입이 열려진 채 끝나 애매하다. 큰 언니 이름인 '정희' 와 비교해도 촌스럽긴 하다. 그러나 대놓고 '촌스럽다' 고 말한 적은 절대 없다. 한때는 남들이 "영부인이네" 라고 하던 때가 잠시 있었지만 허허로울 뿐이다. 아마도 장인어른은 내리 딸 다섯에 이름을 '순자' 라고 지으며 순리를 따르기로 하고 아들을 포기하셨을 거다. 그렇지 않고서야 "큰 언니를 '정희' 라고 예쁘게 지으신 정성이 어디로 갔습니까?" 라고 나는 여쭙고 싶다.

오늘이다! 둘만의 라운딩에 들떠 아내는 컨디션까지 좋다. 아내는 자신감이 넘쳐 멋진 원거리 퍼팅을 해낸다. 기가 막힌 어프로치 샷은 홀컵 깃대에 척척 붙는다. 이럴 수가!! 참으로 신통방통하다. 긴 세월 남편 따라 하나둘 골프를 배워오고, 또한 띄엄띄엄 가르쳐온 세월에 나 스스로 대견하다. 아내에게 자긍심을 넣어 줄 기회다. 이런 날에는 아무거나 둘러대도 오케이다.

최근 LPGA 경기중 하이라이트 장면이 떠오른다. 늘씬한 미녀 골퍼에 용맹한 '넬리 코다'는 내가 이른바 광팬이다. 나 같은 팬들을 위해 그녀의 퍼팅을 반복해서 보여준다. 하지만 늘 그렇듯 퍼팅은 운이 좋은 정도이고, 예쁜 처녀의 뒷 모습을 계속 보여주는 것이다. 그게 확실한 팬서비스인 줄 모두 안다. 그렇다! 어쨌든 오늘 '순자' 여사의 퍼트는 '넬리 코다' 를 능가했고, 자신감은 프로처럼 당당했다. 아내가 갑자기 사랑스럽고 귀여워 보인다. 모래 벙커에서 샷을 준비 중인 아내를 격려하려 '넬리 윤!!' 하고 나는 큰 소리로 불렀다. 그렇게 내가 아내에게 붙여준 애칭이 '넬리 윤' 이다. 넬리 윤!! 아내도 듣고 보니 나쁘지 않은 눈치다. 나도 이참에 아내에 대해 고정관념이란 걸 바꿔본다.

'노파심' 이라는 말이 왜 있겠는가? 철학자 하이데거가 말한다. '언어는 존재의 집' 이라고… 노파의 잔소리는 천성적이다. 그러므로 잔소리가 많아지면 노파이고 남자는 꼰대가 된다. 내 아내가 다름 아닌 노파라니……. 나의 머릿속에서 '노파' 라는 언어를 아예 지운다. 시인 김춘수는 "꽃"에서 이렇게 노래한다. '내가 그의 이름을 불러 주었을 때/ 그는 나에게로 와서/ 꽃이 되었다' 라고.

나는 아내를 '넬리 코다' 로 믿기로 한다. '순자' 여사가 아닌 귀여운 '넬리 코다' 가 나와 함께 데이트 중이다. 꿈속에서 꿈과 생시가 구별되겠는가? 부부 둘이서 라운딩! 지루하겠다던 나의 우려는 기우였다. 첫 홀을 마친 33세 남자 캐디는 이미 모든 것을 파악했다. 일단 불륜 아니란 것을 금방 안다. 나 대신 아내를 얼마나 잘 지도하는지 레슨비를 지불해야 할 정도인데, 언행과 품성도 훌륭하다. 칭찬을 넌지시 던져본다. "골프 레슨을 해도 좋겠다"라고. "그렇잖아도 스키 강습이 본업이라며 밸런스를 많이 생각한다"고 한다. "그렇지!" 맞는 말만 하는 캐디를 100% 믿고 아내를 맡기니, 덕분에 나는 여유가 생긴다.

나는 꼭 해보고 싶던 샷이 있다. 즉 페어웨이에서 3번 우드 대신 드라이버로 온그린on green하는 것이다. 골프공의 탄도와 굴러가는 거리를 서로 비교한다. 티(tee)도 안 꼽은 드라이버 샷은 물론 어렵다. '모 아니면 도' 그 정도로 여기는 게 사실 옳다. 그러나 근력이 떨어지니 비거리가 더욱 절실하다. 성공확률이 낮지만 불가능한 일도 아니지 않는가? 우드를 대체한 드라이버샷이 쌔~앵하고 B29 화물수송기처럼,

낮은 탄도로 빨랫줄이 되어 날아간다. 낮게 날아간 볼은 땅에 떨어지고도 잘 굴러가니 거리는 완전 덤으로 얻는다. 어깨가 절로 으쓱, 주체할 수 없는 자만심이 걸음걸이마다 넘실댄다. 내기가 걸린 때라면 승부를 걸 수도 있다. 아니 친선게임이라면 동반자들에게 폼 잡기에 더없이 좋은 기회가 아닌가? 언제 있을지 모를 다음 게임 때까지 "야들아, 봤지!" 나의 서늘한 '공포의 샷' 은 뇌리에 깊이 각인된다. 바로 이거다. 골프 친구들을 다시 부르자. 그리고 황야의 총잡이 영화 〈돌아온 장고〉처럼 뭔가 하나 보여주자. '돌아온 탕자' 든 '돌아온 장고' 든 돌아오면 되었다. 돌아옴은 반성이고 부활인 줄 알아 굳이 묻지 않는다. 그러니 "이제 우리 나이에 전성기는 다시 안 와" 라고 쉽게 믿지 말자. 그런 말들은 그저 위로 삼아 주고받을 뿐이다.

오늘 아내는 '정말 마음 편한 라운딩' 이라며 고마워한다. 그러나 모든 말은 흔적을 남긴다. 무수한 나의 말 조각들이 꾸중인지 격려인지 "왜 이게 안 돼? 고개를 들었잖아! 방향을 잘 못 섰지!" 하며 아직도 아내의 뇌리에 맴돌고 있다. 아내의 건망증이 치매가 되기 전에 부지런히 지워내야 한다. 안갯속에서 모든 것이 흐릿해질 때까지. 아내가 '넬리 코다' 인 줄 아는 망상을 정신과 의사들은 어떻게 설명하든 상관없다. 오히려 망상이 아내를 살려내고 그래야 나도 산다. 가상현실이 깨어나지 않기를 바랄 뿐이다. 치매를 이겨내며 돌아가신 부모님이 몸소 가르쳐 주신 대로, 어차피 현실과 가상이 섞여 구별도 어려운데 뭘. 더 이상 무엇을 바라는가? 모든 게 굿 샷! 찻잔을 옆에 두고 나는 어떻게 살아왔고 살아가는지를 생각해 본다. 코비드19! 코로나는 부부간 말싸움도 더욱 덧없게 한다. 서로 돌아보며 위로할 시간마저 그리 녹록지 않음을 일깨운다. TV 외신뉴스에서 목도한다. 어느 날 갑자기 가족과도 유리 벽을 통해 만날 수밖에 없다. 마스크 쓰기가 답답하니 손녀에게 옮길지도 모른다. 급기야 자문자답한다. 죽을 준비는 되어있는가? 천년을 살 것처럼 자로 재어가며, 완벽을 추구하던 단견을 반성한다. '황혼 이혼' 이네 '졸혼' 이네 하던 말도 뚝 사라졌다. 그나마 아직 정신이 멀쩡하니 함께 잘 놀기라도 하자. 늘 축배를 들고 축하해주자. 모든 골퍼들의 소망인 버디를 낚는 건배사가 멋지다. '올 버디all birdy!'가 귓가에 쟁쟁하다. 즉 '올해도 버팀목과 디딤돌이 되자' 는 올 버디! 꿈보다 해몽이다. 우선 아내에게 버팀목이 되고 손녀에게는 디딤돌이 되어야 한다. 정신 차리고 서부의 총잡이 '돌아온 장고' 가 되어 '넬리 윤' 과 황야를 내달리고 싶다. 코로나는 경보음을 삐용삐용 울리면서 내게 없던 용기를 세차게 불어 넣는다.

삼성생명 연수팀장, 스탠다드정밀 대표, KD공인중개사

엄마의 자리

–김연주

"믿고 싶지 않겠지만, 이런 습관화(권태)는 인간관계에서도 발생한다. 아침마다 직원들과 형식적으로 인사를 나누고, 아이들을 학교에서 데려올 때는 눈도 마주치지 않은 채 오늘 하루가 어땠는지 묻고, 명절이나 생일 때 친지들에게 안부 전화 돌리는 일을 대단히 기계적으로 반복한다. … 인간관계는 점차 따분해지고 그들의 소중함에 대해 덜 생각하게 된다. 그저 늘 하던 대로 말하고 행동하게 되는 것이다."

- [해빗(웬디우드) 중에서]

타인이 습관이 된다는 것.

특히 사랑하는 누군가가 습관으로, 익숙함으로, 권태로, 무의식의 영역으로 넘어가게 된다는 것은 얼마나 슬픈 일인가.

내가 결혼하기 전, 아마도 나에게 엄마는 내 무의식으로 넘어간 지 오래된, '습관' 같은 존재가 아니었나 싶다.

엄마가 청소해주는 집에서, 엄마가 세탁해 준 옷을 입고, 엄마가 해주는 밥을 먹는 것은 늘 너무나 당연했는데, 그래서 집이 지저분하거나, 설거지 그릇과 빨랫감이 쌓여있거나, 밥이 차려져 있지 않으면 고스란히 엄마 탓을 하게 되었다. 엄마는 밖에서 일을 했음에도, 집에서 역시 쉴 틈 없는 사람이었다. 아프거나 피곤하면 안 되는 사람이었다. 엄마의 휴식은 엄마 자신에게도, 우리 가족에게도 어색했다. 엄마는 늘 부지런히 무언가를 해야 했다.

엄마는 내 고민을 들어주는 사람이었고, 때로는 내 화풀이 상대이기도 했으며, 나에게 위로를 건네주는 사람이기도 했다. 하지만 정작 엄마는 자신의 고민을 누구에게 털어놓았는지, 화는 누구에게 풀었으며, 어디에서 위로를 받았는지, 우리는 알 수 없었고, 궁금해하지도 않았다.

그렇게 늘 당연하게 내 옆에, 내 가족과 함께 존재하던 엄마이기에, 엄마와 함께하며 엄마에 대해 생각해 본 적은 거의, 아니 한 번도 없었다.

결혼 후, 나는 엄마라는 습관과 단절되고서야 드디어 엄마를 내 의식의 영역으로 불러들였다. 엄마와 멀리 떨어져 엄마가 하던 수많은 일상의 일들을 이제는 서툴게나마 내 손으로 해나가면서 나는 자주 엄마를 떠올리게 되었다. 특히 아이를 낳고 나서는 더 그랬다. 분주한 아침을 보내고 잰걸음으로 출근을 하다 문득, 퇴근하자마자 정신없이 아이들 뒤치다꺼리를 하다가 문득, 아픈 아이를 돌보느라 잠들지 못한 새벽 시간에 문득, 장을 보고, 밥을 차리고, 밥숟가락을 입에 넣으며 문득문득 나는 멍한 눈으로 그녀를 떠올리게 되었다.

그랬다. 전혀 궁금하지 않던 엄마가 궁금해졌다. 엄마는 온 종일 약국에 서서 무슨 생각을 했을까? 집으로 돌아와 쇼파에 앉아보기는 커녕 부엌에 또다시 서서 부지런히 가족들 식사 준비를 하며, 엄마는 어떤 마음이 들었을까? 다리가 아프다는 하소연에도 눈 깜짝 않는 식구들이 야속하지는 않았을까? 하루하루 버거웠을까? 외로웠을까? 혼자 울기도 했을까? 지금은 어떨까? 엄마는 지금 행복할까?

그런데 또다시 시간이 흐르고, 나도 어느덧 결혼 7년차가 되었다. 지금도 물론 문득문득 엄마를 떠올리며 엄마의 안부를 궁금해하지만, 이제는 나와 이렇게 멀어진 엄마가 나의 새로운 습관이 되었다. 잠시 나의 의식으로 돌아온 듯하던 엄마는 시간이 흐름에 따라 또다시 나의 현실 뒷전으로 밀려났다. 내 손으로 하는 살림은 버거웠지만 그래도 그런대로 익숙해져갔다. 가끔가다 엄마를 떠올리면 여전히 가슴 먹먹했지만, 곧 머리에서 잊혀졌다. 하루하루는 너무나 바빴다. 가끔 엄마를 생각하고, 또다시 엄마를 잊고, 그렇게 엄마 없이 사는 것이 나에게 어느새 익숙한 습관이 되었다.

그러고 보니, 코로나며 일이며 이것저것을 핑계로 엄마를 못 만난 지가 얼마나 되었더라…? 전화를 못 드린 지는?

요 며칠도 바쁘고 정신없단 핑계로 전화를 한동안 못 드렸다. 어제는 엄마의 부재중 전화 기록을 보고도 다시 전화드리는 것마저 잊고 있었는데 오늘 엄마에게서 다시 전화가 왔다. 바쁜 딸을 귀찮게 하는 것은 아닌지 걱정되는 마음에 엄마는 내가 전화 받을 상황인지를 몇 차례나 물어 확인하고서야 어렵사리 용건을 꺼낸다. 전화를 다시 하신 것도 여러 번 주저하셨음이 틀림없다.

겨울 이불을 보냈다 하신다. 내가 결혼할 때 혼수로 해주신 이불이 사실 마음에 들지 않아 그동안 너무나 신경이 쓰였다며, 큰맘 먹고 다시 샀으니 올겨울엔 가볍고 따뜻한 새 이불로 포근하게 보내라신다.

"아, 난 또 뭐라고!

이불 많은데, 그 비싼 걸 뭐하러요?!"

기어코 안 해도 될 핀잔을 한 마디 내뱉었다. 엄마는 새로 산 이불이 어떤 이불인지, 원래 얼마인데 지금이 마침 세일 기간이라 실제로는 얼마를 주고 샀는지 등등의 이야기를 마치 변명을 늘어놓듯이 길게 덧붙인다. 나의 고맙다는 인사는 그 긴 설명 뒤에, 한참 후에나 나왔다.

"엄마, 고마워요." 하고 짧게 인사하는데 콧등이 시큰해졌다.

일을 핑계로 전화를 서둘러 끊었다. 더 이야기를 나누다가는 목소리에 울컥거림이 새어나갈 것만 같았다.

나에겐 어느새 엄마를 가끔가다 한 번씩 떠올리는 것만이, 그리고 금세 잊어버리는 것만이 습관이 되어 버렸는데, 아마도 엄마는 40여 년 전, 나를 뱃속에 품고 있을 때부터 생긴 오래된 습관을 전혀 버리지 못하고 있나 보다. 결혼하고 분가해서 자기 살림을 살고, 아이를 낳아 부모도 되고, 어느새 불혹의 나이를 보내고 있는 다 큰 딸을 여전히 생각하고, 걱정하고, 챙기는 습관. 자기 삶에 급급한 이기적인 딸에게 엄마 삶을 기꺼이 내어주는, 딸을 사랑하는 그 오래된 습관 말이다.

그래, 사랑하는 나의 엄마를 다시 모셔올 때다.

더 이상 익숙함이나 당연함, 권태와 같은 무의식의 자리가 아닌, 엄마의 자리는 내 명확한 의식의 영역이어야 한다. 더 늦기 전에.

교사

부치지 못한 편지

–김영희

내 아버지는 나라의 녹을 먹고 살았다. 키는 큰 편이고 얼굴은 갸름했으며 지금의 아이돌 격이었다. 얼굴이 꽤 매끄름한 편이었다. 아버지는 여러 곳으로 전근을 다녔다. 시가가 바로 옆인 엄마는 시부모 곁을 떠나지 못했다. 때문에 아버지는 주말부부로 편지를 보내오곤 했다. 필체는 아주 정갈했다. 그는 까만 수첩에 메모 형식의 일기도 썼다. 가끔 나는 아버지의 수첩에 적힌 일기를 훔쳐보는 버릇이 생겼다. 일기에는 대부분 그날의 날씨와 업무 내용이 적혀 있었다. 당시 감수성 많은 여덟 살, 내가 기대하던 내용은 없었다. 셜록홈즈처럼 아버지의 행적에서 어떤 기미를 발견하길 원했지만 허사였다.

'어떤 여자' 에 대한 스토리를 재미나게 적은 걸 발견하길 기대했으나 아버지가 바보 아닌 이상 그런 기밀을 쉽사리 누설할 리 만무했다. 우리 아버지가 그렇게 칠칠맞은 사람이 아니어서 다행이었다. 나는 지금도 그렇지만 어린 그 시절에도 호기심과 물음이 많았다. 물음은 거의 혼자만의 공상일 뿐이었지만 말이다. 내 물음은 왜 엄마는 아버지와 떨어져 살며 가끔씩 보아야 하는지가 도통 이해되지 않았다. 내 눈에 보이지 않는 아버지의 부당함을 찾아야 하는 이유이기도 했고 그 꼬투리를 알게 되면 아버지에게 항변하고 싶어서였다. 사실 마음으로만 그랬던 거지 그 정도로 당돌하기엔 아직 어렸다.

내가 엄마를 응원하게 된 것은 그럴만한 이유가 있다. 우리 할아버지의 별명은 호랑이 할아버지였다. 며느리인 엄마에게 위로는커녕 허세까지 부렸다. "남자가 열 기집을 못 거느리느냐?"며 당신 아들을 두둔했다. 술을 드시면 남자라면 다 그래야 하는 듯 떵떵거렸다. 그런 할아버지가 내게 미움의 대상 1호로 등극했다. 남존여비 사상에 찌든 할아버지가 손주를 더 낳으라는 뜻으로 아버지의 바람기를 북돋은 셈이다. 할아버지의 바람과는 달리 그 여자는 애를 못 낳았다. 1남 4녀를 둔 엄마를 두둔해주는 사람은 외가 식구들밖에 없었다. 시가는 갑이고 외가는 을이 된 형국이다.

그런 엄마가 안쓰럽고 불쌍했다. 엄마는 가끔 그 울분을 외할머니한테 토로하곤 했다. 힘깨나 쓰는 친정 식구가 없어 당신을 무시한다고 한탄했다. 슬픔과 그리움을 안으로 삭이는 엄마를 보면서 나라도 무조건 엄마 편이 되기로 작정했다. 어리지만 약자에 대한 수호신이 되기로 마음먹은 것이다. 엄마와는 특별히 약속한 바가 없어 엄마가 내 속내를 알았는지는 모르겠다. 순전히 내 생각이었을 뿐이었으니까. 다만 그러려면 공부를 열심히 하고 엄마 속을 썩이지 않아야 한다는 모토가 자리 잡았다. 엄마는 그런 처지에서도 낙천적이고 유머스럽기까지 했다. 지금도 내 친구들은 엄마에 대한 감상을 그렇게 말하곤 한다. 엄마와 아버지는 늘 데면데면했지만 두 분이 아옹다옹 싸우는 꼴을 거의 본 적이 없다. 주말에 집에 오시면 아버지는 엉덩이 붙일 새도 없이 집 주변까지 정리하는 성실맨이었다. 흔히 사람들은 아버지를 보고 법 없이도 살 사람이라고 말했지만 내가 보기엔 가장으로서 룰을 어긴 범법자라는 생각이 지배적이었다.

엄마는 어쩌다 키우던 토종닭을 잡곤 했다. 닭을 잡는 날이면 엄마는 오빠에게 닭 다리 두 쪽을 뚝 떼어 주며 말하곤 했다. 오빠가 듣지 않게 작은 목소리로 "니들이 누구땜에 사는 줄 알어? 다 니 오빠 덕인 줄 알어." 그 말을 들으며 지지배들은 아들인 오빠에 대한 고마움을 느껴야 했다. 엄마는 아들 하나를 위로 낳고 쪼르르 딸 넷을 낳는 동안 시부모한테 죄스러워 해복간은 커녕 애를 낳자마자 집안일을 했다고 했다. 하열이 심했던 엄마는 산후풍으로 몸 사방이 시리다고 말했다. 그렇게 엄마는 삶의 고통을 안으로 삭이며 살았다.

아버지는 명절이 되면 귀한 설탕이나 버섯 등의 선물을 포대로 가져오곤했다. 주변의 친척과 이웃분들에게 나눠주면 금방 바닥이 보였다. 그것을 보며 식구 몫도 챙기지 못하는 것과 아버지의 외도는 꼭 닮은 꼴이라는 생각이 들었다. 마음만 착해서 남 좋은 일을 한다고 어린 나는 생각했다. 지나고 보니 둘 다 틀린 일이었다. 진짜 실속을 차린 것은 아버지였는지도 모르겠다. 그런 일들로 나의 상상력은 가일층 높아졌다. 어떤 의미에서는 타인을 보며 느끼는 감정을 어려서부터 체험했다고 볼 수 있다. 형제 중 유독 내가 그랬던 것 같다.

내가 고등학생이 되자 아버지가 입학 기념으로 손목시계를 선물해 줬다. 며칠 후 집에 도둑이 들어 그 시계까지 잃었다. 도둑맞은 시계는 결국 아버지의 도둑맞은 사랑을 상징했다. 울컥하는 마음을 이기지 못하고 나는 아버지한테 편지 한 통을 썼다.

아버지께

타지에서 저희를 먹여 살리며 두 집 살림하시느라 수고 많으시지요? 아버지는 나름 가장으로 책임을 다한다지만 제 생각엔 누수나는 곳이 많아요. 첫째는 아버지가 수신제가를 하지 못하니 그에 딸린 처자식은 고구마 뿌리처럼 뒤엉키어 혼돈과 애증에 감염되었구요. 아버지 역할을 대신한 것은 호랑이 할아버지였어요. 아시다시피 욕심 많고 자수성가한 할아버지 댁은 동네에서 가장 컸고 농사채가 많아 황소를 기르고 머슴과 식모까지 두었지요. 할아버지는 손자인 오빠를 남보다 빨리 키우고 싶어 7살 (만 5살)에 국민학교에 입학시키구요. 어린 오빠는 서너 살 위인 반 친구들한테 얻어터지기 일쑤였고 공부는 뒷전이었다죠.

~중략~

오늘 이렇게 긴 글을 아버지께 쓰는 것은 그동안 제가 겪은 둘째 딸로서의 소회를 적는 거니까 조용히 귀 기울여 주세요. 다시 한번 저희 처지를 생각해 보시라구요! 아버지는 기생충 같은 여자를 과감히 내치지 못한 채 정에 끌려 어쩌지 못하시는 것 같은데, 지금이라도 아버지 자신의 고통과 가족의 상처를 환원하시지요. 저는 아버지께 '탈선'이라는 죄목을 인지시키고 가정의 룰을 어긴 자임을 감히 선포하는 바에요. 잘못을 인정하시길 간곡히 바랍니다. 외람되게도 원망과 탄식으로 아버지께 편지를 썼네요. 불효막심한 딸의 지탄을 용서하시고 제발 옳은 길이 무엇인지를 선택하시면 얼마나 좋을지요. 아버지 항상 건강하세요.

딸 영희 드림

끝내 부치지 못한 편지였다. 8살에 비하면 고1 편지 쓸 당시의 내 판단과 생각은 고뇌로 농익기 시작할 무렵이었다. 편지 내용을 다시 읽어보니 아무래도 아버지가 충격받아 쓰러질지도 모르겠다는 생각이 문득 들었다. 나는 당시 총이 아닌 펜도 사람을 잡을 수 있을까?라는 마음이 들어 망설였다. 어렵게 쓴 편지를 우체통에 넣을지 말지를 두고 며칠이 흘렀다. 결국 나는 그것을 영원히 꺼내지 못할 창고의 구멍 속으로 밀어 넣고 말았다.

지금껏 살아보니 인생은 단층이 아닌 복층구조의 복잡계라는 것을 알게 되었다. 원이 아닌 구, 즉 평면이 아닌 입체라는 사실을 깨달았다. 내 어릴 때 사고는 모 아니면 도였고, 참과 거짓, 착함과 못됨, 도덕과 부도덕이라는 2분법적 잣대로 세상을 해석했다. 유아적이고 편협한 사고였다.

하지만 인생은 씨줄과 날줄의 무한한 조합임을 이제야 알겠다. 누구에게나 자기만의 처지와 형편이 있다. 각기 다른 요소로 그 시공간을 채워간다. 고로 그간 내가 생각한 미흡하고도 성급한 판단이 크나큰 오류였음을 시인한다. 아니 그 시절엔 그 판단이 지극히 정당했는지도 모른다. 그런 오류가 세상의 이치를 깨닫는 마중물이 되었음을 인정한다. 내게 역경과 곤경이 없었다면 아마도 지금보다 훨씬 더 '미달이 인생' 을 살았으리라는 위안 비슷함을 한다.

따라서 인간은 그 누구도 남을 평가할 수 없다. 자신만의 저울이 곧 자정작용을 한다. 그게 바로 '양심의 가책' 이다. 그것만으로도 타인이 정죄하는 그 어느 것보다 위력이 크다. 이참에 나는 아버지의 존재 자체를 있는 그대로 인정하며 그간의 오해와 애증을 통렬히 사과드리는 바다. 성인이 된 지금에야 내 아버지의 모든 것을 이해하고 용서하게 되었다. 43년 전, 50세에 암으로 돌아가신 아버지, 지금의 나보다 훨씬 젊은 나이에 생을 마감한 아버지가 한없이 보고 싶고 그리워진다. 그 용서의 한을 하늘 우체국에 부친다. 사랑하는 아버지! 이제야 제 하찮은 용서를 깊이 받아주소서. 편안한 안식처에서 굽어살펴 주소서.

3060시니어연구원장

딸의 미루어진 오로라 여행과 할머니의 염원

–윤석구

"꼭 가보고 싶었어 아빠"

지구에서 가장 아름다운 풍경, 버킷리스트 넘버 원으로 불리는 태양의 영혼이 지구의 기슴에 다가와서 손짓하는 곳, 라틴어로 새벽이란 뜻의 일명 극광(極光)이라 불리는 아이슬란드의 오로라!

그리도 그렇게도 가 보고 싶은 이 세상에서 가장 아름다운 지은 따님의 신혼 여행지 꿈은 당분간 아니 언제 실현될지 모를 상자 안의 숙제가 되었다. 그 시간이 신축년 새봄이 될지, 아니면 백신이 10%라도 보급될 그때 즈음일지!

그렇다! COVID-19가 온 세상을 어지럽피우고 있고 전염을 예방한다고 국가 간 문호를 닫으니 비행기는 언제 이륙할지 무한정 공항 계류장에 정거 상태이고 그 여파로 여행사가 문을 닫고 그 많은 여행객의 관문인 인천공항 또한 개점 휴업이나 다름없다. 작년 2월 전후 오로라를 보는 것이 평생 꿈이라며 올 초 결혼하고 싶다는 딸 아이를 조금이라도 더 데리고 있고 싶은 부정(父情), 그 마음으로 아이슬란드 왕복 항공권 등 신혼 여행비 일체를 부담해주겠다는 약속을 하고 결혼식을 가을로 미룬 것이 화근이 된 것이다. 아빠의 간청을 마지못해 승인해 준 그 딸, 예상하지 않은 코로나 역병에 이렇게도 애간장을 점점 더 태우고 있으니 말이다!

그렇게 해서 택일한 예쁜 딸 지은이의 결혼 예정일은 당초 추석 일주일 전인 9월 26일이었다. 하지만 10월 1일과 9일 개천절 한글날을 앞두고 광화문에 차벽을 세우는 등 유독히 코로나19 감염자 수가 점점 증가한다는 방역기관의 발표는 급기야 식장 입장을 49명만 허용한다 하니 만인의 축복은 물 건너갔음을 인식하고 두 달을 연기하였다. 또다시 기일에 다가올 즈음 돌다리도 건너가라는 속담처럼 온 가족 무사히 예식을 치르길 기원했지만, 예식장 건물에 근무하는 직원과 또 다른 학우의 자가격리 소식은 조바심과 더이상 확산되지 않기만을 기원하는 바램뿐이지만!

방역을 두세 번 완벽하게 했다지만 하객들은 편한 마음으로 오실지, 뷔페 대신 도시락으로 제공해야 된다는데 잔칫집에 먹을 것 한 가지도 없네 하실지 모를 깊은 우려감과 역시 코로나 영향 최근의 결혼식 문화는 답례품으로 대용한다고 하는데 그렇다면 식사 인원과 답례품을 어느 정도 예약하는 것이 적정할지 밤을 세워 최접점을 산출하고 또 산출하지만 속이 탈 뿐이다. 예식 10여 일 남기고 새벽 4시 잠이 깬다. 돌아가신 어머님이 생각난다. 나도 모르게 30년 전 자식의 결혼식을 위해 심신이 백지장이 되셨을 그님을 추념해본다.

사랑하는 님이시여!

다다음주 당신이 너무도 어여삐 여겼던 셋째 아들, 둘째 손녀 지은이가 시집을 간답니다.예상치 않은 미생물 바이러스라는 녀석이 세상을 어지럽게 해 예식을 진행함에 이런저런 고민이 생기는 바 새벽녘 일찍 눈이 떠져 33년 전으로 돌아가 당신의 마음을 생각해봅니다. 당신은 그 일찍 남편 없이 당신의 흙손으로 키운 자식이 성년이 되어 가정을 이루겠다고 했을 때 그 심정이 어떠하셨는지요!

어떻게 생긴 며느리일까!
마음씨는 고운 처자일까!
얼마나 예쁘면 마음을 주었을까!

코흘리개였던 아이가 벌써 결혼을 한다니 결혼식장은 어디고 전셋방 값 한 푼 없을 텐데 결혼식을 어떻게 진행시켜 주어야 할까! 무엇부터 준비하여야 할지 당신은 그 아무것도 생각이 나지 않으셨을 것입니다. 남편이라도 있으면 상의라도 하고 의지라도 할 텐데 서방복 지지리 없는 그 엄마는 밤을 새며 고민하고 또 고민하며 속을 태우고 또 때웠을 것입니다.

그래도 양가 부모 만난 후 예정된 날은 다가오고 잘했던 잘못했던 식은 진행되었으니 한시름 놓고 그저 자식새끼들 스스로 좋은 가정 꾸려 잘 살기만 기도하고 또 기도했을 것입니다. 굶어 죽지 않게 하려고 고되기만 했을 그 행상, 그 흙 일, 밤을 꼬박 세우며 손발이 부르트도록 일하셨던 그 모습, 복부에 10kg이 되는 암덩이를 수십 년간 키우면서도 그 누구 하나 엄마 건강 괜찮아 물어보는 자식 없이 너희들이나 잘살면 되지 하시며 평생 근심걱정으로 지새우다 그래도 한 마리 한 마리 제 짝 만났다고 출가시킬 때마다 눈물과 한숨으로 내보내셨을 것입니다.

그래도 물질은 빈곤하였지만 마음은 풍요하였으리라는 생각으로 '마지막 새끼 보내고 나니 이제 당신의 의무는 다했다. 이제 죽어도 한이 없을 것이다' 라는 마음으로 한평생의 삶을 마무리 하지 않았을까 하는 추념의 시간입니다.

엄마 우리 엄마!

당신은 영웅입니다. 당신은 진짜 영웅입니다. 엄마 엄마 사랑합니다. 엄마를 영원히 사랑합니다!

오늘 이 자식이 가장 사랑하는 당신의 손녀 결혼식을 앞두고 물질적 풍요롭게 키우지는 못했지만 당신이 늘 강조하시며 훈육하셨던 정직해라 그리고 부지런해라 그리고 올바른 사고와 정신으로 목적 있는 삶을 살아야 한다 라며 늘 강조하신 말씀을 바탕으로 그 아들 또한 당신의 그 손녀를 어여쁘게 키웠습니다.

멋진 남자를 만나 아름답게 가정을 잘 꾸밀 것 같다는 만산홍엽 11

월의 손녀 신부를 엄마께 자랑하며 보고 드립니다. 그러고 보니 엄마가 살아계신다면 올해 92세 되시겠군요. 그래도 이 못난 자식은 하늘에 계셔서도 늘 염려와 사랑으로 지켜주신 지덕으로 여기까지 잘 왔습니다. 엄마가 그리하셨듯이 저 또한 내리사랑이라고 당신의 손녀, 이 세상의 가장 아름다운 신부가 되도록 예식 잘 진행하겠으며 엄마가 계셨다면 아들을 대신해서 손녀에게 덕담 한 구절 읽어주시라고 편지 드립니다. 하늘에서 꼭 읽어주시고 부쳐주세요

사랑하는 우리 이쁜 손녀딸아!

오늘 결혼식을 올리는 회현동은 예로부터 어질고 마음씨가 착한 사람들이 많이 모여 살았다 하지!

또한 우리은행 이 자리는 조선시대 중종 때 영의정을 지낸 이 할미와 같은 동래 정씨, 정광필 선생이 어느 날 꿈에 한 선인이 나타나 집 앞 은행나무에 정승만이 두르는 물소 뿔로 장식된 허리띠 즉 서대(犀帶) 12개를 걸어두는 꿈을 꾸었는데 두 차례 영의정을 지낸 정 선생 이후 대대로 정승이 12명에 배출된 명당 중의 명당이지 않니! 이러한 유서 깊은 장소에 우리은행의 은행과 같은 발음인 은행나무는 지난 500여 년간 건강하게 많은 열매를 맺어 풍요와 결실로 우직하게 지탱하며 왔잖니!

그래 이쁜 손녀딸아!

회현동 유래처럼 서로 간 양보하고 배려하여 어질고 착한 부부가 되

고 거목 은행나무 두 그루처럼 서로를 지탱하고 스스로를 개척 연마하며 건강한 결실을 거두며 은행 곳간처럼 근검절약하고 저축하여 풍요로운 삶이 넘치도록 늘 정진하고 양가 부모님을 효도하고 형제자매, 즉 가족들과 늘 우애하고 덕을 베풀어 화목한 가정의 선남선녀가 되기를 바라는 할미의 마음이다!

마지막으로 손녀딸아!

네 꿈이 아이슬란드 오로라 보는 것이 꿈이었는데 어떡하니! 비행기가 뜨지 못하니! 대신 요즘 신혼여행지로 가장 각광 받는 곳이 롯데호텔 시그니엘이라 하더구나. 이 할미가 제일 경치 좋은 방으로 예약해 놓았으니 멋진 신혼 첫날밤 보내려므나! 옛날에는 창호지 뚫어 신혼방 구경했는데 이 할미는 천상에서 시그니엘 유리창 너머 얼마나 행복한지 손주 아가들 신혼 밤 구경하려므나! 그리고 꼭 행복 또 행복해야 한다! 할미가 늘 응원한다. 그리고 늘 사랑한다!

코로나가 세상을 철없이 어지럽히고 있지만 가까운 장래에 백신은 그들을 물리치고 닫혀진 하늘길이 다시 개방되어 잠시 미루어진 오로라 구경의 꿈은 꼭 실현되리라는 희망을 갖으며 사랑하는 딸의 행복과 행운이 늘 함께하길 기도한다!

우리은행 지점장 및 영업본부장, 우리종합금융 전무

아버지의 마음

−이형하

지금처럼 낙엽이 떨어지고 찬 바람이 불어올 때면 돌아가신 아버지의 낡고 헤진 외투가 생각난다. 춥고 배고팠던 1960년대 시절 파카라고 불리던 털 외투는 상당히 무겁고 비싼 가격이었지만, 지금보다 훨씬 추웠던 당시 겨울을 거뜬하게 보낼 수 있었던 유일한 겉옷이기도 했다. 아버지께서는 이 외투를 무척 애지중지하셨는데 지금 생각해보면 비싼 옷이라서 라기보다는 추운 날씨 속에서 그나마 찬 바람을 맞아도 거뜬히 바깥에서, 생활할 수 있었던 비장한 무기였기 때문이었다는 생각이 든다

아버지는 시골 오일장에 다니시면서 소매 잡화장사를 하셨는데, 지금처럼 가게를 빌려 한 것도 아니고 시골의 면, 읍 소재지 재래시장에서 간이천막에 장판을 벌인 그런 가게였다. 천정과 기둥만 있는 그런 곳이기에 눈보라나 비바람이 칠 때면 진열된 물건이 금방이라도 젖어버릴듯한 상태였으니 얼마나 춥고 힘드셨을까? 생각해본다

더 성장하여 도시로 나와 자취를 하며 학교에 다닌 나에게 "불조심하여라, 공부 열심히 하여라, 모든 것에 성실히 하면 뜻이 이루어진단다" 하고 배우지 못한 당신의 초라한 모습에 공부 잘한 자식으로 키우

려 많은 관심과 애정을 기울이셨다. 지금 생각하면 가슴이 메어온다.

당신의 급한 성격에 화를 내시기라도 하면 금방이라도 지구가 떠나갈 것처럼 소리를 지르시곤 하셨지만, 언제 그랬느냐는 듯 봄눈 녹아버리듯이 인자하셨던 아버지. 장사도 하고 틈나는 대로 농사도 지으시고 가축도 기르시며 매사에 꼼꼼하며 성실하셨던 바보 같으신 우리 아버지…….

허기짐을 마다한 채 정작 본인이 마시고 싶던 막걸리 한 사발도 아껴 마셨던 그런 아버지셨는데 젊은 나이에 병을 얻어 어머니와 많은 자식들 두고 두어 달을 누워 계시더니 홀연히 우리 곁을 떠나시고 말았다. 그때가 1974년 광복절 故 육영수 여사가 피격되는 때였는데 그 무렵 나는 육군 상병으로 두 번째 휴가 중이었고, 맏형이 객지에서 내려오고 큰아들의 얼굴을 보시자마자 마지막 눈을 감으셨다. 온 국민들의 슬픔이 채 가시지도 않았을 그때… 우리 가족은 또 다른 슬픔에 잠겼었다.

부모님을 여의어 보아야 진정한 어른이 된다고 했던가? 그 이후 조금 더 성숙해지고 더 어른스러워져 가는 나의 모습을 보았다. 어머니를 위할 줄 알고 동생들을 챙길 줄 알고, 나누어 먹을 줄 알았고, 배려할 줄 아는 그런 사람이 되어가는 것 같았다.

얼마 전 총리 후보자가 TV에 나와 기자들의 질문 공세에 답하는 모습을 보았다. 그 후보자는 공직에 나오기 위해 장가도 가지 않은 둘째 아들의 신체 일부까지 공개해야 함을 비정으로 느낀다는 말을 했다. 아버지와 자식은 그런 관계인가 싶다. 또 얼마 전에는 청와대를 폭파

하겠다는 전화를 한 국회의장 비서관 아들이 화두가 된 적이 있다. 멀리 파리까지 가서 아들을 데리고 온 뒤 공항 입국장에서 국민들의 따가운 시선을 뒤로 한 채 경찰의 손에 이끌려 가는 아들에게 '사랑한다 아들아!' 라고 애정표현을 하는 아버지를 보았다.

아마도 세상의 모든 아버지는 모두 다 같은 마음이리라 본다. 본인이 더 잘 되기 위해 아들을 이용하는 경우도 있을 테지만, 잘못한 것을 용서하고 깨달음을 주기 위해 책임을 져야 함에도 그저 무턱대고 사랑하는 마음이 다 똑같이 있음을 알게 하는 일화라고 생각된다.

조선 시대의 실학자 정약용은 한양에서 멀리 떨어진 남도의 끝 강진에서 유배 시절을 보내면서 행여나 아들이 아버지의 가르침에 어긋나지 않도록 매일 아들에게 편지를 보냈다고 한다.

"아들아… 사랑하는 나의 아들아 시류에 휩싸이지 말고, 아버지의 유배로 상처받지 말고 꿋꿋하게 학문에 정진하라. 그리고 진정한 실력과 인품을 다져 두어야만 그나마 사람 축에 낄 수 있다."

우리 아버지들은 아들의 앞길에 행여 누가 되지 않으려고 끊임없는 자기 수양과 가족들의 생계를 위해 말없이 꿋꿋이 걸어가고 있다. 세상의 모든 자식이여 그대들은 아버지의 마음을 아는가?

며칠 전 집에 있는 아들이 회사에서 받아온 상품권을 내놓으면서 "아버지! 이것 아버지 사용하세요" 집에 와서는 도무지 말이 없는 아들이 속으론 이런 마음도 있구나. 여태 자기 입에 들어갈 것, 입을 것만 챙길 줄만 알았는데, 가슴 한구석이 뭉클했다.

축구를 좋아하는 아들은 주말에 동아리에 나가 운동하다 발목에 금이 가 한동안 깁스를 한 채 출퇴근했다. 며칠 입원을 하고 나서 목발을 짚고 회사에 나가고 있는 모습을 볼 때마다 가슴이 아려왔지만, 고통 속에서도 업무에 차질 없이 수행해 나가는 것을 보고 대견스럽게 생각했다. 어떠한 어려운 환경 속에서도 스스로 견딜 수 있는 아들이 되기를 모든 아버지들은 바랄 것이다.

"세상의 아들들아! 너희는 알고 있느냐? 아버지가 헛기침 하는 이유를. 세상의 아들들아 너희들이 편히 잠자고 있을 때 아버지는 너희들의 앞날을 위해 기도하고 있다는 사실을."

아버지의 사랑과 희생 그리고 고독, 아버지의 가족에 대한 사랑과 외로움을 표현한 김현승 시인의 "아버지의 마음"이라는 시가 생각난다.

찬 바람이 불면, 이미 돌아가신 아버지의 파카외투가 그리워지고 맛있는 음식을 먹다가도, 어려운 일이 생길 때도 아버지의 모습이 떠오른다. 장성한 아들이 때로 실망스러워 지면, 다 큰아들이 음식 투정을 부릴 때도 감기에 시달릴 때도 아버지가 그리워진다.

명절을 맞이하여 고향을 생각할 때면 철없던 시절 아버지의 마음을 헤아리지 못하고 투정 부렸던 내 자신을 생각하며 후회해 본다

보고 싶어도, 부르고 싶어도 대답 없는 당신의 모습에 가슴속 미어지는 눈물을 안으로만 삼킨다.

얼마 전 마흔이 다 되어가도록 장가를 들지 않고 빈둥대기만 하는 아들을 독립시켜 나가 살게 하였다. 찬 공기가 불고 기온이 내려가면 으레 감기를 달고 다니는 아들의 모습을 보면 걱정을 더 하게 한다. 이

애비는 나이 마흔에 네가 초등학교에 입학했는데 이놈은 지금까지 뭘 그리 꾸물대고만 있나? 우리 아버지가 자식들을 그렇게 걱정했던 것처럼 우리 부모들 똑같이 걱정하게 되나 보다.

지금처럼 찬 바람이 불기 시작하면 아버지가 즐겨 입으셨던 파카외투가 그리워진다. 그리고 그 외투에서 돌아가신 아버지의 체취를 느끼고 싶다.

철없는 우리 아들도 훗날 나에게서 그런 애타는 그리움을 간직하고 있을까?

멀티텍 부회장, 현대위아 부사장, 선일다이파스 부회장

삶에서 나를 관통한 그 어떤 것!

-김은경

6월의 어느 청명한 날, 푸르른 하늘길을 따라 그이가 먼저 이사를 떠났다

백년가약을 뒤로 한 채 그렇게 건강하던 사람이 지구별 34년의 추억을 남기고 서둘러 별이 되었다. 독감 주사를 맞고 와 두통이 심하다며 1주일째 시름시름 하던 그이와 영산아트홀에서 연주회를 다녀오는데, 집과 반대 방향으로 운전을 해 이상하다 싶어 서둘러 병원을 갔더니 뇌종양 4기 악성 교모세포종으로 시한부 판정을 받았다. 영화에서나 보던 일이 우리 가족에게 일어난 것이다. 헬기 추락 사고에서도 끄떡없이 정상인으로 돌아왔던 수퍼맨이던 그가 먼저 떠나리라곤 꿈에도 생각 못 했다. 아!! 어쩌나 아무런 준비도 없이 이를 어쩌나~ 어찌해야 하나…….

삶을 늙과 낢으로 분류하면 전반부는 생성과 채움, 후반부는 소멸과 상실의 기간은 아닐까? 생성과 채움에서도 무거워서 넘어지지 않도록 부단한 노력이 있어야 하고 소멸과 상실도 쓰러지지 않으려 부단한 노력이 있어야 비로소 인생을 잘 살았다고 할 수 있는 인생은 끝없는 수련은 아닐지?

치아가 나고 키가 크고, 머리숱이 많아지고, 결혼으로 가정을 꾸리고 아이를 낳고 자산도 늘려 가다가 반환점이 되면 몸에서 나고 자라던 것들의 기능이 조금씩 상실되며 가족이나 배우자까지 잃는 시기가 갑자기 닥치기도 하고, 주인공인 자신이 소멸되는 삶의 종료 또는 완성!

인생의 절반이 생성이고 절반은 상실의 과정인데 채움만 배우고 상실에 대한 철학적 정보가 없어 현대사회는 더 빈 것처럼 느껴지는 것은 아닐지….

일요일 하루 등산을 떠나도 전날 장비며, 먹거리를 준비하는데 소중한 삶을, 살아가는 것만 배우느라 죽음에 대해선 두려움만 있었지 구체적인 생각 없이 나와 상관없는 일처럼 너무 소홀히 여기며 살아왔음을 그때서야 깨달았다.

초등학교부터 대학, 대학원까지 배움 중에서 죽음에 대한 진지한 학습이 단 한 꼭지도 없었다. 경쟁에서 이기고 살아가는 것만 배워온 궁핍한 영혼으로 살다가 사랑하는 가족의 시한부 선고를 받아들고 애써 표시 내지 않으면서도 그이에게 내가 해줄 수 있는 지식이나 위로가 아무것도 없어 나약한 자괴감만 밀려왔다.

환자는 생존과 생명의 연장, 회복을 위해 질병 앞에선 누구나 절박한 선택을 해야 한다. 그 가운데는 그러나 회복을 위한 선택도 있지만 가능성이 없음을 알면서도 생명연장을 위해서, 또는 환자의 의사와 관계없이 가족들이 죄의식을 남기지 않기 위해 수술이나 힘든 약물치료를 선택해야 하는 때도 많다. 시한부를 받은 자신은 물론 죽음에 대해 아무런 교육도 받지 않기는 마찬가지로 역시 아는 것이 없는 가족들이 대부분으로 그로 인해 절박한 가운데서 가족 간 쓸데없는 갈등이 생기고 환자의 아슬아슬하고 시간을 수술이나, 독한 약물로 고통받고 가족 간 가져야 할 이별의 귀한 시간을 속수무책 낭비하는 경우가 많다.

준비되지 않은 죽음과 남은 시간의 밀도!

바로 한 해 전 다리 약한 친구의 짐까지 얹어 50kg 배낭을 메고 한 달간 산티아고 순례길과 실크로드를 다녀왔던 그이였다. 몇 살에는 어디를 가고, 몇 년도엔 어디를 가기 위해 영어는 물론 스페인어, 중국어를 배우며 꼼꼼히 세계여행을 준비하던 그였는데… 모든 의논을 함께 하던 나의 기둥인 남편에게 갑작스레 주어진 짧은 여명 앞에서 내가 흔들리지 않기 위해 선택한 것은 죽음에 대한 교육이었다. 솟구치는 눈물을 참으며 뒤늦게 급히 수강한 죽음 지식이 위로가 되었고 덤덤한 척하며 받은 교육을 그이에게 펴다 날랐다. 그렇게 남은 시간의 밀도를 높이고 교감하며 부랴부랴 마련한 7개월 간 가족들과 추억을 만들고, 그는 이승과 저승의 경계에 걸쳐진 1개월간 코마 상태로 남은 우리들을 토닥이고 그렇게 별이 되었다.

배웅

그가 떠나가고 있다

지구별 메모리가 지워지고 있는 것 같다

아니 더 이상 레코딩이 안 되는 듯

일시 정지 중이면 좋겠는데

자꾸 눈을 감고 꿈을 꾸는 듯

다른 별을 다녀오는 것 같다.

육신은 이미 엇그제 내려놓았다

불러도 대답을 안 한다

도대체 어느 별을 탐색 중인지

새벽공기에 심장에 담가 만든 음식을

그렇게 맛나게 먹던 예쁜 입술이

어제부터는 삼키지도 못하고 물고만 있다

그이의 손을 잡고 보호자 침대에

나도 다른 별처럼 천근만근의 몸을 담는다

아득하게 눈을 감으면 그이만 보인다

지구별은 육신을 얻어 희로애락을

체험하고 경유하는 놀이동산이고

돌아가서 다시 오지 않는 그곳이

삶의 목적지이고 종착역일 것이다

그래서 한번 가면 아무도 돌아오지 않는…

떠나려 삶을 삭제 중인 그를 붙들고

작은 흔적까지 담으려 녹화 중인 하루 하루들!

운명이란 수레바퀴에 끼어

한 치 앞을 알 수 없어진 요즘,

속수무책 그렇게 하루하루를 살아내고 있다.

"조국의 품에" 현충원 충혼당 앞 돌에 새겨진 문구 뒤에 그이가 잠들어 있다. 같은 지역 투표권만 없을 뿐 한마을에 살고 있다는 것으로 "곁"이라 위로하며 하늘과 땅을 나눠 살고 있는 통 큰 우리 가족, 상실은 고스란히 남은 자들의 몫이다.

남편을 떠나보내고 한 명 있는 자식에게 꿋꿋하고 싶어 선택한 고령친화산업학 대학원 박사과정을 밟으며 고독, 외로움, 무기력, 삶과 죽음에 대해 직면하여 학습과 연구를 삶의 지팡이 삼아 상실의 허함을 채우고 독립적 여생을 설계하고, 나아가 같은 처지의 외로운 사람들과 연결되어 의지하고 살다 이삿짐 없는 하늘로 깃털처럼 가벼이 떠나고 싶다.

(사)한국미래사회연성연합회중앙회장, 고령친화산업학 Aging in Place, 커뮤니티 연구원, 웰다잉문화조성, 생명나눔 전문강사

외삼촌의 따뜻하고 그리운 품

—서은희

해마다 3월이 오면 내가 꼭 가는 곳이 있다. 볕도 너무 잘 들고 서울 시내가 내려다보이는 아주 명당 중의 명당, 국립서울현충원이다. 서울 시내에 미세먼지가 많은 날에도 현충원을 올라가면 공기가 정말 좋고 새들도 많이 볼수 있다. 그곳에는 나의 작은 외삼촌이 잠들어있다. 57 묘역 37397 그것이 그의 주소이다.

1977년 내가 초등학교 3학년에 올라간지도 얼마되지 않았던 봄날에 평소에는 외가에서 살던 작은 외삼촌이 군에 입대하기 위하여 신체검사를 받으러 7남매 중 가장 맏이인 우리 엄마에게 왔다. 그땐 어려서 뭐가 뭔지 몰랐지만 아마 주소지를 우리집으로 해두었던 것 같다.

맏이인 엄마는 막내인 작은 외삼촌과의 나이 차이도 많이 났으며 딸 다섯을 낳고 어렵게 생긴 남동생 둘을 무척이나 아끼셨다. 큰 외삼촌은 당시 의대생이어서 외할아버지가 비싼 의대등록금에 경제적으로 힘들어하셨다. 공무원이셨던 아버지를 비롯해 상대적으로 여유가 있는 이모부들이 학기마다 조금씩 보태서 보냈다.

하지만 경영대학 3학년이던 작은 외삼촌은 형을 위해서 3년간 군대에 가기로 결정을 하고 신체검사를 받으러 온 것인데 그것을 모르는 나는 마냥 신나기만 했다. 외삼촌을 너무 좋아해서 신체검사장이기도 했던 내가다니던 초등학교에 몰래 들어가 주인을 기다리는 강아지처럼 외삼촌이 끝나기만을 교실밖 복도에서 기다리다가 군관계자 아저씨들에게도 야단을 맞았다. 마침 외삼촌이 나와서 집에가 있으면 끝나고 빨리갈 테니 걱정 말고 가라는 이야기를 했다. 나는 울면서 집에 와서 외삼촌을 대문 밖에서 기다렸다.

그날 나는 외삼촌에게서 떨어지지 않으려고 동생과 싸우기도 하고 저녁에 어른들끼리 거실에 앉아서 이야기를 하실 때도 외삼촌 무릎에 누워 있었다. 일부러 눈을 질끈 감고 자는 척을 했더니 외삼촌이 나를 안고 방으로 데려가 눕혀주니 어머니가 얘는 왜 이렇게 너를 좋아하는지 모르겠다 라고 하셨던 기억이 생생하다. 그게 내가 느낀 가장 포근하고 따뜻한 품이었고 그 온기가 마지막이 될 줄은 그때는 상상조차도 못했다.

외삼촌은 그 다음달에 군대에 입대를 하셨다. 얼마 지나지 않은 어느 날 엄마의 눈이 퉁퉁 부어 있었다. 무슨 일인지 몰라 우리 삼 남매는 부모님 눈치를 보고 있었는데 부모님이 급하게 어디를 나가셔서 이틀 후에 돌아오셨다. 엄마는 몰라보게 수척해져서 다른 사람이 되어있었고 울기만 하셨다. 나중에야 안 사실이지만 외삼촌이 군대에서 사망하셔서 외가식구들이 전부 다녀오셨다는 것이었다.

나는 두번 다시 작은 외삼촌을 볼 수 없다는 생각에 마지막 날 밤에 안겼던 외삼촌의 따뜻한 품이 너무 그리웠다. 의문의 죽음은 당시 의대생이었던 큰 외삼촌의 끈질긴 싸움으로 국가의 책임으로 확인이 되어 국가유공자로 인정이 되며 몇 달 후 현충원에 안장이 되었다.

3월 1일은 작은 외삼촌이 돌아가신 날이어서 3·1절에는 현충원을 찾아 인사드리는 걸 잊지 않는다. 외할머니 생전에는 자식은 죽으면 가슴에 묻는다며 외출을 안 하시고 열심히 열심히 기도를 하셨다. 현충원에 갈 때 생전에 좋아하셨던 갈비찜을 꼭 챙겨가 달라고 부탁하시며 백화점에 가서 구입하라고 돈을 보내주셨다. 외삼촌이 국가유공자로 인정이 되어 부모님 앞으로 약간의 연금이 나오는데 그걸 안쓰시고 모아서 보내주시니 나는 그 돈을 소중하게 생각하고 갈비찜과 몇가지 과일과 술을 사서 혼자라도 그높은 57묘역까지 숨을 몰아쉬며 올라가 인사를 드렸고 그래야만 한 해가 편한 기분이었다.

현충원이 지금은 길을 닦아서 평일 날은 제일 높은 곳까지도 차가 들어갈수 있게 만들어둬서 편하게 갈수 있지만 그때는 정말 힘들었다. 무거운 갈비찜을 들고 산을 올라야 하니 3월이어도 땀이 비오듯 하였던 기억이 난다. 지금은 세월이 지나 나의 두 아들들도 군입대를 고민해야 하는 나이가 되었다. 예전 내가 너무나 따뜻하게 느꼈던 외삼촌의 품처럼 아들들도 성인이 되어 한 번씩 안아주면 내 팔을 활짝 벌려야 할 만큼 커버렸다. 하지만 어린 시절 외삼촌의 그 품은 다시 느낄수가 없다.

내게 소중한 사람이 힘들어하고 있는데 내가 해줄 수 있는 게 없는 것 같아서 무기력해진다고 느낄때 가장 필요한 것은 한 사람의 따뜻한 품일지도 모른다는 생각을 한다. 만약 시간을 되돌릴수 있다면 무엇을 하고 싶은지 나의 위시리스트를 적어보라면 아마 작은 외삼촌을 만나 그 품에 다시 안겨보는 것을 적을 것이다. 어린 나이였지만 그날의 만남이 운명의 갈라섬을 미리 느꼈던 것일까?

왜 나는 그날의 외삼촌을 놓지 않으려고 거짓으로 눈을 질끈 감고 단 일 분이라도 외삼촌 품에서 더 안겨 있고 싶어 했을까. 벌써 40년이 넘었지만, 그날 그 시간의 상황이 너무 생생하니 매해 3·1절이자 기일인 3월 1일과 6월 6일 현충일에는 꼭 찾아뵙고 말이 없는 외삼촌과의 대화를 실컷 하고 오는 것이다. 그것이 내 생활과 영혼의 에너지 충전이다.

친정아버지가 지금 치매로 고생을 하고 계시는 모습을 보고 만나면 항상 손을 꼭 잡아드리고 머리도 빗어드리고 또 안아드린다. 성인이 되어서 쑥스럽기도 하고 머쓱해서 아버지랑 하지 못한 스킨십을 이제 원 없이 해드리고 싶다. 나의 가족들에게 따뜻한 품을 제공하고 그들의 따뜻한 품을 느끼며 살아가고 싶다. 가족? 세상의 가장 작은 사회 아닐까?

그 작은 사회에서 서로 보듬고 따뜻한 말 한마디로 위로하며 사는 것 그 무엇보다 가장 큰 사랑이 아닐까. 보고 싶다. 정말로 하늘을 쳐다보면 외삼촌의 웃는 개구쟁이 같은 얼굴이 보인다. 추석에 만나고 못 만난 아버지를 뵈러 가야겠다.

(사)공인국제의료관광코디네이터협회

보람된 순간,
보람된 사람

부부

-백선오

저녁 밥 먹고

텔레비젼은 혼자 떠들고

껍데기 하나
거실을 지나
방으로 가는데

또 다른
껍데기 하나는
방을 지나
거실로 나온다

그리운 할머니들

—이전우

청운의 뜻을 품고 서울로 올라 온 지가 벌써 28년이 넘었다. 1992년 2월 20일에 서울로 이사를 했다. 그해 4월에 부천에서 한의원을 개업했다. 2년쯤 지나자 한의원 경영도 어느 정도 안정을 찾아갔다.

나는 늘 생각하고 있던 의료봉사를 시작했다.

내가 할머니 밑에서 자라서 그런지 노인들을 좋아해서 양로원에 가서 봉사를 하기로 작정했다. 봉사가 영업이 될까 봐 자동차로 한 시간 정도 떨어진 곳을 택했고 현장답사를 다니기 시작을 했다. 그러다 정한 곳이 파주에 있는 양로원이었다. 거리도 1시간 반 정도라 적당했다. 1주일에 한 번씩 일요일마다 다니기 시작을 했다. 10개월 정도 다니며 노인들에게 침을 놓아주고 봉사활동을 했는데 그 양로원이 아쉽게도 문을 닫고 말았다. 그다음에 인연이 닿은 곳이 자제정사라는 곳이었다. 당시 원장스님이 신림동의 약수사에 주지로 계시다길래 먼저 찾아가 봤다.

약수사는 난곡동 골짜기 위에 있었다. 아담하고 굉장히 예쁘게 가꾼 절이었다. 주지스님도 단아하고 곱게 생기신 분인데다 말씀도 조용조용 하신다. 그때 주지스님한테 여쭈어 보기를,

“왜 양로사업을 시작하셨습니까?” 하니 주지스님 왈,

“양로사업은 어릴 때부터 평생 꿈이었어요.” 하시면서 나한테,

“근데 왜 이리로 찾아왔어요?” 하고 물으시길래

“누가 하시는 지도 중요한 것 같습니다.”고 대답했더니

“그럼 보니까 어때요...?” 하시길래 더 할 말도 없고 해서,

“그럼 담 주에 자제정사서 보겠습니다.” 하고 시작한 봉사가 17년이나 되었다.

총각 때부터 다녀서 결혼도 하고 애들도 같이 온 식구가 다녀서인지 아이들이 간혹 한 번씩 자제정사의 이야기를 하면서 정말로 맑고 아름다웠던 옛날 생각을 하게 된다.

처음에는 건물 한 채로 시작을 했는데 시간이 가면서 점점 커져서 전체가 보이는 곳에 법당이 생기고 건물이 세 채로 늘어났다. 그 사이에 주지스님이 열반을 하셨다. 그러고도 몇 년을 더 다녔는데 새로 원장스님이 바뀌고 나서 자제정사는 복지법인이 되었다. 병원의 지원을 받게 되면서 점점 할머니들의 침에 대한 의존도가 낮아졌다. 그런데 이상한 것은 할머니들이 건강을 잃어가기 시작한 것이다. 나로서는 어떻게 손쓸 수도 없고 해서 감당할 수 없는 서글픔에 그만 다니게 되었다.

자제정사가 복지법인이 아닐 때는 노인들이 다 건강하고 활기찼다. 그런데 복지법인이 되면서 다 건강을 잃고 병이 들게 되는 것을 보고는 앞뒤로 무엇이 차이가 나나 생각을 해보니 노인들의 건강에 중요한 요소가 어떤 것들인가 알게 된다.

돌이켜보면 자제정사의 할머니들은 굉장히 건강했다. 오죽하면 “주

지스님의 법력으로 저승사자가 찾아오는 길을 잃어버렸다." 고 농담 삼아 이야기할 정도였다.

한번은 주지스님한테 "복지법인으로 하면 더 좋지 않습니까?" 하고 여쭈어 보니 주지스님 왈 "돈도 조금 주면서 간섭도 많고 일이 너무 많아요." 하면서 독자 노선을 분명히 하셨다.

운영은 할머니들의 후원금과 정부에서 들어오는 할머니들의 생활보조금과 절의 신도들의 후원금 그리고 자제정사에 대한 일반인들의 후원금으로 꾸려 나갔고, 할머니들도 후원금을 내시고 들어오신 분과 안 내시고 들어오신 분들이 있는데 일단 들어오시면 다들 같은 입장이나 숙소는 후원금 내신 분은 선택권이 있으며 안 내신 분은 선택권이 없는 정도이다.

일단 입소를 하신 할머니들은 어떤 분이든 전혀 움직이지 못하는 분은 빼고 조금이라도 움직일 수 있다면 식당에 밥 먹으러는 본인이 가야 했다. 사람에 따라 1분에서 1시간이 걸리는 일이었다.

또 하나 움직일 수 있는 모든 분들에게는 각자 주어진 소명이 있었다. 예를 들면 참새 쫓으러 가는 사람, 청소하는 사람, 음식하는 사람, 법당 청소하는 사람, 나뭇가지 주으러 다니는 사람, 고추 말리는 사람, 콩 고르는 사람, 두부 만드는 사람 등등 거의 모든 잡일을 할머니들이 직접 했다. 물론 거동이 불편한 한두 명은 빼고 말이다. 그리고 여기 할머니들은 서로 간에 싸움을 많이 하는데 스님이, "힘이 있으니 싸우는 거지요.ㅎㅎ" 하면서 최소한의 간섭 정도이지 방치에 가까운 운영을 하는 것이 인상적이었다.

거기에도 할머니 간에 파벌이 있기는 있는데 그게 오히려 활력소가 되는 느낌이었다. 침을 놓을 때 거동이 불편하신 할머니들한테 먼저 가서 침을 놓으면 근처에 계신 분들도 같이 모이고 이런저런 이야기를 하다가 다음 방으로 가면 또 거기 계신 분들이 모여서 온다. 점심을 먹고는 가장 큰 방으로 가는데 거기서는 움직일 수 있는 분들이나 늘 거기에 계신 분들이 모여서 같이 침을 맞는다.

이때 재미있는 일은 밖의 소임이 있으신 분들은 침을 먼저 맞을 수 있는 권리(?)가 생긴다.

"선생님 나는 옥수수밭에 참새 쫓으러가야 하니 먼저 놔주이소."하면 다른 할머니들이 "밖에 일하러 가야 하니 거기 먼저 놔줘요." 하고 편을 들어준다. 그때의 할머니 모습은 아주 의기양양해 보이며 자부심이 가득한 얼굴로 자랑스럽게 침을 맞고 나가는데 목소리도 크고 꼭 벼슬을 하는 사람같이 보이는 모습이다. 남아 있는 할머니들도 꼭 다음에는 저렇게 나가야지 하고 부러워하는 모습을 보면 일을 할 수 있을 만큼 건강한 것이 그 연세에는 무엇보다 중요할 수도 있겠다는 생각이 든다.

끼니 때마다 후원에서 일하시는 할머니나 김장 때 등등 시절마다 일하시는 할머니들은 세월이 흘러가도 꾸준히 같은 곳에서 일을 하시는데 늘 잘 버티시다 어느 해 갑자기 힘이 떨어진 것을 느끼면 조금 덜 힘든 일로 갈아타시는데 그때는 많은 위로가 필요하다.

처음에 거동이 불편하신 분들도 시간이 지나면서 점점 좋아지고 소임을 맡는 분들이 있는 것을 보면 연세 드셨다고 무조건 힘이 떨어져서 점점 건강이 나빠지기만 하는 것은 아니었다.

한 할머니는 처음에는 허리도 아프고 무릎도 아파서 식당에 가는데 15분 정도 걸리셨는데 한 6개월여 만에 거의 회복하셔서 건강해지시고 정신도 좋아지셔서 "선생님 새 쫒으러 가야 해서 바빠서 침 못 맞아요." 하실 때는 섭섭하지만 기분이 참 좋았다.

한 달에 두 번씩 다니면서 그렇게 오래 다닐 수 있었던 것은 봉사를 하러가는 것이라고는 하지만 실제로는 내가 봉사를 받으러 가는 것 같아 오히려 빚을지는 느낌이 들 때가 많았다. 그럴 때마다 나는 늘 맘을 다잡고 행복한 마음으로 그곳을 다녔던 것 같다. 정말 침을 놓고 이런 저런 이야기를 듣다 보면 내가 봉사를 하는 것인지 받는 것인지 모를 때가 많다. 할머니들의 옛날이야기나 지혜를 듣거나 예전의 한때 잘나갔던 시절에 대한 이야기는 참으로 들을 만한 것이 많다.

봉사자들이 매주 많이 오는데 세상에는 참으로 좋은 사람들이 많다. 매월 짜장면 봉사, 머리 깎는 봉사, 영정사진, 잡일, 김장 등등 참 많은 분들이 많은 다양한 재능기부를 하러 오셨다.

정토회나 조계사청년회 같은 단체에서도 많이 오는데 점심시간이 되면 식당에서 다 만나서 인사를 하면서 젊고 활기찬 얼굴들이나 예쁜 얼굴들을 볼 수 있어서 분위기가 참으로 좋았다. 이때 만난 분들 중에 아직도 연락을 하고 사는 분들도 많다.

그렇게 지내던 곳이 복지법인으로 바뀌면서 단 3년 만에 거의 모든 분들이 돌아가시거나 건강을 잃는 것을 보면서 노인들의 건강과 양로사업에 대하여 많은 생각을 하게 되었다. 복지법인으로 바뀌면서 바뀐 것들은 사실 많지 않다. 오히려 대우는 더 좋아졌다고 봐야 한다. 우선 직원들이 많아져서 할머니들의 일을 많이 줄였고 또 식당에 가시기 힘들어하는 분들의 식사를 가져다드렸고 거동이 불편하신 분들은 방에서 모든 것을 해결했으며 비싼 의료용 침대까지 들였다.

그렇지만 건강은 더 빨리 잃어갔다. 또 점점 조용해져 갔으며 아프신 분들한테 가져다 드리던 식사 배달도 건강하신 분들까지 전염이 되어서 얼마 안 가서 몇몇 분들 빼고는 거의 모든 분들의 식사가 방으로 배달이 되기 시작했다.

갈 때마다 눈에 띄게 나타나는 안 좋은 변화를 보고 마음을 되돌리는 노력도 해보았지만 새로 바뀐 집행부의 "매뉴얼대로 하고 있으며 이것이 보살피는 것"이라고 주장하는 것에는 항거불능이었다. 점차 건강을 잃어가는 할머니들의 안타까운 모습을 보다가 서서히 접게 되었다. 생각건대 요즘 나이가 들어도 건강한 노인이 많은 이유도 다들 노인이 되어도 일을 해야 하니 역설적으로 건강한 것이라고 생각된다. 아마 옛날처럼 노인이 되면 은퇴해서 아무 일도 하지 않는 시절이라면 지금처럼 많지는 않을 것이다.

자제정사의 예를 보면 살아가는데 일과 친구 그리고 자존감이 가장 필요하고도 중요한 것이 아닐까 싶다. 과거 자제정사 할머니들의 싸움을 말리며 화사하게 웃던 스님의 모습이 이제는 밝고 아름답던 시절의 아련한 추억이 되어가고 있다.

평강한의원 원장

긍정의 삶

–정문호

찌는 무더위 속에서도 마스크를 벗을 수 없고, 숨 한 번 크게 쉬는 것도 주위의 눈치가 보인다.

친구를 만나도, 지인을 만나도 악수 대신 '주먹' 이 먼저 나간다. 식사 한 끼, 커피 한잔 마시는데도 순서가 복잡하다. 이것이 코로나 이후 거리의 풍경이다.

코로나 전염병 때문에 죽음에 대한 두려움, 이별에 대한 두려움, 가난에 대한 두려움 그리고 미래에 대한 불안과 두려움이 엄습해 온다. 자연은 풍성한 결실의 계절인데, 마음은 불안의 긴 터널을 지나고 있다. 코로나 19의 사망자가 세계적으로 몇십만 명을 넘어선 가운데 세상은 죽음과 두려움의 공포에 떨고 있다. 아무리 과학 문명이 발달해도 자연의 재앙 앞에서는 속수무책이다. 인간의 능력이 얼마나 무력한지 깨닫게 해준다.

코로라 19가 우리의 생활에도 큰 변화를 가져왔다.

어느 날 갑자기 낯선 문화가 우리의 일상으로 파고들었다. 온라인 수업, 재택근무, 화상회의 등 비대면 방식의 언택트Untact 시대가 열린 것이다. 코로나 19가 반강제적으로 몰고 온 변화의 물결이다. 우리에게는 지금까지 경험하지 못한 새로운 환경에 적응해야 하는 과제가 주어졌다.

미래학자 안종배 한세대 교수는 "지구촌은 당분간의 혼란기를 거친 후 인성과 창의성 그리고 4차산업혁명 기술이 결합한 문명의 대변혁 시대를 맞이할 것이다."라고 하였다.

14세기 중반 흑사병으로 불리는 페스트가 창궐해 유럽 인구의 30%가 목숨을 잃었고 유럽의 전통사회구조가 붕괴되었다. 이때 봉권 영주 체제 경제가 도시 자본주의 체제로 바뀌고 창의와 인간성이 존중되는 문화가 형성되었다. 지금은 코로나 19가 기존 사회 시스템과 문화를 변화시키는 촉매제가 되고 있다.

21세기 첨단 과학 시대에 미미한 바이러스 하나가 전 인류의 생명을 위협하고, 세계 경제마저 일제히 멈추게 하는 현실에 사람들은 경악하고 있다. 우리는 반강제적으로 사회적 격리를 겪으면서 그동안 멈출 줄 모르고 속도 우선주의와 물질주의 가치관에서 조금 더디더라도 인간의 삶을 올바른 방향으로 모색하는 계기가 되었다.

영국의 역사학자 토인비는 그의 저서 『역사의 연구』에서 인류 역사는 도전Challenge과 응전Response의 역사라고 주장하였다. 자연재해나 외세의 침략과 같은 심각한 도전을 받은 문명은 지금까지 찬란하게 발전해 오고 있지만 그런 도전을 받지 않은 문명은 스스로 멸망하고 말았다는 것이다.

이러한 도전과 응전의 원리는 역사관에서뿐만 아니라 우리의 삶 속에도 그대로 적용된다. 우리가 살아가는 삶이 바로 도전과 응전이기 때문이다.

도전은 우리의 삶에서 겪는 시련과 고통이다. 이러한 시련과 고통 속에서 어떤 사람은 고통스럽다고 하고, 어떤 사람은 힘들지만 버틸만하다고 하고 또 다른 사람은 그 속에서 기쁨과 교훈을 찾기도 한다. 이를 응전이라고 한다. 도전은 그 속에 위험과 두려움이 내포되어 있고 응전은 기회와 희망의 다른 말이다.

또한, 도전은 세상을 바꾼다. 도전은 내 안의 숨은 위대함을 깨우는 일일 뿐만 아니라 다른 사람의 잠재력까지 일깨우는 삶의 각성제이다. 도전 없이는 성장도 발전도 없다. 물론 도전은 때로는 실패와 좌절을 수반한다.

하지만 실패와 좌절이 무서워 도전하지 않는 사람은 그 자리에서 머물 뿐만 아니라 결국 쉼 없이 도전하는 사람에게 뒤처지고 만다. 도전하는 사람이 이기듯 도전하는 사회가 발전한다. 도전하는 기업이 성장하고 도전하는 나라가 부강한 나라가 된다. 도전을 가르치지 않는 사회는 죽은 사회이다.

펭귄이 먹이를 구하러 갈 때 뒤뚱뒤뚱 떼를 지어서 바다로 모여든다. 그런데 막상 빙산의 끝에 다다르면 서로 눈치를 본다. 바닷속에 맛있는 먹잇감이 있지만 무서운 천적들도 많기 때문이다. 그래서 펭귄들은 과감하게 바다로 뛰어들지 못하고 머뭇거리고 있다. 이때 불확실성으로 가득한 바다를 향해서 용감무쌍한 펭귄 한 녀석이 첨벙 뛰어드는데 이때 머뭇거리던 다른 펭귄도 비로소 일제히 그 녀석을 따라 바다로 뛰어든다. 여기서 화끈한 최초의 펭귄이야말로 온갖 위험을 무릅쓰고 성공을 향해 나아가는 용감한 도전자의 힘을 본다. 그래서 영어로 '퍼스트 펭귄First Penguin' 이라고 하면 '용감하게 도전하는 사람' 을 의미한다. 퍼스트 펭귄이 없었다면 펭귄들은 영원히 배고픔을 해결할 수 없을 것이다.

실패를 두려워해서 도전을 포기한다면 결코 위대한 창조를 이룰 수 없다. 위대한 창조는 시행착오와 실패라는 '디딤돌' 을 밟고 이루어진다. 실패를 '걸림돌' 로 여기지 않고 '디딤돌' 이라고 생각하는 자세가 필요하다.

'꿈의 힘을 믿는다The Power of Dream' 일본기업 혼다의 슬로건이다.

혼다에는 '올해의 실패왕' 제도가 있다. 매년 가장 큰 실패를 한 연구원을 '실패왕' 으로 뽑고 상금으로 100만 엔을 지급한다. 언뜻 생각하면 참으로 이상한 일이 아닐 수 없다.

하지만 실패왕이야말로 창업주 혼다 소이치로가 내건 '꿈의 경영' 을 상징하는 것이다. 혼다는 실패를 용서하는 수준을 뛰어넘어 실패를 두려워하지 않고 과감하게 도전하도록 직원들을 부추기고 있는 것이다.

"나는 힘이 센 강자도 아니고 그렇다고 두뇌가 뛰어난 천재도 아닙니다. 날마다 새롭게 변했을 뿐입니다" 빌 게이츠 회장의 말이다.

고정관념에 사로잡혀 있거나 비관적인 냉소주의에 갇혀있을 것이 아니라 항상 새롭게 전개되는 상황에서 최적의 대안을 모색해 긍정적인 자세로 새롭게 변해나가는 것이야말로 앞서 나가는 지름길이라는 말이다.

우리 인생은 만족하고 멈추는 순간 그곳에서 끝난다. 날마다 새롭게 변하고 날마다 다시 태어나야 한다. 시대 흐름을 읽고 미래를 창조하는 사람만이 초일류로 갈 수 있다.

세상은 코로나 19의 무서운 도전에 직면해있다. 주변 상황과 환경이 어려울수록 우리의 마음은 긍정적이기보다는 부정적인 쪽으로 끌려가기 쉽다. 한 그루 나무로 천 개비의 성냥을 만들 수 있지만 천 그루의 나무를 태워버리는 것은 성냥 한 개비로 가능하다. 부정적인 생각 하나가 모든 긍정적인 생각을 죽일 수 있다는 뜻일 것이다.

미국의 심리학자 쉐드 헴스테더 박사는 우리가 하루에 5, 6만 가지 생각을 한다고 한다. 문제는 그 생각 중에서 85%는 부정적인 것이며 단 15%만이 긍정적인 생각이라고 한다.

결국, 우리는 끊임없이 부정적인 생각과 싸우면서 하루하루를 살아가게 된다. 따라서 모든 상황을 어떻게 긍정적으로 해석하느냐가 그날의 행복을 좌우한다고 볼 수 있다. 결국 85%의 부정적인 생각을 잡느냐, 아니면 15%의 긍정적인 생각을 잡느냐는 순전히 자신의 몫이다. 지금과 같이 질병이 유행할 때 우리는 부정적인 생각 속에서 헤맬 수도 있지만 반대로 적극적이고 긍정적인 자세로 대처할 수 있다.

병원균이나 바이러스에 노출된 사람이라도 다 질병을 앓는 것이 아니고 나아가 사망이라는 치명적 결과에 이르는 경우는 적다.

면역성을 지니고 있거나 건강 체질인 경우는 노출되어도 건강이 유지되고 생활습관이나 환경 관리에 따라 질병 발생의 위험을 줄일 수 있다. 실제로 중세 유럽 전역을 휩쓴 흑사병의 치사율은 지역마다 차이가 달랐다. 특히 흑사병이 유대인에게는 그 위력을 떨치지 못하였다.

유대인들은 당시 다른 유럽인에 비해 정결한 예법을 지켜 병에 대한 저항력이 높았고 전염병 환자는 대중 밖으로 냉정하게 격리시키는 전통에 충실했기 때문이다. 현대 의학이 권하는 방법을 그들은 생활습관들에서 실천하고 있었던 것이다.

유대인들은 자녀교육을 할 때도 긍정적인 사고와 비전을 강조한다. 그들은 성경에 등장하는 다윗과 거인 골리앗의 싸움을 종종 인용한다.

이스라엘 사람들은 골리앗을 물리치기에는 너무 큰 사람이라고 생각했다.

그들은 두려움에 떨며 감히 저항하지 못했다. 그러나 다윗은 돌팔매가 빗나가기에는 골리앗의 몸집이 너무 크다며 자신만만하게 덤볐다. 의식의 출발점을 어디에 잡느냐에 따라 전혀 다른 결과가 나온다.

긍정적인 힘은 사물을 보는 관점 차이에서 나온다고 한다.

론다 번 은 『시크릿 Secret』이라는 책에서 "플라톤, 레오나르도 다빈치, 아인슈타인 등 존경받는 위대한 사상가, 과학자들은 위대한 비밀을 알고 있었다." 고 하였다.

이 비밀은 "긍정적인 생각과 간절한 믿음이 만나면 강력한 힘을 발휘하여 미래의 삶을 창조하는 원동력이 자신 안에 있다는 확신이 생기고 또한 원하는 것을 실제로 이루어지게 하는 힘을 지닌다"는 내용이다.

인생은 마음이 그리는 데로 이루어진다. 희망, 열정, 자신감, 감사, 사랑 등 긍정적인 마음을 갖고 성공한 인생을 그리도록 노력해야 한다. 코로나 전염병의 불안과 두려움 속을 지나면서 문득 그 옛날 이발소에 걸려 있던 러시아 국민시인 푸시킨의 시 한 구절이 떠오른다.

"삶이 그대를 속일지라도/슬퍼하거나 노여워하지 말라/ 우울한 날을 견디면/믿으라, 기쁨의 날이 오리니…"

어려운 삶을 살아가는 사람들에게 위로와 희망 그리고 꿈과 용기를 드리고 싶다.

서울대 AMP 로타클럽 회장, 동국산업(주) 전 부회장

대한독립과 코로나독립만세를 외치며

-노운하

지난 3·1절 날에는 집에 머무르면서 카톡과 밴드에서 '대한독립만세와 코로나 독립만세'를 수없이 외쳤다. 친인척, 친지가족과 지인 그리고 친구 동료 선후배 등에게 코로나로부터의 안전과 건강을 기원하는 안부 문자를 보내면서 같이 써 보낸 문구다.

이 안부 인사 문자에 대해서 뭔가 생뚱맞다고 하는 생각을 가져서인지 답신이 없거나 답신이 와도 그리 달갑게 느끼는 것 같아 보이지 않았다. 지금 생각해보면 코로나로 지쳐있었고 마스크 구입에 시달리고 있던 시점이라 문자도 귀찮았던 것이 아니었을까 생각된다

우리는 코로나에서 언제쯤이면 자유로워질 수 있을까? 요즘은 더불어 생활해 나갈 수밖에 없는 것이라고 차츰 인지해가고 있는 것 같다. 그런데 1월 말 우한 바이러스라고 하는 명칭으로 뉴스가 나오고 2월부터 대구 경북지방의 신천지교회를 중심으로 급격하게 확산되었을 당시에는 코로나19에 감염되면 죽음이란 단어가 음습한 정도로 심각하게 보도되는 시기였다. 나도 2월 한 달 동안은 코로나에 파묻혀 정말 무료하고 답답한 나날을 보내게 되었다. 이러는 와중에 삼일절이 다가오고 있었고 기운찬 3·1 독립만세의 함성이 들려오는 듯했다. 그때 문

득 생각이 든 것이 힘껏 기지개라도 펴보면 어떨까 하는 생각에 '대한독립만세와 코로나 독립만세' 라는 단어를 외쳤다. 일제강점기하에서의 암울했던 시기에 국민들은 '대한독립만세' 를 외침으로써 답답함을 달래며 독립을 기원했으리라 생각되었다. 코로나 사태 초기 한 달은 일제강점기 초기와 같이 자유를 그리워하는 암울한 시기였으리라 생각된다.

그럼 왜 이러한 암울한 시기를 우리들은 겪어야만 하는지 나는 자문하고 있었다. 이것은 아마도 우리가 미리 대비하지 못했거나 아니면 능력이나 자질이 부족했기 때문에 고통을 겪는 것이라고 생각했다. 이러한 바이러스가 창궐할 것이라고 하는 예측이나 예언은 여러 곳에서 발견되고 있다. 이런 예견을 한 빌 게이츠는 바이러스 퇴치를 위한 연구에 엄청난 자금을 투입해 왔는데도 이를 막지는 못했다.

한편으로 생각해보면 이번 코로나바이러스는 자연 발생적인 것이 아닐 수도 있다고 본다. 인간이 편의성을 도모하는 중에 자연발생적으로 발병한 것일 수도 있지만, 나쁜 의도를 갖고 연구하다가 실수를 하여 발병한 것일 수도 있다. 어떠한 형태일지라도 이러한 발병에는 발생시킨 원인이 존재할 것인데 그 원인이 밝혀져야 한다. 원인이 규명되면 치유의 방법도 알게 되고 완전한 종식도 가능하다고 본다. 그것이 치료제이거나 백신, 항체일 수도 있다고 생각한다. 그때까지 우리는 삶을 어떻게 살아가야 할 것인가에 대해 고민하고 해결책을 모색하는 고난의 행군이 시작되는 것이다. 바이러스를 차단하고 박멸하는 가장 좋은 방법은 대면하지 않고 사멸되기를 기다리는 것이겠지만, 인간이 그렇게 살아갈 수만은 없기 때문에 대면하면서 바이러스를 차단해야 하는 숙명을 안게 되는 것이다. 현재로서는 그중에 가장 좋은 방법이 마스크를 착용하여 바이러스를 차단하여 감염되지 않는 것이라고 한다. 전문가들이 이런 얘기를 하면서 지난 2월에 마스크 대란을 우리는 겪기 시작했다. 나도 1월 하순 설 연휴를 지나면서 2월의 단체 모임이나 행사 등은 전면 연기하거나 취소함으로써 활동이 급격하게 위축된 생활을 할 수밖에 없었다. 그러나 이러한 시기에 오히려 마스크로 큰돈을 벌었다는 사람들의 얘기가 많이 들려왔다.

생명줄이라는 마스크를 가지고 매점매석하거나 폭리를 취하는 것는 정말 나쁜 행동이라고 생각했다. 마스크 구입에 목숨을 걸다시피하면서 줄을 서서 엄청난 시간과 노력을 경주해도 1주일에 2장을 배급받는 듯한 모습은 정말 안타깝고 화가 났었다. 우리들이 뭘 잘못했기에 이런 고통을 받아야 하나? 무슨 업보라도 있는 것일까? 라고 생각했다. 나는 이때 내 주변의 늘 감사해왔던 모든 분들에게 코로나로부터의 독립(안전)을 보장해주고, 엄청난 시간과 노력의 낭비를 막아주면 좋을 것이라고 생각했다.

정부가 마스크 가격을 1,500원으로 책정하였지만, 공급은 턱없이 부족하여 배급제로도 구입이 어려워 입수만 하면 정말 유용하게 사용토록 나눠줄 수 있겠다고 생각했다. 시의에 맞추면 최고의 가심비(價心費)를 보여줄 텐데라고 생각했다. 그러나 마스크 구입은 하늘의 별 따기만큼 어려웠다. 마스크를 제조, 판매하는 지인분들께 구매 여부를 문의해 봤지만 어디에서도 가능하다는 답변은 없었다. 어떻게 할까 고민하다가 CSV(공유가치창출) 연구 모임의 일원인 모회사 대표님과 영업책임자가 계신 회사측에 처음이자 마지막인 부탁을 해보기로 결심했다.

남에게 부탁하지 않는 삶은 살겠노라고 다짐하고 살아온 나로서는 상당이 어려운 결정이었다. 그 회사는 사회적 기업으로 잘 알려져 있고 부탁한다고 들어줄 수 있는 기업은 아니었지만, 나로서는 마지막 보루라고 생각하고 용기를 냈다. 그동안의 관계나 사회적기업활동을 서로 적극 펼쳐온 측면에서 내 청을 한 번쯤을 들어주리라 생각했다. 도와주기 어려운 상황인만큼 딱 한 번만의 부탁을 거절하지 못하게 하기 위해 철저한 준비를 하고 담판을 지어야 한다고 생각을 했다. 2월 28일 전화로 3월 2일 방문을 약속받았다.

나는 그 날부터 마스크를 나눠줄 사람들에게 코로나 독립을 기원하는 편지를 쓰기 시작했다. 수신자를 그룹핑하여 쓴 십수 편의 편지와 주소록, 마스크(5,000장-박스 직배 2,500장과 낱개 배송 2,500장) 배분표를 정리하여 가지고 찾아갔다. 이것을 동시에 건네주면서 이대로 송부해 주십사하고 부탁을 하기로 마음을 먹었었다. 그러나 현실은 전혀 달랐다. 정부에서 이미 생산량의 50%를 수거해 가는 상황이었고, 방문일 다음 날부터는 80%로 수거율을 높인다는 것이었다. 이런 상황이다 보니 대표님과 부사장님께서는 어려움을 표시하며 상황을 보자고 하여, 나도 미안한 생각이 들어서 한발 물러섰다. 상황이 좀 개선되면 공급해 줄 것을 부탁할 수 밖에 없었다.

마스크 대란으로 1주일에 1인당 2매씩 할당 구매토록 관리하는 시기였으니 하루에 30~40만 장을 생산한다고 해도 갑자기 협조해 줄 상황도 안 되고, 내 부탁은 이제 물 건너갔다고 생각했다. 그렇지만 내가 사회공헌 활동을 많이 해온 것을 잘 알고 있었기에 장삿속으로 생각지 않고 기부하고자 하는 마음만은 진심으로 받아들여 주는 것 같아 고마웠다. 그것을 위안을 삼으며 마스크가 준비되는 시점에 내가 쓴 편지를 동봉해 배송해 달라고 넌지시 명세서를 건네주고 나왔다. 3주 후 부탁한 마스크를 준비해 보겠다고 연락이 왔다. 얼마나 기뻤는지 모른다. 그런데 그사이에 더 보낼 곳이 많이 나타났다. 딱 한번의 부탁이라 생각하며 2,500장을 더 구매 가능한지 미안한 생각을 하면서 부탁했다. 3·1독립만세 시점이 한참 지난 터라 편지 내용을 다소 보안하여 정리를 했다. 다행히도 3월 말 7,500장을 구매할 수 있게 되었다. 그중 5,000매는 그동안 고마웠던 분들이나 후원단체, 모교, 일부 지자체, 공존공영에 같이 노력했던 분들께 박스 단위로 직배송했다. 나머지 2,500매는 내가 수령하여 재직 중 관계했던 모든 분(회사 임직원, 딜러, ASC, 매장 등)들과 관계를 맺고 있는 분들께 개인별로 10~15매씩을 개별 포장하여 전달했다. 주소를 찾아 정리하고 내가 직접 포장하여 우편 택배로 발송하다 보니 꼬박 며칠이나 걸렸다. 처음 이런 일을 직접 하다 보니 힘들긴 했어도 보람이 느껴져 신나게 마무리했던 것 같다.

마스크를 받은 분들의 반응은 폭발적이었다. 전화 및 카톡과 밴드, 문자 등으로 고맙다는 인사가 줄을 이었다. 모임이 싫다고 떠났던 분들이 다시 재활동하겠다는 분도 있었고 선물을 보내온 분도 다수 있었다. 진심과 정성이 통했던 것일까? 3월 1일 '대한독립만세와 코로나독립만세' 를 외쳤을 때와는 사뭇 달랐다. 그것은 무었일까 생각해봤다. 코앞의 실질적 이익이나 고마움에 대한 표시를 한 것이라 생각되어 졌다. 당신을 대하는 내 생각이나 행동거지는 변함없이 진심으로 꾸준했 왔는데 왜 이럴까? 돈으로 따지면 별것도 아닌데…. 다소 의아하단 생각이 들기도 했다.

3.1절에 대한독립만세와 코로나 독립만세를 외쳤는데 8개월이 지난 지금, 코로나는 더 심해지는 것 같은데 심각성은 훨씬 덜 느끼는 분위기인 것 같다. 우리가 코로나를 잘 알았거나 준비된 상태였다면 초기에 그렇게 호들갑을 떨진 않았으리란 생각이 든다. 만반의 준비와 먼 장래를 생각하는 우리들이 되었으면 하는 생각을 했다. 올해 우리는 코로나 사태를 맞아서도 경제성장률이 크게 떨어지지 않는 반면 일본은 큰 폭 마이너스 성장으로 우리의 1인당 GDP가 일본을 추월할 수 있다는 예상이 나오고 있다. 이 얼마만의 일인가? 조선시대 초기까지 일본에 앞섰던 우리들이 왜 임진왜란을 겪고 식민지배까지 가고 최빈국으로 고통을 겪었는지 3·1절을 보내면서 한 번쯤 되새겼으면 좋겠다. 유교 기반의 성리학을 중심으로 한 사대부들은 선비정신만 내세우며 세계적 흐름을 도외시하고 상공업을 무시하였다. 위정자들은 당파 싸움과 극한 대립, 분열로 변화하는 시대에 대응하지 못해 뒤처지기 시작했던 것이다. 우리가 16세기 초 은제련기술을 발전시켜 부국강병했다면 임진왜란의 고초는 없을 것이고, 동시에 도자기 기술의 주도권을 일본에 넘겨주지 않았다면 일본은 세계적 강국이 되지 못했고 일제강점기는 맞지 않았을 것이다. 일제강점기하에서 고통과 억울함을 겪었던 선조들이 일본을 이겨 보고자 절치부심 노력했던 해방 이후 경제화(산

업화)의 주역들과, 민주화와 정보화사회를 이끈 선대들이 있었기에 세계 10대 강국으로 우뚝 설 수 있었고. 500년 만에 권토중래의 시점에 와 있다고 본다. 하지만 우리는 지금도 내부적 분열과 갈등은 물론 배타적 이기적 생각이 만연하고 노력보다는 기회를 엿보며 반기업가 정신을 드높아지고 있는 분위기다. 그때의 전철을 밟는 것은 아닌가 걱정이 된다.

4차산업 시대의 도도한 흐름을 직시하고 있는 것일까? 자유민주자본주의 체제를 도외시하다가는 또다시 위기를 맞을 수도 있다는 생각이 드는 것은 왜일까? 3·1절을 보낼 때마다 일본에 당한 과거를 반면교사로 삼아 감정적 반일이 아니라 능력과 힘으로 극일하는 방법을 찾고, 자주 발전이 지속되도록 노력해가는 것이 진정한 대한독립이 아닐까 생각해보게 된다. 대한독립만세를 되새기며 코로나 독립은 물론 경제자립 독립만세를 다 같이 외치고 싶은 생각은 왜 드는 걸까? 3·1절이 돌아올 때마다 우리는 후세와 미래를 위해 '진정한 자주독립'이 뭔지 곱씹어 생각하면서도 이웃과 우호적 협력 관계로 더불어 잘사는 방법을 찾아가면 좋지 않을까 생각을 해본다.

(사)한국미디어영상교육진흥원 이사장, 파나소닉코리아 고문,
PHP Korea 회장

삶의 깊은 수렁에 빠질 뻔했던 젊은 시절, 빛의 사자로 나타나신 선배

–장동익

우리는 살아가면서 수많은 사람과 새롭게 만나고 또한 이별을 한다. 그러한 만남 속에서 자신을 인정해 주는 누군가의 말 한마디가 인생을 바꾸기도 한다. 우리가 인생의 커다란 난관에 봉착하여 심한 절망과 비탄에 빠져 있을 때 우리를 부축해 주며 일으켜 세워 주려고 하는 사람을 우리는 평생의 은인으로 기억하고 잊지 못하게 된다. 다시 말해 우리는 인생의 여정 속에서 수많은 인연을 맺게 되며 그 수많은 인연들 속에서 은인들을 만나게 된다. 실제 현재의 내 삶에도 은인들이 여러 분 계신다. 그렇지만 내가 패기가 넘쳐나던 젊은 시절에 절망의 깊은 늪에 빠져 있었을 때 내게 자존감과 자신감을 찾아 완전히 새로운 삶을 개척할 수 있도록 도와주신 분에 대해서 글로 남기고 싶다.

나는 1979년 1월에 전임자로부터 상세한 업무인계를 받지도 못한 채 주식회사 삼미의 로스앤젤레스 지사로부터 이주하여 뉴욕 현지법인을 맡게 되었다. 당시로써는 한창 수출 액수가 증가하던 스테인리스 식기를 판매하는 대리점을 주로 관리하는 1인 지사였다.

마침 한창 경기가 좋았던 1978년도에 삼미와 계약을 맺고 동 사업을 시작한 그 대리점의 대표는 나의 고등학교 6년 선배였는데 부임 당시

내 전임자로부터 인계받은 그 대리점에 대한 DA(수출 외상거래) 금액이 제법 컸다. 그런데 내가 업무를 인수받고 나서도 외상매출금액은 계속 조금씩 증가하고 있었다. 나도 그 대리점의 영업을 도우기 위해 밤낮없이 최대한의 노력을 기울였다. 그러나 1979년은 2차 오일쇼크로 인해 세계적으로 경제가 급격한 하강 곡선을 그리던 때였기 때문에 매출액을 늘리기가 여간 힘들지 않았다.

급기야 그해 하반기에는 뉴욕 현지법인에 대한 본사의 조사가 있었는데 연말에는 동 대리점 사업에 관한 업무를 새롭게 맡게 될 직원이 추가로 파견되면서 나는 그 업무에서 완전히 손을 떼고 다른 업무만 맡으라는 지시가 떨어졌다. 선배인 대리점 대표도 일체 만나지 말라는 지시였다. 더구나 그 업무에 대해 가장 잘 파악하고 있었던 내가 새 담당자에게 구체적인 인수인계를 할 필요도 없다는 것이었다. 그때까지 문제를 해결해 보려고 밤낮없이 고민하고 노력해 오던 혈기왕성하고 열정적이었던 나로서는 본사로부터의 모든 지시들이 도저히 이해가 되지 않았고 나아가 너무나도 심각한 절망감에 빠질 수밖에 없었다.

바로 그때 대리점 대표의 소개로 내가 뉴욕에서 처음으로 몇 번 만나 뵌 적이 있었던 나보다 고등학교 8~9년 선배로 기억되는 한 분이 그러한 소식을 대리점 대표로부터 듣고 심한 절망감에 빠져 있던 나를 위해 자신이 살고 계시던 시카고에서 매주 목요일 비행기를 타고 뉴욕으로 건너와 저녁시간부터 다음날 새벽까지 나와 대화하고 곧바로 새벽 비행기로 시카고로 돌아가시곤 했다. 대화의 주 요지는 자신이 나를 만나보니 내가 현명하고 능력이 있어 어디에서나 성공할 수 있으니 자신감을 되찾고 삼미를 그만두게 되는 사정이 생긴다 할지라고 회사 내 다른 임직원들의 핑계를 대지도 말고 새롭게 맡겨진 일에 전념하여 노력함으로써 회사에 도움을 주는 것이 당시 내가 할 수 있는 최선의 방책이라는 것이었다. 또한 기독교인이셨던 그는 하나님께서 중요하게 사용하시려는 사람에게는 그에 걸맞는 큰 고난도 함께 주신다는 말씀도 전해 주셨다. 이런 만남은 1달 정도 지속되다가 어느 목요일 날 이제 자신이 다시 뉴욕에 와서 나를 만나기는 어려우니 자신감을 되찾아 열심히 일하며 성공하라는 당부를 남기고 떠나셨다.

나는 그 선배의 도움으로 자신감을 되찾았고 조언해 주신대로 열심히 일했다. 그때부터 스테인리스 식기 이외에 오히려 삼미그룹의 주력 제품 및 서비스이지만 내가 이전에 한 번도 경험하지 못했던 특수강 수출, 수입 업무 및 해운 업무를 열정을 가지고 수행하여 1981년 말 본사로 복귀할 때까지 미국 현지인 2명을 추가 채용하는 등의 성과를 올리면서 무척이나 어려웠던 고난의 상황을 반전시킬 수 있었다. 1981년 중순에 로스앤젤레스에서 근무하던 특수강 수출 업무 담당자가 나와 협업할 일이 있어 뉴욕으로 출장왔을 때 저녁을 함께하면서 나도 전혀 알지 못했던 놀라운 이야기를 그로부터 들었다. 내가 고등학교 선배였던 대리점 사장과 짜고 매출 대금을 일부 사취하는 것 같다는 제보가 있어 당시 그와 같은 회사의 조치가 있었지만 결국 그러한 누명이 완전히 벗겨졌다는 것이었다. 자기 자신이 나와 같은 상황에 처했더라면 이겨내기 어려웠을 것이라는 이야기도 덧붙여 주었다. 나도 그와 대화하면서 마음속으로는 나도 시카고 선배에게 감사를 드리고는 있었지만 그와 같은 내 삶의 은인이 없었다면 이겨내기 어려웠을 것이라고 마음속 깊이 되새기게 된 계기가 되었다.

뉴욕에서 자칫 실패의 나락으로 떨어질 수도 있었던 나는 시카고에서 사업하시던 선배님의 도움으로 자신감을 되찾아 패기와 열정이 넘치는 새로운 사람으로 재탄생할 수 있었고 한국에 돌아와서도 1993년 말 퇴직할 때까지 삼미그룹에서 수출 및 신규사업 관련 부서장, 회장 비서실장을 거쳐 그룹 기획조정실 담당 최연소 상무이사로 승진할 만큼 보람차고 또한 성공적이었다고 자부할 만큼의 삶을 살 수 있었다.

내게 삶의 어둠 속에서 빛의 사자처럼 나타나셨던 그 선배는 1979년 당시 시카고에서 샤론이라는 회사를 운영하시던 이성호라는 분이다. 이성호 선배가 절망에 빠져 너무나도 힘들어하던 내게 가장 먼저 해 주셨던 일은 그가 가지고 계셨던 불인지심(不仁之心: 남의 불행을 차마 눈 뜨고 보지 못하는 마음)을 내게 보여주심으로 '너는 나를 믿어도 돼' 라는 확신을 내 자신이 가질 수 있도록 도와주신 것이다. 깊은 절망감에 빠져 있는 상대방에게 이런 확신을 가지도록 도와주는 일은 결코 쉬운 과제가 아니다. 그런데 불인지심을 가지고 있다는 것과 그러한 마음을 실제 행동으로 옮긴다는 것은 완전히 다른 이슈이다. 그분은 자신의 소중한 시간과 비용을 나를 위해 할애해 줌으로써 그가 가지고 계셨던 불인지심을 실제 행동으로 옮기셨다. 이 역시 결코 쉬운 과제가 아니다.

나는 그 이후에도 내 인생을 역전시켜 주신 그 선배에 대해 마음속에 감사한 마음을 항상 가지고는 있었지만 다시 만날 수 있기는 쉽지 않으리라는 생각을 가지고 있다가 1986년에 마침 시카고 인근 지역에 출장 갈 일이 있어 그 선배를 만나기 위해 다방면으로 소재를 파악했지만 찾을 수가 없었다. 그때서야 나는 내 인생에 있어 은인의 중요성을 더욱 마음속 깊이 되새기게 되었다. 지금도 기회가 된다면 그분을 꼭 뵙고 싶다. 그러나 꼭 뵙게 되지 않는다 하더라도 그분을 위해 항상 기도하고 그분이 내게 해 주셨던 도움을 다른 사람들에게도 조금이라 할지라도 기회가 되는대로 나누어 주련다. 사자성어 중에 거자일소(去者日疎)라는 말이 있다. 원래의 뜻은 죽은 사람에 대한 생각은 날이 갈수록 잊게 된다는 뜻이지만 서로 멀리 떨어져 있으면 점점 사이가 멀어짐을 이르는 말이기도 하다. 그래서 나는 그 이후 그분을 위해 기회가 될 때마다 기도하며 '그분이 진정으로 원하셨던 내가 어떤 사람이었을까?' 를 되새기며 살고 있다.

잘 산 인생은 성공한 것이 아니라 내일 죽어도 여한이 없는 삶이라고 한다. 자신의 이익 추구를 앞세우기보다는 어려움을 겪고 있는 다른 사람들을 세심하게 배려해주는 사람은 분명히 누군가의 기억 속에 잊히지 않는 은인으로 남게 될 것이다. 나도 이성호 선배처럼 마음의 상처를 입고 절망감에 빠져 있는 다른 사람들을 위해 나의 시간을 바침으로써 새로운 인생을 개척할 수 있도록 힘을 주는 불인지심을 가지기 위해 기도하고 또한 기회가 생길 때마다 실행에 옮기려고 노력하고 있다.

핸드폰책글쓰기코칭협회 고문, 피플스그룹 상임고문

간판 아저씨

―신미균

우리 집에서 얼마 떨어지지 않은 곳에 〈명일사〉라는 간판 만드는 집이 있었다. 그 집 아저씨는 간판 주문이 들어오면, 커다란 철판이나 나무판을 골목 끝까지 쳐놓고 글씨를 쓰기 시작한다. 여러 가지 색깔의 물감을 커다란 접시에 부어놓고 납작한 붓으로 글씨를 써 내려가는데 글씨를 쓸 때마다 신기해서 침을 꼴깍 삼키며 구경을 했었다.

학교에서 집으로 가는 길은 먼지가 많이 날렸다. 버스가 지나가고 나면 먼지 때문에 한참 동안 앞이 보이지 않는다. 어느 날 눈으로 들어간 먼지 때문에 꼼짝도 못 하고 서 있는데 간판집 아저씨가 지나가다 보고는 눈에 들어간 먼지를 후~ 불어서 빼준 적이 있었다.

그날 이후 나는 그 아저씨를 자세히 보게 되었다. 큰 눈에 쌍꺼풀이 있었고 남자인데도 머리를 길러 뒤로 묶고 있었다. 아저씨라고 하기에는 너무 젊게 보여서 오빠 같다는 생각이 들었지만, 사람들이 아저씨라고 부르니까 나도 그냥 아저씨라고 불렀다. 그 아저씨가 결혼을 했었는지, 가족이 있었는지, 등등은 생각이 나지 않지만, 저녁이 되면 혼자 골목길 살평상에 앉아 기타를 치던 모습이 생각난다. 내가 기타 소리를 들으려고 옆에 서 있으면 김이 붙어 있던 과자를 먹으라고 주기도 했고, 기분이 좋으면 동요를 치면서 나에게 불러보라고 했던 기억도 난다.

또 어떤 날은 나를 불러 샐비어꽃을 따서 빨아보면 단물이 나온다는 것과, 해가 넘어갈 무렵, 돌담 틈 사이에 핀 작은 풀들의 색깔이 얼마나 예쁜지에 대해서 이야기를 해 주기도 했었다. 나는 모든 것이 처음 들어보는 이야기였기 때문에, 눈만 뜨면 그 집 앞을 왔다 갔다 하면서 그 아저씨가 뭘 하나 쳐다보는 게 일이었다. 친구들과 놀기보다는 그 아저씨와 이야기 하는 것이 더 재미있었다. 그 아저씨도 내가 예쁘다고 머리를 쓰다듬어 주거나 나를 꼭 껴안아 주기까지 했다.

어느 날 학교 갔다 오는 길에 보니, 그 아저씨가 하얗고 긴 천을 펼쳐 놓고 커다란 글자를 쓰고 있었다. 나는 집에도 가지 않고 가방을 멘 채로 보고 있었다. 검정색 글자는 다 쓰고 빨간색 글자를 쓸 차례인지 접시에 빨강색 물감이 담겨있었다. 아저씨가 잠깐 자리를 비운 사이 우리 집 개가 뛰어와서는 빨간 물감을 밟아 쏟고, 그 발로 하얀 천을 가로질러 뒷집 개를 따라 골목으로 재빨리 뛰어 가버렸다. 넓고 긴 하얀 천 위에 개의 빨간 발자국이 어지럽게 찍혀버렸다. 순식간에 일어난 일이라, 어찌할 바를 모르고 있는데, 개들 소리에 아저씨가 급히 나와 보고는 "뭐야? 누구네 개야? 너, 그 개 봤지? 너의 집 개지 ?"하고 물었다. 그때 내가 왜 그랬는지 모르지만, 고개까지 흔들면서 우리 집 개가 아니라고 말해버렸다.

아저씨는 누구네 집 개인지 잡아서 간판값 다 물어내게 하겠다며 펄펄 뛰면서, 개 발톱 주변의 털을 보면 알 수 있다고 했다. 갑자기 나는 얼굴이 화끈거리고 심장은 터질 듯 두근거렸다. 우리 집 개라는 것이 밝혀지면? 아니 그것보다 내가 거짓말했다는 것이 들통난다면? 몰려드는 불안한 마음 때문에 안절부절못하면서도, 한번 우리 개가 아니라고 말했는데, 그 말을 번복하기 싫어 집으로 뛰어오다가 넘어졌었다. 우리 개라고 말하지 못한 것에 대한 후회 때문에 무릎이 까져 피가 나는 것도, 다리가 아픈 것도 몰랐었다.

그날 이후. 아저씨를 볼 자신이 없어 그 집을 빙 돌아 학교를 오갔다. 예전처럼 웃고 이야기하고 내가 모르던 이야기를 들을 수 있는 기회를 놓쳐 버린 것에 대한 아쉬움과 갑자기 돌변한 아저씨의 무서운 얼굴이 교차되면서, 학교에 가도 집에 와도, 마음 둘 곳이 없어 참 많이 방황했었다. 얼떨결에 한 거짓말이든 뭐든, 거짓말은 정말 감당하기 힘들다는 것과 세상이 내 마음대로 되는 게 아니라는 것을 어린 나이에 뼈저리게 알게 되었다.

아무것도 모르던 시절, 아저씨 덕분에 세상과 사람에 대해 눈을 뜰 수 있었다고 생각한다. 세월이 지나고 난 뒤, 아저씨를 만나서 그때 거짓말을 해서 미안했다고, 우리 집 개였다고, 꼭 말하고 싶었는데, 그럴 기회가 없었다.

지금도 거짓말을 하려면 가슴이 서늘해지고 몸이 떨려온다. 하지만 최초로 기쁨과 좌절과 절망을 겪게 한, 큰 눈에 쌍꺼풀이 있던 간판 아저씨가 몹시 그리워진다.

시인, 맨홀과 토마토케첩, 웃는 나무, 웃기는 짬뽕,
길다란 목을 가진 저녁

초등학교 7학년 시절

–안창호

초등학교를 졸업한 나는 중학교를 졸업한 누나와 1년 동안 집에서 휴가를 보냈다. 아빠, 엄마가 여러 해 동안 공부하느라 고생했으니 일 년간 쉬라는 거였다. 학교에 가고 싶었지만 6학년 담임 선생님이 1년간 휴가 보내면 엄청 좋을 거라고 자꾸 말씀하시고 또 내가 좋아하는 엄마랑 아빠가 자꾸 유혹에 넘어가 한 해 쉬기로 했다. 지금 생각해 보면 초등학교를 막 졸업한 내가 얼마나 깊게 생각을 했겠는가. 또 초등학교 때부터 노는 걸 주업으로 여기던 나에게는 하늘이 내리신 꿈같은 기회라고 생각했다. 1년 동안 쉬는 동안에 내가 무엇을 하며 지냈는지 궁금한 분들이 계실 법하다. 나와 누나는 공부 안 하기, 짐승 기르기, 산으로 들로 놀러 다니기, 섬 밖으로 여행하기 등 신나는 일이 너무 많았는데, 오리와 염소 기르던 이야기를 하려고 한다.

어느 날 이웃집 금란이 엄마가 하얀 알을 잔뜩 가지고 오셨다. 이거 이 집 오리알 아니냐고 물어보셔서, 잘 모르겠다고 했더니 달걀은 아닌 것 같다고 하면서 고개를 갸웃거리며 가지고 가셨다. 나도 오리알을 본 적이 없었으니까. 병아리와 함께 기르기 시작한 오리가 금강 주변에 가서 알을 낳았는데 우리 가족이 주의를 하지 않아 몰랐던 거다.

금강은 금산에 있는, 우리가 살던 집 옆을 유유히 흐르는 조그만 개울이다. 희영이 누나가 금강이라고 이름을 지어주었다. 그런데 오리들이 금강에서 놀기를 좋아해서, 아침 식후 강으로 놀러 가 자기들끼리 자맥질도 하고, 강 속의 물고기도 잡아먹고 놀다가 알도 낳고 그랬다. 어느 날 아빠와 금강 둑길을 걷다가, 모래밭에 하얀 조약돌 같은 게 보이기에 날 더러

"창호야 저거 뭐야?"

"조약돌 같은데요"

"여긴 하얀 조약돌이 없는 곳인데"

"으아! 알이다. 아빠 이거 봐 모래 속에 알이 엄청 많다"

오리들이 알을 낳아서 모래 속이나 개울 근처 풀숲에 감추어 두는 습성이 있는 것 같다. 나는 아침이면 금강 주위를 살펴 밤사이에 낳은 오리알을 거두어오곤 했다. 어느 날 그렇게 감추어둔 알 무더기 중 우리 가족이 발견하지 못한 걸 오리 한 마리가 품기를 시작했다. 새끼오리 보나 하고 기대하면서 기다렸다. 엄마오리가 아기오리 11마리를 데리고 나타나던 날, 우리 가족들은 오리 가족의 탄생을 다 함께 축하해주었다. 나는 그 후로도 닭 가족, 염소 가족, 개 가족의 탄생을 자주 지켜보면서 생명 탄생의 소중함과 신비를 체험했다.

우리가 1년 휴학을 한다고 하자 윗마을에 사시는 김정윤 아저씨, 우기일 아저씨가 어린 염소를 한 마리씩을 키워보라고 가져다주셨다. 희영이 누나 것 한 마리, 내 것 한 마리 그랬다. 섬사람들은 흑염소를 많

이 키운다. 흑염소는 몸이 허약한 사람들에게 좋고 남자들보다는 여자들에게 효능이 더 좋다고 한다. 금산 흑염소는 품질이 우수하기로 전국적으로 알려져 있다. 그것은 염소를 기르는 환경, 방식과 관련이 있는 것 같다. 염소는 어쩔 수 없는 상황이 아니면 결코 편식하지 않는다. 독초 외의 모든 식물들을 고루 먹는다. 금산에서는 대부분 산에 염소를 방목한다. 금산은 위치가 남해바다에 있고 면적도 완도보다 약간 큰데, 다른 섬들에 비해 산세가 높고 험하며 다양한 난대림 식물, 기화이초들이 많다. 기온이 푸근하여 겨울에도 눈이 쌓이는 일이 없어서 푸른 식물들이 겨울에도 잘 자란다. 때문에 여러 가지 식물을 고루 먹고 자란 금산 염소와 평지에서 풀만 먹고 자라거나 사료 먹고 자란 염소와는 그 효능에 있어서 전혀 차원이 다르다. 그래서 값도 다른 지역 염소에 비해 좀 비싼 편이라고 한다. 실제로 고기 맛도 좋고 약을 했을 경우 효능도 좋다고 한다.

염소들은 잘 자랐는데 내 염소에게 변고가 생겼다. 내가 염소 옮겨 매는 일을 게을리하다가 염소가 나무에 목이 매달려 죽은 거다. 염소들은 워낙 방정스러운가 하면 미련하다. 얽힌 줄을 스스로 풀 줄을 모른다. 정말 바보 같은 녀석이다. 줄을 매달아 산에서 키우는 염소는 자주 봐주지 않으면 이런 사고가 자주 발생한다. 기르던 염소의 죽음으로 나는 죄책감에 며칠 동안은 심한 우울증에 빠졌다. 얼마나 슬프고 기가 막혔는지 모른다. 나는 묻어 주었으면 했는데 엄마, 아빠는 아깝다고 잡아먹자고 한다. 어른들의 야만성! 우리 엄마와 아빠는 기르던 개들도 곧잘 드셨다. 어느 날 학교 갔다 왔더니, 아빠 친구들이 마당에 가득하고, 무언가를 맛있게 먹고 있었다. 나중에 보니 집에서 키우던 순하디 순한 똥개, 멍순이가 사라지고 없었다. 나는 나이 들어서도 그런 건 배우고 싶지 않았다. 그 사건 이후 나는 염소고기는 멀리한다. 다행히 희영이 누나가 기르던 염순이가 이듬해 봄에 이쁜 새끼를 두 마리 낳아 죄책감으로부터 상당히 해방되었다.

짐승 기르고 여행하며 지내던 1년은 너무 빨랐다. 엄마 아빠와도 아주 친해졌다. 무섭기만 하던 아빠와는 다정한 친구가 되었다. 아빠랑 1년을 함께 놀다 보니 아빠가 전혀 무섭지 않다. 1년 동안 키도 엄청나게 커 버렸는데 아빠보다 조금 크다. 그리고 나는 혼자 사는 외로움에 제법 익숙해지면서 사색의 즐거움도 배웠다. 무엇보다 1년이 지나 중학교에 가서 나는 한 살 많은 덕에 학급에서 짱 노릇까지 할 수 있어서 좋았다.

세월이 흘러 나는 어느덧 3남매의 아버지가 되어, 큰아들이 초등학교 1학년이 되었다. 내가 시골에서 살았던 아름다운 경험이 있어서, 내 아들딸에게도 시골살이 경험을 선물해 주고 싶어다는 생각을 하고 있다. 어느 날인가 은퇴하고 시골 가신다는 아버님께

"아빠 언제 시골 가실 겁니까?"

"가긴 가야 하는데, 과수원도 만들었으니 곧 가야겠지"

그 곧이 언제일는지 모르지만, 빨리 그날이 오기를 기대하는 까닭은 내가 경험했던 시골살이의 특별한 선물을 내 아이들에게도 선물하고 싶어서이다. 아바마마 얼른 시골 가시지요. 나는 초등학교 졸업 1년 동안의 휴가 덕에 가족들과 친해졌고, 동물들과 가까워졌고, 전원의 아

름다움을 알았고, 인생의 여유를 배웠고, 고독을 벗하게 되었고 앞으로 시골뿐 아니라 어디서든지 잘 살 수 있는 생존 능력도 배웠고, 돌이켜보면 1년 동안의 휴가는 하나님께서 나와 가족들에게 준 최고의 선물이었다.

두중라무역 대표

빛과 같은 긍정의 말 한마디

–보경

남들처럼 평범한 하루하루가 지나가던 때였다. 나에겐 너무나 밝고 착하고 건강하게 크고 있는 두 아이가 있다. 어느 날 갑자기 이 두 아이에게 평범하지 않은 일이 생기게 되었다. 둘째 아이가 뱃속에 있을 때였다. 여느 때처럼 정밀검진을 받으러 갔었다. 그러나 산부인과 선생님의 표정과 말투가 평소와는 다르다는 것을 순간 느끼게 되었다. 선생님께서는 매우 조심스럽게 말씀을 하셨다.

"어머니, 아이 신장이 보통과 다르게 보입니다. 보통은 어두운 회색빛으로 보여야 하는데 지금 흰색으로 보이네요. 상급병원으로 가셔야 할 것 같습니다."

이때만 해도 나는 그리 큰일이 아니겠지. 이런 마음이었다. 그러나 상급병원에서 들은 더 무서운 이야기가 있었다. 만삭이 다가와서 출산이 한 달 남은 시점이었다. 선생님께서는 초음파로 신장이 하얗게 보이는 아이들 중 태어나서 보면 100명 중 1명만이 정상으로 태어난다는 청천벽력 같은 말을 하셨다. 정말 그 이야기는 하루하루를 버티는데 너무나 힘든 이야기였다. 내가 무슨 잘못을 했을까… 왜 이런 일이 생겼을까… 온갖 생각이 들어 밤마다 혼자 울기 일쑤였다. 그래도 낮에는 울지 않았다. '나는 또 한 아이의 엄마니까 강해져야 한다' 라고 마음속으로 수없이 되뇌었다.

제왕절개로 낳기로 한 날이 다가왔다. 아이가 건강하게 태어날 수 있을까 하는 걱정이 앞서다 보니 병원에 가는 발걸음이 한없이 무거웠고 두려움도 엄습하기 시작했다. 다행히 작은 아이는 건강하게 잘 태어났다. 아이는 태어나자 마자 여러 가지 검사를 받게 되었다. 그런데 또 문제가 발생하였다. 머리 쪽에 하얀 부분이 보였고, 심장에는 3mm 크기의 구멍이 보인다는 것이었다. 정말 하늘이 무너진다는 말이 무엇인가 그때 느꼈었던 것 같다. 태어난 아이를 보며 마냥 기뻐할 수 없었고 볼 때마다 눈물이 또 하염없이 흘렀다.

그러나 다행히도 우리 아이는 1년동안 여러 번 검진을 다니면서 뇌에서 보이는 하얀 부분과 심장의 구멍은 정상으로 돌아왔다. 하지만 신장은 정상으로 오지 못하였고 더 나빠질 수도 있다는 등의 부정적인 이야기를 많이 들었다. 그러다 동네 어머니의 소개로 다른 병원으로 옮기게 되었다. 이 선생님께서는 딱 우리 아이 검사 결과를 보자마자

"괜찮습니다. 보통 아이와 똑같이 키우세요."

이 한마디는 그동안의 나의 눈물과 걱정을 한 번에 씻어주는 말씀이셨다. 항상 병원에 검진을 갈 때면 아픈 아이들과 걱정이 많은 어머니들을 보았고 의사 선생님께는 부정적인 이야기를 많이 듣게 되어 병원에 다녀오면 며칠은 또 마음 한구석이 어두워질 수밖에 없었는데 이 선생님께서는 우리 아이도 남들 아이와 다르지 않다고 말씀해주셨다. 정말 인생에 있어 최고로 감사드리는 순간이었다.

두 번째 일은 첫째 아이에게서 일어났다. 첫째 아이는 2학년 때 안경을 쓰게 되었다. 그때만 해도 아이 아빠나 나나 시력이 많이 나빴기에 그럴 수 있는 일이라고 생각했다. 시력의 단계도 몰랐었고 안 보이면 안경을 쓰면 별일 없을 거라 생각했다. 나도 시력이 좋지 않았지만 하고 싶은 일은 다 하고 자랐기 때문에 아무런 걱정이 없었다. 그러나 1년 뒤에 또 큰아이가 잘 안보이는 것 같은 느낌이 들어 안과에 갔다. 그런데 거기서도 검안사 분이 시력측정을 해주는데 표정이 좋지 않았다. 시력이 많이 안 좋다는 것이었다. 의사 선생님도 검진을 보시면서 시력이 보통 아이보다 급속도로 떨어진다는 것이었다. 일 년에 무려 10단계나… 나는 근시에 대한 정보가 하나도 없었기에 정말 큰 충격이었다. 대체 어느 정도란 말인가. 9살에 -2.0 정도였는데 10살에 -4.5라는 것이었다. 내 시력이 -6 정도이니 벌써 나만큼 나빠졌다는 생각에 눈앞이 깜깜하였다. 드림렌즈를 권하셨지만 이 시력으로는 잘 안 될 수도 있다는 이야기를 들었다. 그래서 또 다른 안과를 찾아가 보았다. 거기서는 더 충격적인 이야기를 들었다. 시력이 -5인데 애가 이렇게까지 될 때까지 엄마가 무엇을 했냐며 나를 질책까지 했다. 나는 죄인처럼 할 말이 없었다. 내가 잘못해서 이렇게 된 것인가… 또 내 죄책감에 빠지게 된 것이다. 나는 둘째 아이가 먼저 아픈 기억이 있어서 그런지 첫째도 보통과 다르다는 이야기를 들으니 마음이 또 찢어지게 아팠다. 또 내 탓을 하기 시작하며 우울증 같은 증상이 나타났다. 그때는 정말 약을 먹어야 살겠다는 느낌이었다.

그러던 어느 날 동네 어머니께서 드림렌즈 잘해주는 병원이 있다고 하여 찾아가게 되었다. 강남역까지 가야 하는 번거로움이 있었지만 나는 당장 예약하고 달려가게 되었다. 그 병원에서 만난 의사 선생님은 두 번째로 나에게 긍정적인 희망을 주는 선생님이셨다. 근시는 누구에게나 나타날 수 있고 엄마의 책임도 아니고 그 누구의 책임도 아니라고. 그냥 우리가 살다 보면 일어나는 하나의 일이라고. 우리 아이는 드림렌즈 하기 어려운 시력이지만 그래도 끝까지 해보자고 해주셨다. 아이에게도 '우리 잘해보자~!' 라고 따뜻하게 말씀해 주셨다. 정말 감사하고 감사했다. 나는 밤을 새워가며 렌즈가 잘 되어가는지 지켰고, 3개월을 고생하며 맞는 렌즈를 테스트해 가며 찾았다. 아이에게 맞는 렌즈가 없다고 포기할 때쯤 다른 원장님께서 그래도 진행하자고 해주셔서 다행히도 2년이 지난 지금 렌즈도 잘 맞고 시력 저하도 없이 잘 지내고 있다. 물론 여느 아이들처럼 잘 지내면서!

현대 의학이 발달하면서 사실 우리는 모르고 지내도 괜찮은 사실들을 많이 알게 된다. 의학이 발달하기 전에는 자세한 정보를 알 수 없고 어떠한 질병에 대한 예후를 알 수 없었기에 많은 걱정을 하지 않고 한평생 지내는 경우가 많았다. 하지만 의학의 발달과 정보화로 인해 나는 더욱 큰 공포를 느끼고 어두운 동굴 속으로 스스로 들어가게 된 것 같다. 내가 내 자신을 통제하지 못하고 동굴 속에서 허우적 거리고 있을 때 내가 만난 의사 선생님들께서 남들과 다르지 않다고 이야기해 주신 긍정적인 말씀은 동굴 속에서 한 줄기 빛과 같은 감사한 말씀이었다.

누구나 아픔은 여러 가지 방법으로 찾아온다. 그 시련과 아픔을 어떻게 받아들이는지에 따라 앞으로의 삶의 색이 달라지는 것 같다. 내가 어두운 동굴로 들어가 있을 때마다 부정적인 방향으로 생각이 흐르지 않도록 감사한 말씀을 해주신 의사 선생님들 덕분에 지금 나의 삶은 그 누구보다 더 단단해진 것 같다. 그동안 삶의 바라보는 마음의 그릇이 종지와 같았다면 지금은 세상을 바라보는 마음이 종지보다는 조금 더 큰 밥공기만큼은 되지 않았을까 싶다.

디자인 프리랜서, 예술강사, '가볼쌤' 유튜버

징검다리 하나

–안만호

김준남 선생님은 내가 졸업한 해남에 있는 화봉국민학교 6학년 때 담임 선생님이셨다. 6학년 2학기 말의 어느 날, 선생님께서 학생들에게 중학교 입학 동의 허가서를 한 장씩 나눠 주시면서 부모님의 도장을 받아 오라고 했다. 나는 '길고 길었던 국민학교를 졸업하고 드디어 중학생이 되는구나' 하는 부푼 꿈을 안고,

"아버지"

"왜?"

"이거요"

"그게 뭐냐?"

"담임 선생님이 도장 받아오래요"

중학교 입학 동의서를 살펴보시던 아버지께서

"내년에 가거라"

학교 내년에 가란 말은 가지 말라는 말의 완곡한 표현이었다.

내가 초등학교를 졸업하던 1970년대 초, 내가 다니던 초등학교에서는 졸업생 중에서 가정 형편이 그런대로 좋은 ¼ 정도가 중학교에 진학하고 3/4는 부모를 도와 농사일을 하거나 도시로 밥벌이 하려 갔다.

나도 3/4에 속해 있었으니 중학교에 진학한다는 것은 희망 사항일 뿐이었다. 아버님께서 중학교 내년에 가라고 한 것이 가지 말라는 것이었다. 그럼에도 불구하고 나는 중학교 진학을 포기하기가 힘들었는지, 많은 날을 가슴앓이했다. 밥도 먹는 둥 마는 둥 했다. 부모님도 내 심정을 아시는지 말이 일절 없으셨다. 친구들은 어디 아프냐고 걱정해주었다. 만사가 재미없었다. 집 앞 방파제 앞에 나가 머나먼 바다를 하염없이 바라보는 날들이 많아졌다.

그 즈음 학교에서 '나의 소원' 이라는 주제로 전교생 가을 백일장 대회가 있었다. 나는 백일장에서 "나의 소원은 중학생"이라는 제목으로 글을 썼다. 그런데 그만 그 글이 우수한 성적으로(?) 입상을 했다. 나는 시상식에서 '이 상 받아 어디에 쓰라는 말이냐' 울면서 상을 받았다. 그로부터 여러 날이 지나 담임선생님이 나를 불렀다.

"만호야 너 중학교 가는 것이 소원이라면서?"

"예?"

"너 중학교 갈 수 있게 됐다. 이거 봐라"

선생님께서는 중학교 교복, 모자, 가방, 노트 일체와 입학금이랑 1학기 학비 전액을 내놓으셨다. 담임선생님께서는 학교 선생님들과 제자 하나 중학교 보내자며, 중학교 입학금을 마련하셨던 것이다. 나는 그때 얼마나 좋았는지, 세상을 다 가진 것 같았던 기쁨이 오랜 세월이 지난 지금까지 생생하고, 덩달아 미소짓던 담임 선생님 환한 모습도 눈에 선하다. 중학교에도 가지 못할 뻔한 나는 선생님 도움으로 진학을 할 수 있었고, 열심히 공부해서 장학금을 받으면서 무사히 졸업할 수 있었다.

선생님의 제자 사랑과 장학금은 내 인생의 징검다리 하나가 되었다. 그때 나는 '선생님이라면 무조건 존경하자, 때가 되면 나처럼 학교 갈 수 없는 아이들이 공부할 수 있도록 돕자' 고 결심했다.

육군에 입대해서 원주 그리스도의 교회에 출석하면서 중고등부 교사를 맡았다. 어느 날 퇴근하고 교회로 갔더니 예배당에 까까머리 남학생, 단발머리 여학생들이 가득했다. 담임 목사님께

"목사님 어디서 온 학생들입니까?"

"후배 목사님이 고등공민학교 교장이신데, 평창에서 검정고시 보러 왔어요"

한 달 후쯤 지나서

"목사님 검정고시 보러왔던 학생들 어떻게 되었어요?"

"집에서 부모님들이 가난하다고 고등학교 보낼 수 없다고 한답니다"

"그러면 우리가 애들 고등학교 보내볼까요?"

"안 선생이 추진해보세요"

그때부터 엄규장 목사님과 함께 강원도 평창 대화 지역의 고등공민학교 학생 중에서 학교 가고 싶은데, 가정 형편이 어려워 진학할 수 없는 학생들을 고등학교 보내기 시작하면서, 지금까지 가난한 학생들이 학교 갈 수 있도록 하고 있다. 지금은 '빛과나눔장학협회' 가재산 회장을 중심으로 청소년 시절 나와 비슷한 경험을 했던 분들과 함께 미얀마 타무 지역의 청소년들에게 꿈과 희망을 주는 장학사업을 하고 있다.

나는 선한 일에 앞서는 사람도 아니고, 장학사업에 뜻이 있는 사람도 아니고, 청소년들을 사랑하는 사람은 더더욱 아니다. 단지 초등학교 담임 선생님을 비롯하여 여러 선생님들이 하신 일을 대신해서 내 곁에 있는 어려운 학생들 앞에 징검다리 하나 놓는 일을 하고 있을 뿐이다. 그 시절 그때 그 일 때문에.

누리나래 이사장, 빛과 나눔장학협회 부회장

미얀마에 울려 퍼진 천상의 선율

-오순옥

미얀마 서북부 타무라는 작은 도시에 있는 OBS 고아원에서 한국 노래가 울려 퍼진다. 열 명의 꼬마 연주자들의 오카리나 반주에 함께 모인 고아원 친구들과 온 동네 주민들의 축제가 시작된다.

곰세마리가 한집에 있어
아빠곰 엄마곰 애기곰
아빠곰은 뚱뚱해
엄마곰은 날씬해
애기곰은 너무 귀여워
히쭉 히쭉 잘한다.

오카리나에서 소리가 나오는 것이 신기한지 동네 꼬마들이 모여든다. 준비한 악기가 열 개뿐이라 선착순으로 배우고 싶은 친구 열 명이 모집된다. 며칠 동안 열 명의 연주자들이 '곰세마리' 한국 노래로 연주와 노래를 배우기 시작한다.

흑색 칠판에 곰 세 마리 악보와 그 아래에는 미얀마 가사와 한국 곰 세 마리 가사를 동시에 적어놓는다. "고세마리가 하지에 이어, 아바고 어마고…", 받침이 되지 않는 노래로 한 구절 한 구절씩 열 명의 연주자들은 따라 부른다. 노랫소리에 모여든 어린 학생들도 하나둘 덩달아 따라 부른다. 하루 이틀 연습 시간이 흐르면서 연주가들은 노래에 흥을 실어 간다.

배우는 아이들에게 언어는 전혀 문제 되지 않았다. 아이들이 부르는 가사가 흥에 겨워 리듬을 타면서 악기 연주는 열기를 더한다. 오카리나 악기를 칠판에 그려놓고 손의 위치를 따라 다르게 나오는 소리를 연습한다. 학교에서 돌아온 아이들이 구슬땀을 흘리며 배우다 보니 시간은 쏜살같이 지나가 땅거미가 찾아온다. 저녁과 더불어 연주가들은 어설프지만, 곡 하나가 완성이 된다.

이 한 곡을 악보 없이 부르기 위해 연주가들은 사흘을 연습한다. 드디어 오늘이 발표 날이다. 여러 팀들이 각자 다른 주제로 발표한다. 색채팀은 티셔츠에 자기 얼굴을 그려 발표하고, 태양광팀은 번쩍거리는 태양 전등을 만들어 어둠을 밝히고, 한국어팀은 감사합니다. 안녕하새요, 음악팀은 곰세마리 아빠곰 엄마곰을 연주한다. 곰세마리가 미얀마 사람의 마음을 훔치고, 감동 가득한 기쁨을 안겨준다. 미얀마 타무 하늘과 땅이 아름답게 물든다. 기웃거리던 동네 주민들이 고아원 마당으로 한 사람 두 사람 모여든다. 언어는 다르지만, 순식간에 호기심으로 사랑으로 한마음으로 어우러진다.

미얀마 타무의 여름 밤은 한국 사람들과 미얀마 사람들의 곰세마리로 곱게 영글어 간다. 그들은 나를 곰세마리 엄마라고 부른다.

동남아 미얀마는 남북으로 길게 펼쳐져 있는 나라이다. 그래서 북쪽과 남쪽은 자연환경부터 역사적 배경까지 모든 게 크게 다르다. 미얀마 북쪽은 남쪽과는 다르게 서로 다른 이민족끼리 적 아닌 적으로 살아간다. 우리나라의 남한과 북한과의 대처 상황과 유사하다. OBS 고아원이 있는 타무라는 소도시는 소수 부족 분쟁이 있어서, 2013년까지 외국인 출입금지 지역이었는데, 우리 팀이 가던 2014년에 출입이 가능해졌고, 우리 팀은 2차 대전 이후 외국인으로는 최초로 그곳 지역을 찾은 외국인들이었다. 우리가 2차 대전 이후 첫 외국인이었다는 사실이 그곳 사람들에게는 오래 기억되고 있는 것 같다.

2014년 방문을 시작으로 매년 고아원을 방문하기 시작했다. 때로는 고아원 아이들에게 음악을 가르치면서, 때로는 한글을 가르치면서, 때로는 춤을 추면서 어울렸다. 세월이 흐르면서 고아원에서 타무 지역 초중고등학교로 방문이 확대되었는데, 타무에서 꽤 떨어진 다야공초등학교를 방문하면서 내 인생의 전환점이 되었다.

인생 이모작이라고 했던가? 50세 이후의 삶을 꽤 여러 해 동안 생각했었다. 50세까지 사업에 몰두하면서, 인생 이모작은 사업이 아닌 의미를 찾고 싶었다. 그러던 중 2014년 6월에 대학원 동기들과 미얀마로 졸업 여행을 갔다. 미얀마 이곳저곳을 둘러보았는데, 최종 목적지는 미얀마 서북부 인도와 접경지역인 타무에 있는 OBS 고아원이었다.

지금도 신기한 것은 아이들의 어떤 모습이 내 이모작 인생을 미얀마 아이들을 돌보기로 결심했는지 는 알 수가 없다. 한없이 맑고 슬퍼 보이는 눈동자? 수줍은 미소? 꽤죄죄하고 때국물 줄줄 흐르는 옷차림? 미얀마 타무 아이들의 친구로 엄마로 살기로 하면서 인생의 의미가 새로워졌고, 내 삶 곳곳에 기쁨이 찾아왔고, 공허하던 마음에 평화가 가득해졌으며, 날마다 감사했고, 내 모든 일을 그곳 아이들을 위한 일로 집중하게 되었다.

나는 날마다 타무의 예쁜 아들딸들을 위해 기도하며, 아이들의 미래를 위한 교육을 계획하고, 아이들에게 가져다줄 쌀을 모으며, 장학금을 준비하고, 아이들과 함께 어울려 놀 생각을 한다. 2020년 2월에 다녀온 후, 코로나 19로 지금까지 가지는 못하고 있지만, 학생들을 너무도 사랑하는 그곳 선생님들, 10년 가까이 우리와 호흡을 함께한 그곳 동역자들과 함께 페이스북Facebook으로 의논하면서 직접 가는 것보다 더 많은 보람 있는 일을 하고 있다.

코로나19가 잠잠해지고, 하늘 문이 열리면, 하늘을 훨훨 날아 아이들을 보러 갈 것이다. 날마다 사진으로 보고, 가끔 꿈으로 보는 OBS 고아원 아이들, 다야공초등학교 아이들, 타무 공립학교 아이들을 보러 갈 것이다. 가서 아이들에게 과자도 사 주고, 함께 "곰 세 마리가 한집에 있어 아빠곰 엄마곰 아기곰"을 부르고, 안아주고 얼싸안고 놀다 올 것이다. 언제부터인가 나는 미얀마 아이들과 주민들에게 곰 세 마리 엄마가 되었다.

빛과나눔장학협회 사무총장

내 큰 딸도 있어요!

–김완수

곰곰 생각하면 이치가 따로 있는 것도 같다.

1971년 3월, 큰형의 사업실패로 집안 사정이 어려워지면서 내 인생의 진로가 바뀌었다. 일반 고등학교 대신 공군기술고등학교(현, 항공과학고등학교)에 입학한 것이 내 인생의 진로를 바꾸어 버렸다. 그것을 운명이라 하는 것일까?

나는 발안 중학교를 졸업하고 17.8 : 1의 어려운 경쟁률을 뚫고 대전 공군교육사령부(현재는 진주로 이전) 내에 위치한 공군기술고등학교에 입학했다. 어린 나이에 기초 군사훈련을 마치고 1971. 3. 15. 제3기생으로 입학하였다. 자신의 적성을 파악하지도 못한 채 다른 편대(반)보다 영어공부를 더 할 수 있다는 소문에 제1편대(반) 기상관제과를 선택하였고 3년의 군대 고등학교 과정을 마치고 1974. 2. 1.부로 졸업과 동시에 공군하사로 임관하였다.

방공관제 특기를 받은 00명의 동기들 함께 30 방공관제단으로 배속받았다. 같이 간 동기 중 조00(이후는 J라고 칭한다.), 손00 등과 유난히 친하게 지냈던 우리는 인근 주점에서 막걸리로 형제의 인연을 맺기도 하였다. 다음날 나와 J는 팔0산 레이다 사이트로 발령을 받아 함께 갔다. 그곳에서 6개월간의 OJT 교육을 이수하고 나는 00레이다 사이트로, J는 00중앙 통제소로 재배속되었다.

방공관제 특성상 상급 부대에서 기초교육 과정을 OJT 형식으로 이수하고 사실상 실전 첫 근무지가 00 레이다 사이트가 된 것이다. 책 읽기를 생활화했던 나는 많은 관제 규범과 규정 등을 숙독하게 되었고 이를 방공관제 훈련을 하는 전투기에 적용하게 되었고, 내무반 생활도 열심히 한 결과 2년 후에 중사로 진급하면서 강릉 시내에서 하숙도 하게 되었다. 비번인 날은 경포대를 비롯하여 설악산까지 동해안 명소를 돌아 볼 수 있는 시기였다.

그러나 이러한 즐거운 시간도 잠시, 방공관제 특기의 특성상 오지와 도시 근교를 순환하는 근무제도에 따라 1976년 10월에 오지인 일0산 레이다 사이트로 전속을 가게 되었다. 그곳은 시골이라서 하숙 여건도 좋지 않아 영내 간부 숙소를 이용하게 되었다. 4교대 근무(일명 crew)를 잠시 하다가 관제 중대본부에서 방공관제 장병를 교육하는 담당하게 되었고 5년 만에 상사로도 진급하였다. 영내에 거주하며 작전상황실에서 상황이 발생하면 긴급 투입되는 역할까지 맡게 되니, 차츰 부대에서 부대장님의 필수 참모가 되기도 하였다.

이런 상태에서 00 중앙통제소에서 근무하던 J가 순환근무제도에 따라 오지인 일0산 레이다 사이트로 오게 되었다. 친한 동기 J가 오는 바람에 나는 도시지역으로 전출을 고사하고 함께 근무하기로 하였다. J

는 신혼으로 관사가 필요하게 되었고, 나는 이 사실을 알고 부대장과 면담을 하여 관사 입주도 도와주었다. 마음 맞는 동기 J와의 일0산 레이다 사이트 생활은 많은 추억을 간직하게 되었다. 비록 나는 관제중대 본부에서 주간 근무를 하였고 J는 4교대 근무를 하였지만 후에는 BX관리관으로 자리를 옮기기도 하였다.

그렇게 1년여를 지나다가 30단 방공관제단 주관 각 부대별 족구대회가 개최되면서 부대장의 지시로 우리는 함께 출전 준비를 하였다. 원래 J는 원주에서 중학교를 다닐 때부터 축구선수 생활을 했던 경력이 있어 족구공 다루는 것에 소질이 있었고 운동에 대한 안목도 많아 장병 중에서 운동을 했던 선수들을 선발, 선수단을 구성하여 훈련을 하였다. 선수단 중 선임이었던 나는 주전선수보다는 코치와 지원을 하였다. 30방공관제단 족구대회 본선에서 4강까지 하고 귀대한 인연으로 더욱 친하게 되었다.

족구대회를 마치고 부대로 귀대한 날, 마침 일0산 레이다 사이트 공군부대 관사로 딸네 집에 오신 J의 장모님과 대면을 하게 되었다. 오징어 조림을 잘하는 J의 부인이자, 지금은 나의 큰 처제가 된 사연이 시작되었다.

그날 오징어 조림에 소주를 하면서 족구대회 이야기를 하다가 내가 의무복무 7년(공군기술고등학교 무상교육 3년 + 하사관 근무기간 4년)이 끝나는 해라서 전역 신청을 하였다는 이야기했다. 그때 J장모님은 "제대 후 무엇을 할 건데요?" 하고 물으셨다. 나는 "공무원을 준비하고 있으며 1차 필기시험은 합격을 하였고 조만간 면접시험을 보게 될 것"이라고 대답하였다. 그러자 "이제 결혼할 때도 되었으니 혹시 사귀는 사람이 있어요?" 하고 관심을 갖고 물으셨다. 내가 "아직 없어요." 하고 대답을 하니 조만간 시간을 내어 참한 여인을 소개해 주겠으니 원주에 한 번 오라는 것이었다.

나도 뛸 듯이 기뻐서 흔쾌히 대답했다. '쇠뿔도 단감에 빼라!' 라는 속담처럼 그다음 주에 휴가를 내고 봉화 임기역에서 야간열차를 타고 원주로 향했다. 당시 오지인 봉화 임기는 교통편이 불편하여 부대에서 출퇴근용 트럭개조차를 타고 내려와 야간열차를 이용하는 것이 상례였다. 새벽에 원주역에 내린 나는 원주 역내 TMO에서 운영하는 여행 장병 간부 숙소에서 잠을 보충하였고 10시쯤 일어나 이발소에 들러 머리를 손질하고 공중전화기에서 J장모님께 전화를 하였다. "따르릉따르릉" 2번의 전화벨이 울린 후 J장모님의 반가운 목소리와 연결되었다.

원주 시내 약속한 다방으로 가서 뵌 J장모님은 그야말로 나의 구세주 같은 기분이 들었다. 소개해 주기로 한 여인을 만나기전 나에게 전해 주신 상대 정보는 원주 00병원 간호사이며 나이는 25세, 그리고 원주 토박이로 여자 어머니와 절친이라며 잘 해 보라고 하셨다. 잠시 후 멋진 여자가 도착하였고 J장모는 "잘 사귀어 보라" 당부하시며 자리를 비켜 주셨다.

나는 "초면에 실례가 많았습니다."라는 첫 말을 하면서 떨려서 안절부절 못하였다. 그녀는 나에게 "어머니 친구분한테 이야기 많이 들었습니다." 하며 언제쯤 제대를 하는지 확인도 하였다. "전역 신청을 하고 수속 중이니 다음 달 정도에 전역을 하게 될 것 같다"는 이야기와 함께 전역 후 공무원이 되기 위해 준비 중이라는 계획까지 이야기하였다. 서로 대면을 하고 이야기를 하면서 잘 진행되는 줄 알았고 다음 날 다시 만나기로 하고 헤어졌다.

그런데 어찌 된 일인지 다음 날 약속장소에 나타나지 않는 것이 아닌가? 아뿔싸! 상대방의 전화번호라도 알아 놨어야 하는데 첫 대면에 순조롭게 되는 듯하여 연락처 문의를 안 한 것이 후회스러웠다. 2시간여를 기다리다가 잘못된 것을 알고 J장모님께 인사차 전화를 했다. "오늘 만나기로 했는데 안 나온 것을 보니 인연이 아닌 것 같다."는 이야기를 하니 "J장모님도 "그런가 보다."라는 말씀과 함께 실망하지 말고 다음에 다시 한번 시간을 내서 원주에 오라는 당부를 하셨다.

부대로 돌아와서 J에게 첫 소개미팅을 허무하게 끝낸 이야기를 하고 아쉬움을 달랬다. 1주일 후 나는 다시 용기를 내어 원주로 향하였다. J장모님께 연락을 드렸고 집 근처 다방에서 다시 뵙게 되었다. 안부를 물으며 이야기를 나누던 중 J장모님께서 "내 큰딸도 있어요." 하시고 J의 부인의 연년생 언니 이야기를 하셨다.

봉화 임기관사에 오셨을 때 내가 한 말 중 "호적상으로는 양띠 55년생이지만, 집 나이로는 말띠(1954년생)"라는 말을 기억하고 계시며 "큰딸도 경찰관이신 아버님이 지리산 작전을 나가시면서 임신한 첫애를 딸로 출생신고를 하여 호적상으로 한 살이 많게 되었다"면서 "실제 나이는 말띠와 같은 나이이니 한번 만나보라"는 것이 아닌가? 당시 개인회사 경리사원으로 근무하던 큰 딸의 연락처까지 주시며…….

이 얼마나 고마운 일인가?

아니 장모님 되실 분이 맺어준 인연이라니…….

이렇게 우리 부부의 인연을 맺어준 분은 J의 장모님이면서 나의 장모님이 되셨고 덕분에 먼저 결혼한 J의 형님뻘이 되는 맏사위로 선택되어 1981. 11. 7. 우리는 원주에서 성대한 결혼식을 올리게 되었다.

40여 년을 함께 생활하며 우리 부부는 아들, 딸 남매를 두었고, 장모님 닮은 아내가 아들, 딸들을 잘 키워준 덕분에 아들은 대신증권 00지점 부지점장으로, 딸은 키움증권, 하이증권을 거쳐 현재는 군인공제회 00과장으로 근무하며 내가 현직에 있을 때 결혼도 하여 행복한 가정을 이루고 살고 있다. 나 역시 공직을 성공리에 마무리하고 퇴직 후에도 객원교수와 농업전문가로 활동하며 지식을 나누고, 집사람도 손주들을 돌봐 주면서 화성 시니어클럽 커피바리스타교육도 이수하고 취미생활로 시니어 클럽 커피 매장에서 주 1회 정도 활동하고 있다.

제가 우리 부부의 생활을 바탕으로 제작하는 사진으로 보는 자서전 제목처럼 '행복이 꽃피는 집' 처럼… 이 모두가 J와의 인연, 그리고 "내 큰딸도 있어요!" 라고 하시며 나를 맏사위로 선택해주신 장모님 덕분이라 늘 감사하고 있다.

87세 연세에도 불구하시고 건강하게 원주시 평생교육학습관에서 진행하는 댄스 스포츠 등 각종 취미프로그램에 참여하시며 활동하시는 장모님 고맙습니다.

건강하게 오래오래 사세요.

국제사이버대학교 웰빙귀농조경학과 객원교수

나의 색소폰 사랑

—이문우

나는 40대에 골프를 처음 시작했다. 연습장은 거의 매일 다니고 필드도 참 많이 다녔다. 한창때는 싱글 스코어를 유지하며 아마추어로서는 꿈의 스코어라는 언더파도 치면서 그 재미에 푹 빠져 살았었다.

그러다가 50대 후반에 갑자기 눈의 망막이 여러 군데 찢어지는 망막열공이라는 병을 얻게 되었다. 레이저 시술을 받았지만 치유가 되지 않고 황반까지 찢어지는 황반 원공이라는 병으로 진행되어 전신마취하고 2차례 수술을 받아야 했다.

옛날 같으면 무조건 실명을 했을 텐데 현대의학 덕분에 실명은 면했으나 시력이 너무 떨어졌다. 물체가 굴곡지게 보이게 되어 생활에 많은 불편을 느끼고 결국 골프도 포기해야 했다.

한동안 마음이 우울하고 모든 자신감이 없어지고 심적으로 힘들었다. 그런 어느 날 길을 가다 보니 색소폰동호회에서 회원을 모집한다는 현수막 광고를 보게 되었다.

오래전 유럽을 여행할 때 길 모퉁이나 공원에서 악기를 연주하는 사람들을 보면서 뭔가 여유가 있어 보이는 느낌을 받았다. 그 후 미국, 캐나다, 퀘백 지역을 여행하다 보니 그쪽에서는 색소폰을 연주하는 사람들이 많았던 기억이 났다. 그래서 용기를 내어 색소폰에 입문을 하고 색소폰을 배우기 시작했다.

20대에 기타를 잠시 만져본 경험밖에 없던 나에게는 색소폰 소리는 아주 매력으로 다가왔다. 처음 다루는 악기라 어려웠지만 색소폰은 매일 매일 새로운 즐거움을 선사해 줬다. 나이를 들어가면서 악기 하나쯤 한다는 게 새로운 기쁨이 되었다.

색소폰을 시작한 지 3-4개월이 되었을 때 동호회에서 분당 탄천변에서 연주를 하는데 연주 인원이 부족하다며 새로 배우기 시작한 사람들도 다 나가서 연주를 하라고 한다. 망설이다가 따라가서 보니 사람들이 수십 명 모여있고 그 앞에 나가서 연주를 한다는 게 엄청 부담스러웠다. 더구나 초보라고 맨 처음 순서에서 연주하라고 하여 관중 앞에 섰는데 사회 보시는 분이 이제 3개월 된 새내기라고 소개를 한다.

나는 패티김의 '이별' 이라는 곡을 연주했다. 지금 생각하면 연주라 할 수도 없지만 또박또박 틀리지는 않게 불었던 것 같다. 곡이 끝났을 때 사람들은 박수도 많이 쳐주고 심지어 '앵콜' 을 외치는 사람들도 있었다. 이때 사회자는 "이 사람은 연주할 수 있는 곡이 달랑 이 곡 하나밖에 없어서 앵콜은 안 된다." 하니 모든 사람들은 웃으며 박수를 쳐주었다.

정신없이 내려와 뒤쪽으로 가니 나보다 조금 먼저 배운 젊은 회원이 소주병을 들고 마시고 있기에 "왠 술이야?" 하고 물으니 "너무 떨려서 술을 한잔해야 할 것 같아요." 그러면서 병에 남은 술을 마셔 버리고 순서를 기다린다. 누구에게나 첫 번째 무대에 선다는 것은 두려운 일인가 보다. 색소폰을 배운지 십수 년이 되고 여러 무대에도 서 봤지만, 첫 번째 무대에 섰던 기억은 평생 잊어버릴 수 없는 추억이 되었고 나에게 새로운 삶을 열어준 날이라고 생각한다.

색소폰을 시작하고 나서 거의 매일 악기 연습을 하고 색소폰을 사랑하였지만 색소폰은 나를 사랑하지 않는 것 같아 색소폰과 멀어지는 마음의 변화가 일어나기 시작했다. 데이브코즈, 워렌힐, 케니지 같은 외국 유명한 색소포니스트들이 한국에 와서 공연할 때 가보고, 국내 유명 색소포니스트 공연을 가서 들어보니 우리 같은 아마추어는 그들과 너무 많은 차이가 있음을 느꼈고 색소폰에 대한 나의 사랑은 나의 일방적인 짝사랑이라고 생각되기 시작하여 손을 놓게 되었던 것이다.

그럴 즈음 미국 시애틀에 갈 기회가 있었는데 길을 걷다 보니 공원 쪽에서 색소폰 소리가 들려왔다.

가서 보니 나이 든 흑인이 혼자서, 들어주는 사람도 거의 없는데 연주를 하고 있다. 남루한 모습, 낡은 악기, 그래도 그는 매우 행복한 모습으로 연주를 한다. 그가 악기를 연주하고 있지 않았다면 미국에서 흔히 볼 수 있는 홈리스 거렁뱅이에 불과 했지만 공원 구석에서 연주하는 그는 내가 보기에 찰리 파커나 존 콜트레인 못지않은 훌륭한 연주였고 감동적이었다.

집에 돌아와 그 흑인 연주가를 생각하며 색소폰을 꺼내 발란스 점검을 하고 다시 불어보니 예전과는 다른 느낌으로 다가온다. 누구를 좋아한다는 게 이런 감정이구나 하는 생각이 들었다. 산이 좋아서 동네 뒷산을 오르는 사람이 에베레스트를 오르는 사람보다 더 산을 사랑하는 사람이 될 수도 있다고 생각한다.

주변 사람들을 보면 대개 나이가 들어가면서 악기 하나쯤 해보고 싶은 욕구가 생기는 것 같다. 그러나 무슨 악기를 하면 좋을지 엄두가 안 나서 선뜻 실행에 옮기지 못하는 사람이 많은데 이런 분들에게 색소폰은 참 좋은 악기라고 생각이 된다.

나이 들면 외로워지고 마음이 우울해지는 때도 많고 가족끼리도 조금은 무관심해지는데 이럴 때 엉뚱한 사고를 저지르는 사람들도 많이 있는 것 같다. 나는 이런 분들에게 색소폰과 사랑에 빠져보라고 권하고 싶다. 아무 때라도 혼자서라도 악기를 불고 있으면 마음에 힐링이 되고 사랑하는 연인과 함께 있는 느낌이 들기도 한다.

색소폰을 사랑한 지 10년쯤 되었을 때 나와 같은 사람들과 한 자리에 함께하고 싶어서 경기도 분당 미금역 근처에 작은 장소를 정하고 공사를 해서 "분당 TAKE5"라는 동호회를 만들게 되었다. 처음에는 힘들었지만 2년이 지나면서 좋은 분들과 새로운 만남이 계속되어 인생이 즐겁다. 나는 동호회를 만들고 새로운 사람들과 만나면서 자연스럽게 색소폰의 좋은 점을 알리는 전도사가 되었다.

"색소폰은 관악기로 복식호흡을 하기에 건강에 참 좋습니다. 색소폰은 눈으로 악보를 보고 호흡기관과 손가락을 많이 움직이기에 인지능력이 향상되고 치매 예방에도 도움이 됩니다. 색소폰은 호흡이 짧은 분들도 연주에 문제가 없으며 우리나라 가요, 찬송가와도 참 잘 어울리는 악기입니다…….”

색소폰은 이 외에도 장점이 참 많다. 요즘에는 주변에 색소폰 동호회도 많이 생겼고 온라인을 통해서도 배울 수 있는 방법이 많으니 많은 분들이 색소폰을 배워 인생을 즐겁게 지냈으면 좋겠다는 나의 생각이다.

-여러분! 인생은 아직도 많이 남아 있습니다. 느지막한 나이지만 사랑을 하세요. 패가망신하는 불륜 사랑이 아니고 색소폰을 통해 음악과 사랑에 빠지시면 인생이 즐겁습니다!

분당 TAKE 5 색소폰 동호회 원장

꽃 한송이의 묘비명

–진주희

항상 걷는 길을 산책하다 언뜻 피어있는 어느 꽃 한 송이를 봤다..

항상 길을 걷기에만 바빴지만 그날은 가만히 꽃을 쳐다보다가 조용히 말을 걸어보았다.

"너는 왜 여기에 이렇게 혼자 아름답게 피어있니?"

꽃은 그 있는 자리에서 자기를 자랑하지 않고, 다른 꽃을 무시하지도 않고 아름답게 피었었다.

마치 꽃이 가지고 있는 모든 힘과 색과 삶의 웃음과 눈물을 다하여 피워낸 것 같았다.

그러다가 가만히 꽃의 얼굴을 들여다보니

아침 햇살을 따라 기쁜 표정, 슬픈 표정, 부끄러운 표정들이 보인다.

"너…, 참으로 아름답구나"

오늘은 난생 처음 이 아름다운 꽃에게 걸어봐야겠다고 생각하고, 속삭이듯 말을 걸어보았다.

"너는 여기에 이렇게 꽃을 피우기까지 어떻게 살아왔니?"

그러자 꽃이 이런저런 말을 하기 시작한다.

'나는 말이야, 차가운 땅에서 나의 삶을 시작했어. 햇빛이 잘 드는 자리는 아니었지.

과연 내가 뿌리를 내리고 살아갈 땅이 있는 건가 싶을 정도로 추운 시간도 있었단다.

그 시간이 지나고 하늘 위로 줄기와 가지를 낼 때는 신이 나서 줄기를 키우고 가지를 내고 잎들을 내기 시작했어. 조금 더 높이, 조금 더 멀리, 더 넓은 세상을 향해 내 손을 크게 벌렸지.

비가 오면 목말랐던 목을 축이고 다시 남보다 커지려고 다음날 햇볕을 기다리곤 했어.

좌절되는 시간들도 많았단다. 어떤 날에는 말이야, 시원하게 해주는 바람인가 싶었더니 거센 바람이 몰아쳤었어. 뿌리를 땅 밑으로 더 깊이 내리고, 과하게 내었던 잎들도 떨어뜨렸는데도 내 삶이 뿌리채 흔들려서 밤새 울어야 했단다. 그런 날은 차가운 땅이 뜨거워질 때까지 움켜쥐고 흐르는 빗물과 함께 이렇게 삶을 끝내지는 않겠다고 엉엉 울었단다.'

꽃이 이런 이야기를 해오자. 나도 나의 비 오던 날들이 생각났다.

나는 오랫동안 학원에서 학생들을 가르치는 일을 했는데, 수년간 두통으로 고생을 하고 있었다. 그런데 작년부터 유난히 정신이 혼미해서 수업을 할 수 없는 시간들이 많아졌고, 일주일에 한두 번은 수업을 취소하는 일이 많아졌다. 스트레스를 많이 받을 때는 심장도 이상하게 뛰고 두 시간에 한 번 씩 잠깐이라도 잠을 자면 되지 않을 정도로 피로했다. 건강 검진을 받았는데, 간과 위가 안 좋다기는 했지만 큰 병은 아니었다. 하지만 일을 할 수 없는 상태가 계속되어서, 한의원에 갔다가 정신과에 가볼 생각을 한의원에 먼저 가봤다. 우울증과 공황장애 증상이란다. 일을 줄이고 한의원 치료를 해보고 차도가 없으면 정신과를 가보라고 했다. 그때 문득 예전에 했던 질문들이 하나하나 떠올랐다.

"나 죽을 준비 되었나?" "내가 이 땅에 있기 전보다 이 땅에 있은 후에 더 아름다워졌나?"

뭐 정신질환으로 죽지는 않겠지만 정상적인 삶은 살기 어려워지는 것이니 심각한 문제였다. 그 뒤로 많은 우여곡절 끝에 짧은 기간에 많은 분들의 은혜로 건강을 다시 찾았다. 그리고 이제는 죽기 전에 해야 할 고민을 살아있을 때 해나가기로 다짐해보았다.

사실 5년 전에도 과로와 스트레스로 몸이 망가진 적이 있었다. 그때는 처음 겪는 일이라 더 충격이었다. '아, 내가 죽을 수 있구나.' 라는 충격 말이다. 나의 삶이 다 정지된 것처럼 느껴졌다. 최선을 다해 살았지만 죽음 앞에서 내가 할 수 있는 게 없다는 결론 앞에 어찌해야 할 바를 몰랐다. 살아있다는 것의 의미와 죽을 것이라는 것의 의미에 대해 정말 사형선고를 받은 사람처럼 처절하게 고민하고, 교회 가서 밤새 기도도 했다.

그때 가장 슬펐던 것은 나만이 할 수 있는 나만의 사명을 이루지 못했다는 것이었다. 그리고 소중한 가족들, 친척들, 친구들, 나의 학생들, 주변 이웃들에게 사랑을 주지 못한 것이었다.

죽음 앞에서 다들 한다는 고민이지만 정작 나의 고민이 되니 정말 이상했다. 뭐 저런 유치한 고백을 죽음 앞에서 하게 될까 했는데……. 정말 하게 됐다.

하루하루 숨쉬는 것은 당연한 게 아니라 축복이고 은혜이다. 내가 오늘 먹고 말하고 돌아다니는 것은 당연한 게 아니고 무한한 은혜라는 것을 발견하게 되었다. 하루하루가 너무 아깝고 귀했다.

살다가 무언가를 잃는 경험은, 이전에 내가 무엇을 많이 가지고 누리고 있었는지 깨닫게 해준다. 그리고 그 아픔을 잘 딛고 일어서면 잃기 전보다 더 나은 삶을 살게 될 수 있다.

놀이터에서 친구들과 장난감 가지고 놀던 어린 아이는 엄마 아빠가 부르면 다 내려놓고 신나게 엄마 아빠 품으로 달려간다. 어린 아이는 그때가 되기 전에 언젠가 돌아가야 한다는 것을 배워한다. 무엇을 내려 놓기 쉽게 여겨야 하는지, 무엇을 무겁게 여겨야 하는지 생각해야한다.

그걸 배우지 못하면, 엄마 아빠가 "얘야, 이제 집에 가야지." 할 때, 아이는 충격에 휩싸이게 될 것이다.

꽃이 다시 자신의 이야기를 이어갔다.

'있잖아, 그렇게 폭풍우가 지나고 다시 잔잔한 바람이 불어오기 시작했어. 그 바람이 내 삶을 향해서 아직 끝나지 않았으니 일어나서 기운 내라고 잎들을 흔들흔들 해줬지. 반짝이는 햇빛이 지나온 시간을 보듬어 안아주는 따뜻한 시간들도 있었어. 그러다가 나도 어느 정도 자리 잡고 사는 것 같고, 이제 막 돋아나는 새싹들이 보기에는 부러워할 만한 손바닥만 한 뿌리를 내린 삶의 익숙함도 생기게 된 것 같았단다.

이제는 무언가를 향해 달려갈 필요도 없고, 남을 이겨야 한다는 부담도 없었는데…….

다시금 큰 질문이 찾아왔단다. 그리고 좀처럼 그 질문이 흘러가지를 않고 눈앞에 멈춰있었단다. 그 질문은 이것이었어.'

'왜 살아 있는가.'

꽃이 자신에게 질문했던 순간들을 말해줄 때,
뭔가 그 질문을 내가 나에게 하는 것 같아서 숨이 막혔다.

그때, 내 삶이 얼마 안 남았다고 느낄 때,
나도 삶의 가장 중요한 것을 남겼는가 하는 질문 앞에 서게 되었지.
꽃은 무엇을 남기기 위해 살까?
꽃이 이름을 남기기 위해 살까?
꽃이 유명해지기 위해 존재하는 걸까?
꽃이 유명해져서 그 꽃을 보기 위해 사람들이 찾아오고 감탄해주길 바라서 존재하는 걸까?
똑같은 질문을 나에게 하게 된다.

나는 무엇을 위해 살까?

나는 인생에 무엇을 남기기 위해 이 땅에 존재하는 것일까.

나의 이름 석 자는 누군가를 살게 하는 힘이 될 수 없다. 내가 이 땅에서 행복하게 잘 살았다는 것도 누군가에게 살아갈 힘이 되지 못한다. 내가 지식 있고 지혜 있는 사람이어서 많은 책과 연설을 남긴다 해도 내 자랑일 뿐 삶의 가장 중요한 것은 아닌 것 같다.

꽃은 선택을 해야 할 시기가 온다.

그냥 살 것인가, 아니면 꽃을 피우고 열매를 맺기 위해 삶을 던져 볼 것인가. 꽃이 그저 잎만 무성하고 뿌리만 크게 할 수도 있다. 하지만 굳이 꽃이 꽃을 피우고 열매를 맺는 이유는 그것이 꽃이 할 수 있는 가장 가치 있는 일이기 때문이다.

힘들고 어려울 수도 있지만 그리고 가진 것을 다 잃을 수 있지만, 가장 아름다운 꽃을 피우고, 가장 탄탄한 열매를 맺는 것. 그것이 꽃의 최선이고 그 주어진 자리에 있는 목적이기 때문이다.

“꽃은 왜 피운 거니? 가장 아름다운 너를 위한 거니?”

‘아니, 나는 내가 죽은 뒤 생겨나게 될 꽃들을 위해서 핀 거야. 나는 그들을 볼 수 없지만 나보다 더 많은 꽃들이 피겠지. 나는 그 순간을 매일 매일 꿈꾼단다.’

이해하기가 어려웠다. 꽃이 이렇게 심오한 생각을 할 거라고는 상상도 못했다. 저 꽃 하나만큼 나는 '나' 라는 사람의 자리에서 꽃을 피우고 열매를 맺어 누군가를 살게 할 수 있을까? 그저 밥만 먹고 하루하루를 연명하는 삶이라면 나라는 사람은 살아 있으나 죽어 있으나 똑같을 것이다. 자신의 삶을 가장 열심히 살아내서, 자신이 할 수 있는 가장 아름다운 꽃을 피운 이 꽃 앞에서 나는 머리를 조아리게 된다. 이 꽃은 자기의 꽃이 얼마나 아름다운지 자랑하지도 않고, 그렇다고 옆에 있는 꽃들을 흠잡거나, 세상을 향해 불평하지 않는다. 다만 꽃을 피우며 열매를 온 힘 다해 맺어간다.

내 삶의 꽃은 무엇일까. 열매는 무엇일까. 이 꽃이 오늘 나를 고민하게 만든다. 꽃은 자신이 죽은 뒤 생겨나게 될 꽃들과 열매들을 위해 꽃을 피웠다고 했다.

내가 생각하는 열매가 무엇일까.

나는 자신도 아픈데 자신보다 더 아픈 사람을 위로하는 모습을 보면 눈물이 난다. 나도 죽어가는데 더 빨리 죽어가는 다른 사람을 안아주는 걸 보면 눈물이 난다. 그게 사람이 할 수 있는 가장 아름다운 일이어서 그런 것 같다. 내가 생각하는 열매는 다른 사람을 살리는 일이다.

나를 위한 노력이 아니라, 나를 위한 고생이 아니라, 나보다 약한 그 누군가를 위해 기꺼이 나를 내어주는 것이 아닐까.

자신에게 있는 가장 좋은 것, 아름다운 것 다 내어주다 보면 나는 앙상한 가지만 남기고 죽어가겠지만, 나는 행복할 수 있을 것 같다는 생각을 해본다. 사람은 본래 자기밖에 모른다. 나, 나, 결국 나. 그러나 사람이 그 본래의 자기밖에 모르는 삶을 거슬러서 남을 생각할 때 사람은 꽃을 피우고 열매를 맺어야겠다는 생각을 하게 된다. 그때 그 삶은 가장 아름다울 수 있다.

많은 인생들처럼 죽지 못해서 겨우겨우 살아는 것이 아니라, 또 어떤 잘난 인생들처럼 죽기 전에 이름 한 번 날리기 위해 살아가는 것이 아니라, 이 이름도 없는 꽃처럼 다른 꽃들을 살리기 위해, 그러한 죽음을 위해 살아가는 것.

꽃에게 마지막으로 질문을 했다.

"꽃이 지면 넌 어떻게 되는 거니?"

"죽겠지"

"…죽는 게 두렵니?"

"아니, 나는 내가 할 수 있는 최선으로 꽃을 피웠고, 열매를 맺었어. 내가 죽고 열매가 땅에 떨어지면 내년에는 더 아름다운 꽃들이 이 길을 가득 채울 거야. 내년에 네가 살아서 이 길을 걸을 때면 나를 닮은 꽃들이 훨씬 더 많이 자라고 있는 걸 보게 될 거야. 그때 네가 나의 삶을 기억해준다면 좋겠어. 나는 작은 꽃에 불과했지만, 삶의 이유를 발견하고 뜻을 이룬 삶은 아무리 작아도 우주만큼 큰 삶이란다. 난 죽을 때를 위하여 살았고, 그때가 내 삶의 가장 아름다운 날이 될 거야."

"너는 어떻게 할 거니, 너는 꽃을 피울 거니?"

"응, 꼭 너 같은 꽃을 피우고 싶어. 너는 내가 세상에서 본 가장 아름다운 꽃이거든. 내년에 너의 열매인 다음 꽃들을 보게 되면 너를 기억할게"

필그림 교육 원장, 영어강사

잊지 못할 추억

의자와 자두나무

-신미균

시골 집 앞
먼지 잔뜩 묻은
의자가 있다

하루 종일
개 한 마리
지나가지 않고
떨어진 나뭇잎 하나
굴러가지 않는다

어째서
아무도 안 올까?

의자가
너무 심심해하니까

집 앞 자두나무 그림자
슬며시
의자에 앉아준다

나의 투병기

-박춘봉

우리나라의 4~5월은 꽃 계절이다. 개나리, 진달래, 장미, 헤아릴 수 없는 아름다운 꽃들이 자태를 뽐낸다. 산에나 들이나 가정집 정원이나 온 세상이 꽃 천지가 된다. 매년, 이 계절이 오면 우리 부부는 거의 어김없이 여기저기 돌아다니면서 꽃구경을 즐긴다. 언제부터인가 일산 꽃박람회는 우리 부부 봄꽃 구경의 단골 메뉴가 되었다. 그래서 작년 4월 28일도 어김없이 목동 집에서 당산역까지 택시로 와서 일산 가는 시외버스에 올라탔다.

당산역에서 일산까지 가는 버스가 쭉 뻗은 강변로를 거의 논스톱으로 달리는 맛이 참 시원하고 통쾌하다. 나는 강변도로를 논스톱으로 달리는 맛에 이 길을 자주 이용한다. 승용차보다는 조금 좌석이 높은 버스 쪽이 더 멋지다. 일산의 정발산역에서 내려서 꽃 잔치가 열리는 호수공원까지 걷는 맛도 좋다. 꽃구경 나온 형형색색 젊은 인파들의 재잘거림도 좋고, 입을 거리, 먹을거리들도 봄 소풍 맛을 풍성하게 해서 좋다. 도시락 없이 현장에서 가려 먹는 메뉴도 다양하고 젊은 관람객과 함께 어울려서 줄을 서서 내가 가려서 먹는 맛이 신선해서 좋다.

그런데 이날은 왠지 꽃구경에는 흥미가 없고 피곤해서 어디 앉을 자리가 있나 찾게 되었다. 어영부영하다가 점심시간이 되었다. 젊은이들을 상대로 한 먹을거리를 제법 긴 줄을 서서 기다렸다가 젊은이들 사이에 끼어서 끼니를 해결했다. 점심식사를 마치고 집사람은 소녀처럼 여기저기를 열심히 기웃거리고 다니는데 나는 별로 흥미가 없고 귀가 시간만 기다려졌다. 좀 서둘러서 일산 갈 때 탔던 버스를 되받아서 타고 집에 오니까 여섯 시쯤이었다.

왠지 뱃속이 더부룩한 것이 몹시 속이 불편했다. 집에 갖고 있는 소화제를 복용해도, 소주를 두어 잔 마셔도 불편한 것이 가시지를 않았다. 점점 더부룩한 통증 같은 것이 심해서 화장실을 들락거렸다. 토하고 설사하고 몇 번을 들락거렸는지 속이 다 빈 것 같았다. 병원에 가야겠다고 생각했다. 밤 9시경 가까이 있는 아들네에 전화를 해서 동네 병원으로 갔다. 여러 가지 체크를 해보더니 좀 큰 병원으로 가 보는 게 좋겠단다.

내가 이십여 년간 단골로 다니는 병원에 전화를 미리 해 두고 열두 시경에 병원에 도착했다. 병원 응급실에는 많은 환자들이 줄을 서서 기다리고 있었다. 한참 뒤에 내 차례가 되어서 들어갔더니 의사의 진단이 장폐색(intestinal obstruction, 腸閉塞)증이란다. 이 나이까지 살면서 듣도 보도 못한 병명이었다. 가족들도 모두 놀랄 수밖에 없었다. 소장의 길이가 15m가량이라는 사실도 나는 처음 들었다. 당장 수술에 들어갔다. 깨어나 보니 전신 마취를 해서 개복을 하고 환부를 15cm쯤을 절단했단다. 네 시간 걸린다던 수술은 두 시간 정도에 끝이 났다. 의사의 말씀이 수술은 매우 성공적이었단다.

내가 병상 생활을 한 것은 4월 26일 금요일부터 5월 12일 월요일까지 보름 동안이라는 제법 긴 기간이었다. 병상일지를 대충 정리해 보면, 4월 29일(토) 오후 9시부터 12시까지 목동 홍익병원에서 여러 가지 진단을 해서 좀 큰 병원으로 가야겠다는 결론을 내서 12시경에 순천향병원 응급실에 도착했다. 장폐색증閉塞症이라는 진단을 받고 28일(일) 전신마취를 하고 소장 15cm 정도를 절취하는 수술을 하고 중환자실에 있어야 했다. 29일(월) 오전에는 중환자실에서 1인실로 옮겨 갔다.

이때부터 간병인의 밀착 간병이 있어야 했다. 수술을 위해 맞은 전신마취주사의 후유증인지 혈압이 140에서 160, 180까지 오르락내리락하고 꼭 뱃멀미하는 것처럼 자꾸만 어지러워서 참으로 견디기 힘들었다. 자세를 바로 누웠다가 옆으로 누웠다, 앉았다, 다시 누웠다 뒤척거리게 돼서 환자를 곁에서 돌봐야 하는 간병인이 예삿일이 아니었다. 29, 30일 이틀 밤을 꼬박 딸이 내 옆에 밀착해서 간병을 했다. 딸이 아니고는 할 수 없는 일 같았다. 얼마나 고마웠는지 그 고마움을 필설로 다 할 수 없다는 말이 여기서 생긴 것이 아닌가 싶다.

5월 1일은 전문 간병인을 모셔야겠다고 의논이 되어서 몇 군데 간병인께 전화를 드렸더니 5월 1일은 노동자의 날이어서 간병인을 연결을 할 수가 없었다. 마침 가까이에 살고 있는 처조카가 젊었을 때 간호사였다는 얘기가 생각나서 집사람이 전화를 했더니 서슴없이 그 일을 맡아줬다. 젊었을 때 간병인 역할을 했던 경험이 있어서 아주 능숙하게 해주었다. 5월 1일(수)부터 일주일간을 처조카의 간병을 받았다. 뱃멀미하는 것 같은 울렁증을 환자를 눕혔다가 앉혔다가 병실 밖으로 나가 몇 발짝 산책을 하는 걸 도와주기도 하고 주책없이 나오는 소변을 도와주어야 하는 등 어려운 일을 말없이 잘 도와주었다.

아주 불편한 것이 물을 못 먹게 하니까 입은 자주 마르고 말도 하기가 불편했는데 5월 6일(월)부터 미음을 먹기 시작하면서 물도 마실 수 있도록 허용되었다. 좀 살 것 같았다. 이 시기에는 면회도 못 하게 하고 환자인 나도 누군가로부터 문병차 전화가 와도 불편했다. 마침 물을 마시게 되어서 말을 하기가 쉬워졌을 때 최재형 기념사업회 문영숙 이사장이 문병차 왔다. 마침 그때 고등학교 동창회 김금도 회장도 와서 함께 자리를 하면서 여러 이야기를 나누었다. 속에 있는 말을 좀 하니까 지내기가 한결 부드러워졌다. 6일부터는 병실 밖 산책도 하고 작은 정원에 나가서 앉기도 했다. 오후에는 수술할 때 환부를 꿰맸던 실밥도 제거했다.

특이할 만한 일은 내가 입원해있는 보름 동안에 미세먼지도 없는 쾌청한 날씨가 계속되어서 늦봄 초여름 날씨를 만끽할 수 있어서 좋았다. 5월 7일(화)에는 오전에 영물산 김영환 회장이 다녀가고 오후 두 시경에는 인간개발연구원에서 함께 공부하는 탁회장께서 문병차 왔다. 그즈음에 통영고교 동창생 열두 명이 문병차 내방을 했다. 방이 1인실이라고 해도 10명이 넘는 사람을 수용하기에는 좀 불편했다. 사람들이 많아서 앉을 자리도 불편하고 엉거주춤 서서 몇 마디 말씀을 나누지도 못하고 돌아갔다. 대단히 미안한 마음이다. 내가 평소에 80이 넘은 노인이 문병 가는 것은 노구에 문병 가는 사람도 불편하고 병상에 있는 사람에게도 별로 도움이 안 되니 문병은 가지 말자는 얘기를 많이 했었는데 어쩐지 친구들이 와주니까 좋고 고마운 생각이 들었다. 그래서 훗날은 가능하면 나도 딴소리 없이 문병 갈 기회가 있으면 문병을 갈 생각이다.

5월 9일(목) 오후 세 시경 회진은 주치의 말씀이 조금씩 호전되고 있으니 내주 월요일(5월 13일)에는 퇴원할 수 있을 것이란다. 고름 제거용 호스 3개 중 마지막을 제거했다. 5월 10일(금)부터는 죽을 먹으면서 자주 밖에 있는 작은 산책로를 산책을 할 수 있어서 좋았다. 저녁은 딸이 와서 오랫동안 간병을 해 준 조카딸은 좀 쉬게 하고 딸이 간병을 해주었다. 딸이 오니까 괜히 좋았다. 곁에서 간병을 하는 사람도 힘이 들었지만 내가 입원하고 있는 보름 내내 곁에서 말없이 돌봐준 집사람에게 미안하고 고맙고 그렇다. 5월 13일(월)은 예정대로 퇴원을 했다. 이렇게 장기간 병원에 입원을 해있으니까 자식들에게 미안하고 특별히 손자들에게 부끄럽다.

소장에서 문제가 생긴 것이어서 그것을 잘라내는 수술을 하고도 원래 과하게 나온 아랫배 때문에 역시 먹을거리에 많이 조심을 해야 하겠는데 좀 걱정이다. 전화위복이라고 했던가. 최근에 내 평생 처음 해 본 대장내시경과 위내시경 투시 결과 문제가 없고, 작년에 한 개복 수술 덕에 체중이 좀 빠지면서 아랫배도 좀 들어간 것 같다.

습관처럼 해 온 아침 산책이나 열심히 하면서 살아가야겠다.

부원광학 회장, 前 IBK 기업은행 홍보대사, 前 최재형장학회 부회장, 前 한국광학기기산업협회 회장, 前 에세이클럽 회장

추억의 오솔길

-김종억

어린 시절, 겨울이 돌아오면 손등은 거북이 등처럼 트고 갈라졌으며 제대로 닦지를 않아 꼬질꼬질 때가 꼬이곤 했는데 엄동설한(嚴冬雪寒)에 까마귀와 친구 했다고 어른들이 놀려대곤 하셨다. 쩍쩍 갈라진 손등이 저녁만 되면 근질근질해져 사정없이 긁다 보면 피가 나기 일쑤였다.

흰 눈이 펑펑 쏟아지던 사십여 년 전 어느 겨울날이었다. 그 해는 유난히 겨울의 끝자락에 눈이 많이 쏟아졌는데, 하루 이틀도 아니고 삼 일을 밤낮없이 퍼부어 초가지붕 위에 쌓여만 가고 있었다. 그야말로 눈 폭탄이라고 하지 않을 수가 없었다. 속절없이 쏟아지는 눈 때문에 꼼짝없이 방에 갇혀 지낸 지도 벌써 이틀이 지났으니 몸이 근질근질해질 법도 한데, 사실은 마음속엔 은근히 걱정이 앞서기 시작했다. 겨울방학이 끝나가고 개학 날이 코앞으로 다가오고 있기 때문이었다.

겨울은 깊어만 갔고 과제물표는 어두컴컴한 방 귀퉁이에서 누렇게 변해가고 있었건만 앞 페이지 몇 장 긁적거리다 만 방학책은 먼지만 켜켜이 쌓인 채 장롱 밑 깊은 곳에서 잠자고 있었다. 이제 3일 후면 긴 겨울방학이 끝나는 날이었다. 마음이 조급해져, 그렇지 않아도 콩알만 한 간은 오그라들대로 오그라들었지만, 마음만 동동거릴 뿐 막상 연필

손에 잡아본 지가 어느덧 한 달이 지났으니 새롭게 공부할 마음의 자세가 과연 되었겠는가?

방학 내내 실컷 놀다가 방학 숙제 걱정이 돼서 과제물표를 찾아보았더니 방 귀퉁이에 붙어 있어야 할 과제물표가 보이지 않았다. 하염없이 눈이 쏟아지는 날, 발만 동동 구르던 나는 누나의 손에 이끌려 푹푹 빠지는 신작로길을 걸었다. 신작로길을 지나 오솔길로 접어들었는데, 길인지 산인지 분간하기조차 어려운 그 길을 눈짐작으로만 어림잡아 걸었다. 무릎까지 푹푹 빠지면서 걷다 보니 온통 눈으로 뒤덮여 지붕만 빼꼼한 초가집 한 채가 보였다. 깊은 산속 외딴집이 바로 친구네 집이었다.

친구 집 부모님께 과제물표를 베끼러 왔다고 말씀드렸더니 아랫목 쪽에 벽을 가리켰다. 친구는 벌써 놀러 나갔다고 말씀하시는 친구의 부모님과 누나가 한참을 부모님 안부에 대한 이야기를 나누고 있었다.

어둠침침한 방에서 한참을 있으니 그제야 주위가 희끄무레 눈에 들어왔다. 밥풀을 이겨서 벽에 붙인 과제물표는 누렇게 색깔만 변했을 뿐 처음 붙여 놓은 대로 깨끗했다. 과제물표를 복사해서 돌아오는 길은 마음이 한없이 날아갈 것만 같은 기분이었다. 눈이 잠시 멈춘 나뭇가지 위에서 이름 모를 산새들이 노래를 부르고 있었다.

그날부터 3일 동안 꼬박 누나의 감시 감독하에 방학 숙제가 시작되었다. 우선 방학책을 해결하고 나니 그림 그리기, 그다음엔 공작(만들기) 숙제가 기다리고 있었다. 궁리 끝에 농촌에서 흔히 구할 수 있는 수수깡을 깎아서 안경도 만들어 보고 말도 만들어 보면서 밤새는 줄도 모르게 몰입하다 보니 마냥 시간은 흘러갔다. 어머님이 쓰시던 자투리 헝겊을 졸라서 여러 가지 모양을 스케치한 다음 잘 오려내고 뒤에다가 헝겊 쪼가리를 대면 훌륭한 형태의 모양이 나오기도 했다.

좀이 쑤시고, 몸은 뒤틀렸지만 방학 숙제에 몰입하여 밖으로 나갈 엄두도 내지 못한 채 3일이 쏜살같이 지나갔다. 개학하는 날은 어깨에 힘주고 양손에 과제물을 들고 학교로 달려가던 그 시절…….

아직도 그 겨울이 내 머릿속에 선명하게 맴도는 것은 눈 속에 푹푹 빠지는 오솔길 따라 과제물표 베끼러 갔던 친구네 집이었다. 친구네 집에 도착했을 때, 그 친구는 혼자서 눈 속에 파묻혀 신나게 놀다가 하얀 이빨을 드러내고 반겨주었다.

그 후, 40여 년이 훌쩍 지난 어느 해에 초등학교 동창회가 열렸는데, 손꼽아 기다리던 그 친구는 끝내 모습을 보이지 않았다. 그 어떤 친구보다 보고 싶었는데, 그래서 설레는 마음으로 기다렸는데……. 그 이후에도 그 친구는 동창회에 한 번도 얼굴을 내밀지 않았다.

들리는 소문에 의하면 용인 근처 어디에서 산다는 얘기도 있고 얌전하기 그지없었던 그 친구가 일찍이 여자를 알아, 어린 나이에 결혼을 해서 폭삭 늙었다는 얘기도 왕왕 들렸다.

겨울이 오고 눈이 펑펑 쏟아지는 날이면 가끔은 그 친구가 지금도 생각난다. 고향은 개발의 바람을 타고 옛 모습이 점점 사라져 가고 있지만 추억은 새록새록 그리움으로 다가온다.

올해는 흰 눈이 펑펑 쏟아지는 날, 고향을 찾아 50여 년 전에 걸었던 추억의 그 오솔길을 한번 걸어보고 싶다. 까까머리에 배시시 미소 짓는 어린 시절의 그 친구를 추억하면서 마음의 길을 걸어가 보고 싶다.

시인, 수필가, 브라보마이라이프기자

와우, 세상이 없어졌네!

–김희경

태양은 오늘 나만 비추는 듯했다. 눈부신 세상에 내가 있으니. 내 인생에서 빛이 복원되는 날이었다. 단일 색의 세상에서 찬란한 색깔이 있는 세상으로 복구된 날이었다. 세상은 다시 아름답고, 세상은 다시 새로웠다.

자동차가 흔치 않은 시절, 집 앞에 지프가 서 있었다. 내겐 지프가 커다란 괴물이었고 움직이는 산 같은 느낌이었다. 동화에 나오는 신비한 이야기처럼 짚차는 움직이며 다가와서 내게 말을 걸어왔다. 적어도 그 날은 나는 동화 속 주인공이었다.

"네 이름이 뭐니? 집은 어디야?"

지프가 내게 말을 걸어오는 듯했다.

나는 모험심이 작동했다. 지프에 올라탔다. 자동차 내부에 있는 작동할 수 있는 것들을 움직여 보았다. 시동이 걸린 자동차는 이내 살아있는 생명체처럼 돌아다니기 시작했다. 두려움보다 설레임이 있었다.

시냇물에 물 흐르듯 흔들리는 파도에 몸을 싣는 서핑처럼 지프는 경사를 따라 내려가고 있었다. 언덕이었다. 그때 절정의 가을이었다. 빨강, 노랑, 초록 잎들은 파노라마처럼 영롱하고 고운 빛을 발산하며 스쳐 지나갔다. 색의 축제가 열리고 있는 단풍든 잎들이 떼굴떼굴 굴러다니고 있었다. 쫑알쫑알 대화도 하는가 싶고, 재잘재잘 떠드는 수다의 모습도 같았다. 왠지 모르게 색의 찬란함이 떠올랐다. 다음 상황으로 인해 내 기억저장창고에 문제가 생겨서 그런지도 모른다. 하지만 지금 내 기억 창고에 있는 그때의 기억이 그렇다.

"쿵!"

단음의 충격이 있었고, 내게 보이던 것들은 하얗게 점점 멀어져 갔다. 귓가에 웅성거리는 소리. 의식이 깨어났을 때 내 눈앞에 있던 자동차가 없어졌다. 희미한 소리의 사람들로 가득했다. 다가온 내 생애 처음으로 신비한 세계로 안내했던 자동차는 나를 두고 어디 갔을까. 내게 다시 와 줄까. 철없는 나의 내 머릿속에는 온통 자동차 뿐이었다. 신기한 것은 세상이 하얗다. 아무것도 보이지 않고 백지장처럼 단일 색뿐이었다. 세상이 하나의 차원인 것은 그때 처음이자 마지막 경험이었다. 단일한 흰색의 세상, 존재하던 모든 것들이 사라졌다.

"너 눈이 안 보일 수도 있어."

"너 세상의 아름다움이 얼마나 맑은지 아니."

호기심에 의한 자동차는 나의 눈을 아프게 했다. 피가 철철 흐르고 눈이 어디에 있는지, 눈이 과연 있는지 알 수가 없었다.

다시 사람들의 이야기가 들렸다.

"안 보일 수도 있다네요"

"평생 장님이 될 수 있다네요."

그때 이용복 가수가 검은 안경을 쓰고 출연할 당시였다.

"멋진 검은 안경 있으면 볼 수 있을 거야."

나는 걱정되지 않았다. 세상이 하얗게 보이는 그것이 문제가 될까. 하지만 어른들은 심각하게 말을 했다.

어느 순간 강하게 힘으로 누르듯 바늘로 찌르듯이 눈이 아팠다. 나의 눈에 고통이 느껴졌다. 순간 일곱 살 어린아이인 나는 소리를 지르고 욕을 하기 시작했다. 욕에는 참 다양한 욕이 있는 걸 처음 알았다. 아파서였다. 참을 수 없는 고통이었다. 수술은 꽤 긴 시간 동안 했다는 것을 이후 알았다.

세상은 내 앞에서 없어졌다. 온통 흰색만이 보였다. 다양한 색의 아름다움은 모두 없어져 버렸다. 내 세상은 흰색이었다. 머릿속 도화지에 그릴 수 있으니. 그 순간 나는 동화 속 주인공이었다. 하얀 나라의 주인공이었다. 두렵지 않았다. 신기했다.

어느 순간 다시 세상이 재생되었다. 하얀 단색의 세상에서 색色과 형形이 있는 다색의 세상으로 이동되는 개안開眼의 순간이었다. 누워있는 내게 반짝거리며 다가온 불빛은 태양보다 더 강렬했다. 12행성보다 더 강렬했다. 내 눈을 향한 빛의 외침이었다.

눈 앞에 펼쳐진 세상은 다시 밝고 환했다. 동화의 나라에서 현실의 세계로 돌아왔다. 사라졌던 것들이 다시 돌아왔다. 손짓 눈짓만으로 만나는 세계는 반갑고 흐뭇했다. 엄마와 아빠의 얼굴을 볼 수 있었다. 세상을 다시 볼 수 있었다.

감사함이 생겼다. 내가 살아야 할 공간은 아름다운 색이 있는 세상이었음을 깨달았다. 다시 만난 세상이 고마웠다. 그때 깨달았다. 아침이면 나의 하루가 펼쳐질 공간으로서의 오늘, 미래로 깊어가고 있는 오늘. 고맙고, 포근하고, 따뜻했다. 감사는 내 인생의 재산이 되었다. 내가 살아가면서 함께 해야 할 친구였다. 그 친구는 감사였다!

글쓰기대학 사무총장

꿀순이를 그리워하며

-안희영

두 살 때부터 살았던 서울을 등지고 중학교 2학년 말에 아빠 따라서 금산이라는 이름도 들어보지 못했던 섬으로 이사갔다. 섬살이 첫인상은 망망하게 펼쳐진 바다, 산과 들에 지천으로 흐드러진 억새들과 아름다운 새소리, 고요함과 적막감, 굉장히 신비하고도 이상한 기분이었다. 섬에 있는 중학교에 다녀야 했는데, 적응력 갑이라고 자부하던 나도 학교생활이 너무 적응하기 힘들었다. 시골아이들의 텃세 때문이었을까? 자꾸 괴롭히는 선배들 등쌀에 화가 나서 어느 날은 작심하고 머리를 스포츠로 밀어버리고 집에 갔더니 엄마는 두 눈이 휘둥그래 어쩔 줄 몰라 하시면서 "희영아, 희영아, 이게 뭐냐?" 하시고, 아빠는 " 어 시원하겠다" 하시면서 미안한 듯, 측은 한 듯 바라보시던 눈길이 아직도 눈에 선하다.

나는 학교생활 일 년을 천년처럼 힘들게 보냈다. 아프고 힘들었던 기억이 먼저 떠오르는 일 년이었다. 드디어 끔찍했던 중학교를 졸업하고 순천매산여자고등학교에 입학했다. 그런데 나는 1년 동안 중학교 4학년생이 되었다. 무슨 소리냐구요? 계속 읽어보시면 알지요.

중학교를 졸업한 나는 초등학교를 졸업한 남동생과 1년 동안 집에서 휴가를 보냈다. 아빠, 엄마가 여러 해 동안 공부하느라 고생했으니 휴가하라는 거였다. 내가 중학교 3학년 때 아주 힘든 한 해를 보냈다는 걸 아시는 부모님이시라 날 생각하시느라고 그러시나 보다 감사하게 생각하고 대찬성이었다. 나와 동생의 1년 휴가는 산 들 쏴돌며 놀기, 짐승 기르기, 섬 밖으로의 여행 등 신나는 일의 연속이었다. 무엇보다 신나는 일은 공부에서 해방이었다. 그중 가장 기억에 남는 일이 "꿀순이" 일명 돼지 기르는 일이었다.

내 친구 꿀순이

우리 집 뒷산 적대봉 넘어 신정마을에 사시는 정수호 아저씨는 양돈을 하셨다. 내가 정수호 아저씨를 볼 때마다 돼지를 기르고 싶다고 졸랐다. 어느 날 아저씨는 내가 휴학한 줄을 아시고 새끼돼지 한 마리를 가져오셨다. 엄마, 아빠는 영 싫어하셨지만 희영이 소원을 누가 말려? 돼지는 내가 키우기로 했다. 나는 돼지를 꿀순이라고 이름 지어 주었다. 꿀순이는 오자마자 말썽을 부렸다. 막사가 없어서 임시로 개처럼 목에 줄을 묶어놨는데 며칠 후 아침에 일어나보니 꿀순이가 사라지고 없었다. 여기저기 찾아봐도 꿀순이가 없어서 애가 일찌감치 가출했구나 하고 포기했다.

꿀순이 가출한 지 두어 달 쯤 지났을까? 어느 주일날 아침, 아이들의 떠들썩한 소리와 웬 꿀꿀거리는 소리에 나가보니 아이들이 꿀순이 양다리를 어깨에 매고 오는 게 아닌가. 꿀순이가 윗마을까지 돌아다니다가 윗마을 금란이네 집에서 수상히 여겨 붙잡아 소리고 기르는 것을 아이들이 희영이 누나 돼지라고 가져오는 길이란다. 고마운 녀석들.

꿀순이가 도망가지 못하도록 동생과 함께 꿀순이 집을 만들었다. 집 옆 산에 있는 바위들을 이용해 바위 옆에 폐타이어, 나무 등을 쌓아 돼지집을 만들었다. 그런데 다음 날 아침 돼지집은 부서지고 꿀순이 또 가출했다. 여기저기 찾다 보니 이 녀석! 닭집에 들어가 닭들을 쫓아 내고 쿨쿨 주무시고 있지 않나. 아빠를 졸라 튼튼하게 집을 만든 후 꿀순이를 다시 넣어놨다. 그런데 돼지 녀석, 들아가 있는 게 답답한지 자꾸 나오려고 애를 쓰는 통에 여러 번의 시행착오를 거친 후 제법 튼튼한 집을 만들 수 있었다.

꿀순이! 띵돌이와 친구 하다

큰 비가 오더니 꿀순이 집이 물에 쓸려 가버렸다. 잠시 집을 만들 동안 내버려 두었더니 꿀순이는 멀리 가지 않고 띵돌이(닭집 지키는 커다란 강아지) 옆에서 논다. 나중에는 아예 띵돌이와 친구가 되었다. 주변에 돼지가 없이 자란 꿀순이는 자신을 강아지로 여기는 눈치였다. 띵돌이 행동을 따라 하고, 띵돌이를 졸졸 따라다닌다. 꿀순이를 대하는 띵돌이는 꿀꿀거리면 자기 주위를 맴도는 꿀순이가 신기하기도 하고 귀찮은 눈치였다. 며칠 지나지 않아서 띵돌이와 꿀순이 멍멍 꿀꿀 거리며 함께 장난질하는 모습이 귀여웠다. 내가 꿀순아! 부르면 멀리 있다가도 뛰어오고, 가족들이 지나가도 졸졸졸 따라다닌다. 만져주거나 배를 쓰다듬으면 기분이 좋아져서 꿀꿀거리며 드러눕는 모습이 사랑스럽다. 애교를 떨기로는 개보다 한 수 위다. 아! 이래서 사람들이 돼지를 애완용으로 기르는구나! 가족들은 잘 따르면서도 낯선 사람이 오면 순식간에 숨어버린다.

옆집 아저씨가 한번은 이 집에 돼지 소리는 들리는데 왜 돼지는 안 보이냐고 물은 적이 있었다. 꿀순이의 숨어버리는 수준을 알 수 있었다. 돼지 하면 더럽다고 생각하시는 분들이 많은데, 천만의 말씀이다. 틈만 나면 집 옆 냇가에 들어가서 자맥질을 하고, 오리와 닭 먹으라고 물 받아놓은 큰 물통에 들어가서 몸을 담그며 미용과 청결을 위해 고군분투하는 녀석이 꿀순이였다. 꿀순이는 무럭무럭 자랐다. 다시 집을 만들어주는 것도 귀찮아졌다. 꿀순이는 닭집에, 염소집에, 띵돌이집에 사방으로 돌아다니며 참견을 하기 시작했다. 닭이며 염소도 처음에는 경계하더니 나중에는 포기하고 함께 놀았다.

꿀순이 기르고 여행하며 지낸 1년이 너무 빨랐다. 눈 깜짝할 사이에 한해가 지나가 버렸으니까. 1년 휴가 기간 엄마 아빠, 동생과도 더욱 친해졌다. 나는 아빠에게 1년 더 휴가하자고 떼썼으나, 1년으로 족하다고 하셔서 그만 학교를 가기로 했다. 1년이 지나 학교에 가서 한 살 많은 덕에 대장노릇까지 할 수 있어서 고등학교 시절도 그럭저럭 즐거웠다. 한 해 놀아본 경험이 대학 다니면서도 올해 알바하고, 다음 해 학교 다니고, 그다음 해에는 해외 가고, 다시 학교 가고 할 수 있는 여유가 생겼다. 나는 지금도 짐승 기르는 일은 자신 있고, 특히 돼지는 즐겁게 기를 수 있는데, 지금 우리집에는 돼지가 아니라 꿀순이 닮아

통통한 개가 한 마리 살고 있다. 누구 돼지 예쁘게 키우고 싶으신 분 있으면 문의 주세요. 호호호. 그런 내가 지금은 시집가서 연년생 사내아이 둘을 키우느라 인생 최대의 고달픈 시기를 보내고 있다.

꿀순아 도와줘!

티나영어학원 원장

내 인생을 바꾼 최고의 멘토 이야기

–예진

"내가 가는 길이 험하고 멀지라도 그대 함께 간다면 좋겠네
우리 가는 길에 아침 햇살 비치면 행복하다고 말해주겠네
이리저리 둘러봐도 제일 좋은 건 그대와 함께 있는 것"

가수 이주호의 "행복을 주는 사람"이라는 이 노래를 나는 참 좋아한다. 노래를 들으면서 가사를 음미해보면 인생에서 누군가와 함께 한다는 것이 행복이라는 의미를 생각나게 한다. 이 노래를 들을 때마다 내 인생의 멘토요 영원한 선생님이신 한 분의 얼굴이 떠오르기 때문에 더욱 그렇다.

사춘기에 아빠를 잃었던 나는 그때부터 마음속에서 설명 불가능한 공허한 느낌이 생기기 시작했다. 아빠 대신 가족을 책임 지면서 몇 배의 사랑을 주신 엄마와 가족들 덕분에 나는 그 아픔을 잊고 아무 고민 없는 아이처럼 잘 자라온 것 같았지만, 시간이 지나가면 상처는 아물어 사라져도 흉터는 남아있기 마련이다. 아빠가 계시지 않아 생긴 텅 빈 공간을 조금이나마 대신 채워 줄 수 있는 누군가가 나타나기를 나

는 늘 기도했다. 그렇게 간절히 소원을 빌던 중 9년 전 어느 날 내 인생에 참으로 중요한 계기가 생겼다.

사실 나는 참 인복이 많은 사람이다. 어렸을 때부터 20대 초반을 지난 지금까지 내 주위에서 나를 진심으로 생각해주고 나를 위해 힘써주고 도와주는 감사한 분들이 많이 있었는데 특히 대부분은 교수님이나 선생님이었다. 그중에 이분은 평생 스승과 멘토로 내 인생에 영향을 가장 많이 주셨던 분이다. 처음에는 한 선배의 소개로 학교 외에 한국어를 연습할 수 있는 한국인 선생님으로 알게 되었는데 시간이 지날수록 선생님의 진정한 모습과 정성을 느끼기 시작하면서 어학 선생님 이상으로 더 존경하게 되었다. 한국어 외에 가르쳐주셨던 자기 계발 리더십과 성격 유형 공부 에니어그램을 통해 나는 내가 이루고 싶었던 꿈, 나 자신의 성격과 모습 등을 알게 되며 그때부터 인생이 많이 달라지기 시작했다.

일찍 기본 교육을 마치는 미얀마의 교육 시스템으로 인해 나는 열여섯 살에 고등학교를 졸업했다. 그 후에 대학 생활을 위해 고향에 계신 엄마와 가족들을 떠나서 혼자 도시로 올라왔다. 철들지 않았던, 부족함이 많았던 사춘기에 대학 생활과 기숙사 생활을 도전하는 것은 원래부터 건강이 좋지 않았던 나에게 생각보다 힘든 일이었다. 매주 금요일 선생님과 리더십 수업을 할 때마다 나는 나의 힘든 얘기와 인생의 고민들을 털어낼 수 있었으며 그 리더십 모임을 통해 가슴에서 가슴으로 전해지는 깊은 대화를 나눌 수 있었다.

선생님도 나의 고민과 인생을 공감해 주시면서 아버지 같은 애정으로 모든 지식을 아낌없이 가르쳐주시고 앞으로 살아가야 할 희망과 열정을 나누셨다. 대학 시절 선생님과의 수많은 추억들 중에서 제일 감동 받았던 사건 하나가 있었다.

미얀마의 여름 방학은 원래 3개월 정도로 긴 편이다. 따뜻한 고향 집과 떨어져 있던 나는 방학이 되면 항상 하루빨리 고향으로 돌아가서 놀고 싶었다. 하지만 긴 방학은 한 학기 동안 배웠던 학교 공부를 다시 복습하고 1년에 한 번만 볼 수 있는 한국어 능력 시험 준비도 넉넉히 할 수 있는 시간이었다. 선생님은 우리에게 학기 중에는 무료로 가르쳐주셨지만, 양이 많고 공부 과정 자체가 어려운 능력 시험은 어느 정도의 수업료를 받고 정식으로 가르치곤 하셨다.

나는 3학년 여름 방학, 너무나 집에 가고 싶은 마음에 선생님의 한국어 수업과 능력 시험 준비 수업을 듣지 않기로 마음먹었다. 그다음 날 선생님한테서 전화가 왔다. 다시 한번 생각해 보라는 말씀과 함께 '너는 내가 아끼고 아주 기대가 큰 제자이기에 시간관리와 자기관리를 잘 고민해보고 조절해 보면 어떻겠냐' 는 조언을 건네셨다. 이어서 재정 문제가 있으면 무료로 수업을 듣게 해주시겠다는 말씀도 하시고 엄마에게도 허락을 구해주시겠다고 하셨다. 선생님이 일부러 나에게 시간을 내시고 개인적으로 전화까지 하셔서 진지하게 이런 말씀을 하신 것에 나는 감동을 받았다.

그래서 여름 방학 내내 고향도 돌아가지 않아 선생님 밑에서만 열심히 공부하기로 했었다. 그 결과 3학년 때 한국어 능력 시험에 처음으로 5급을 받았으며 4학년 졸업 과정에도, 한국어 관련된 외부 알바를 구할 때에도 졸업하기 전부터 많은 도움을 받을 수 있었다. 그 외에도 방학이라는 여유 시간을 효과적으로 활용하는 장점과 시간관리의 효과를 더 깨닫게 되면서 지금까지도 여유 시간에 많은 자기계발 투자와 연습을 하고 있다.

이렇게 점차 서로 간의 신뢰도 깊어지면서 4년이라는 대학 시절 동안 한국어 실력도 늘어났고 학교 공부 외에 외부 지식과 다양한 경험을 많이 배울 수 있었다. 한국어를 전공한 학생으로서 미얀마 외국어 대학교에서도 한국어와 관련된 여러 지식을 얻었지만, 그때는 한국인 교수님이 안 계셨던 시기라 한국어 말하기 연습, 한국의 실제 문화와 풍습들과 친해지기에는 한계가 있었다. 나는 선생님 덕분에 말하기도 연습할 수 있었을 뿐만 아니라 한국 문화, 풍습과 사모님이 해주신 한국 음식까지 체험할 수 있는 기회들을 많이 얻었다. 대학을 졸업한 후, 통번역 회사를 운영하고 계신 선생님의 조언을 듣고 계속 선생님 밑에서 직원으로 함께 일하게 되었다.

언어 지식만 알려주는 선생님의 역할과 사장님이나 리더로 같이 일하는 관계는 차이가 크다. 하지만 놀랍게도 선생님은 가르치실 때나 사업하실 때나 우리에게 대하는 모습이 변함없고 언제든지 한결같았다. 또 나를 올바르게 성장할 수 있도록 해주셨던 점 하나가 바로 오늘의 내가 되도록 지도해주시고 뭐든지 직접 해결해 주시는 것보다 해결 방법을 알려주시고 언제든지 책임을 지려고 노력하시는 리더다운 리더였다는 사실이다. 그동안 직원으로서 내가 부족한 점이 많았는데 화내시는 모습을 한 번도 본 적이 없었고 이 사실도 나만 아는 것이 아니라 모든 직원들과 제자들에게 변함없이 똑같은 마음으로 대해주셔서 그 점이 더 존경하고 사랑하는 이유가 되었다.

이와 관련해 제일 인상 깊었던 사건 하나가 있었는데 나는 그때 출판 작업을 처음으로 담당해서 책 번역과 함께 출판 과정을 진행해야 하는 일이 있었다. 내 단점 중 하나는 인내심이 부족하고 뭐든지 대충 넘어가는 성격인데 그 단점으로 인해 회사에 큰 손실을 입힐 수 있는 문제가 생겼다. 보통 다른 회사였다면 나는 해고를 당할 수도 있고 최소 혼나고 월급이 깎이는 일까지 당할 수 있는 상황이었다. 하지만 선생님은 밖으로 화를 표현하시지도 않으면서 나의 잘못을 지적하고 나를 탓하는 대신

"내가 너의 사장이고 상사이니 너의 잘못은 나의 잘못이나 마찬가지다. 직원이 잘 못하면 탓하는 대신 리더가 책임져야 하고 두 번 틀리지 않도록 도와줘야 한다."

이 말씀만 하시고 나의 단점을 고칠 수 있는 기회를 주셨다. 초반 시기에 경험도 없고 그 일로 인해 너무 당황스럽고 떨렸던 내가 선생님을 더 존경할 수밖에 없었다. 사실 이런 추억과 사건들뿐만 아니라 선생님의 지도를 통해 내 인생에 큰 영향을 받았던 순간들이 너무나 많았다. 원래 적극적이고 도전을 좋아하는 성격인 내게 숨겨져 있는 잠재력들을 좋은 분야에서 활용할 수 있도록 보여주시고, 꿈과 목표를 실

천할 때 항상 생각이 많고 망설이는 나에게 필요한 용기를 주시면서 앞으로의 인생에 사람다운 사람이 되도록 희망과 빛을 나눠주셨다. 나의 개인적인 인생의 가치관은 '지혜'와 '사랑' 이다. 즉 선과 악을 판단할 수 있는 지혜로운 판단과 남을 배려하면서 따뜻한 사랑을 가지는 것을 의미한다. 이 두 가지를 가진 사람을 찾아봤는데 바로 나의 선생님이었고 이런 넓고 성숙한 마음을 가진 분 옆에 지내면서 나도 모르게 인생에서 처음으로 누군가와 닮아가고 싶다는 마음이 생겼다.

지금 외국에 나와 있는 동안도 계속 연락하면서 따뜻함을 느끼도록 만들어주신다. 내가 선생님을 통해 인생의 진리와 사랑을 얼마나 알게 되었는지, 그분의 올바른 행동과 현명한 말씀 하나하나가 힘든 일이 많고 부족한 나에게 얼마나 힘이 되었는지, 이 작은 글로 표현하기에는 불가능한 일이다. 하지만 선생님과의 소중한 관계와 선생님의 존경스러운 모습을 그대로 간직하고 싶어서 허락을 받아 이 글을 남겨보기로 했다.

"너는 나에게 딸 같은 존재다"라고 하실 때마다 그 말씀이 돌아가신 나의 아빠를 얼마나 그리워하게 만들었는지, 의심할 필요 없는 사랑과 챙겨주시는 마음을 볼 때마다 아빠를 그리워하면서도 이런 순간 순간들이 나한테 참 의미 있었다. 서로 다른 종교와 국적 상관없이, 아무 약속과 대가를 바라는 마음 없이 나의 있는 그대로의 모습을 사랑해 주시고 아껴주신 정성은 언제나 감동적이다. 선생님을 통해 배웠던 서로 다른 생각과 가치관을 존중하면서 배려해 주려고 하는 마음의 자세가 여기 유학 생활에서 다문화적인 국제 친구들과 지낼 때도 도움이 많이 되었다. 만나게 된 것만으로도 정말 감사하게 생각하고 선생님의 귀한 제자가 더욱더 되도록 노력할 것이다. 내가 사랑과 축복을 충분히 받은 만큼 타인에게도 아낌없이 나눠줄 수 있는 현명하고 배려심 많은 사람이 되어서 선생님께 보답하겠다고 약속드리고 싶다.

이화여자대학교, 커뮤니케이션.미디어학 석사과정,
정부초청 미얀마 유학생

용의 머리와 뱀의 머리

–노영래

중국 제나라 환공은 관중을 만나 춘추시대의 첫 번째 패자가 될 수 있었다. 최근 모 방송의 트로트 경연에서 4위의 성적을 거둔 김호중 씨는 고교 시절 한 분의 은사 덕분에 그의 인생이 바뀔 수 있었다. 이처럼 동서고금, 신분, 지위고하를 막론하고 많은 사람이 성장 과정이나 중요한 사업 수행 및 정책 결정 과정 등에서 소위 말하는 귀인을 만나 인생 및 사업 등의 새로운 전기를 맞게 되는 경우가 많다. 특히 어린 시절의 경우 스쳐 지나가는 말 한마디와 사소한 경험이 개인의 가치관 형성과 삶에 결정적인 영향을 미칠 수 있다. 나도 학창시절에 우연히 외가 쪽 친척 어른을 만났었는데, 지금 생각해 보면 그분의 만남이 현재까지 나의 삶에 많은 영향을 주었다.

나는 시골의 넉넉하지 않은 집에서 자랐다. 어린 시절 무엇인가 가치 있는 사람이 되어야겠다는 막연한 포부를 갖고 있었다. 중학교에 들어갈 때 즈음에는 그 길이 좋은 대학에 진학하는 것이라고 생각하게 되었고, 지역에서 가장 좋은 인문계 고등학교를 목표로 공부하였다. 그러나 집안 사정이 어려워 내가 대학교에 갈 형편이 되지 못하였다. 인문계 고등학교로 진학할 것인지 아니면 상업계 고등학교로 진학해야 할 것인지가 나 자신은 물론 집안의 가장 큰 고민거리가 되었다. 그런데 중학교 3학년 여름의 어느 날, 서울에서 손님이 오셨다. 어머님의 5촌 당숙으로 나이는 아버지와 비슷한 젊은 분이었다. 서울에서 대학을 나와 법무사를 하고 계시는데, 고향에 일이 있어 왔다가 우리 집에도 들렀던 것이다. 어머님과의 말씀을 나누시다 나의 장래에 대한 어머님의 고민을 듣고 나에게 별도 시간을 내어 격려와 조언을 해주셨다. 그 분은 나의 미래의 꿈과 포부를 듣고 향후 어떻게 진로를 개척해 나갈지에 대해 다음과 같은 조언을 해 주셨다.

"세상에 태어나 삶을 의미 있고 가치 있게 사는 방법은 여러 가지가 있다. 가장 좋은 것은 용의 머리가 되는 것이다. 그러나 만약 용의 머리가 되지 못할 바에야 차라리 뱀의 머리가 되는 것이 나을 수 있다. 인문계 고등학교에서 선두권에 들지 못한다면 존재감이 없을 뿐만 아니라 서울의 유명 대학에 진학하기도 쉽지 않다. 반면 상업계 고등학교에 진학할 경우 충분히 두각을 나타낼 수 있고 좋은 직장도 가질 수 있을 것이니 현재 너의 사정을 고려할 때 대학을 가기 위한 좋은 방법일 수 있다."

나는 이와 같은 조언을 듣고 진로를 어떻게 정할 것인지에 대해 많은 고민을 하였다. 한편으로는 용의 머리가 아니라 뱀의 머리가 되는 것이 낫지 않겠느냐는 말씀에 불쾌한 생각도 들기도 하고 자존심도 상하였다. 고민 끝에 가정 형편 등을 고려하여 결국 상업계 고등학교로 진학하였다. 그러나 고교 생활을 하면서도 대학에 대한 미련을 버릴 수는 없었다. 졸업 후 취업하지 않고 곧장 서울에 있는 대학으로 진학하였다. 이후 서울에서 대학 생활을 하는 동안 그분을 자주 찾아뵈었다. 그리고 대학 4학년부터 대학원까지 약 3년 동안은 그분의 집에서 거주하게 되었고, 그 기간 동안 거의 매일 그분과 저녁을 함께 하였다. 그분은 약주를 참 좋아하셨는데 반주로 소주 1병을 약 1시간 동안 천천히 드시면서 리더가 되는 법, 자신의 가치를 높이는 법, 토론 및 사회를 잘 보는 방법 등 사회생활에 필요한 다양한 것들에 대한 조언을 해주셨다.

이와 같이 나는 중학교 때 우연한 기회에 그분을 만났다. 그리고 그 만남은 대학 생활까지 이어져 나의 인생관과 가치관을 크게 영향을 주었고 나의 삶에 결정적인 영향을 주었다. "용의 머리가 못 될 것이라면 차라리 뱀의 머리가 되는 것이 나을 수 있다."라는 말씀은 어떤 삶을 어떻게 살아갈 것인지에 대한 하나의 화두가 되었다. 중국 전국시대의 조나라 재상 소진이 진나라에 대항하기 위한 6국의 합종을 위해 유세할 때 "차라리 닭 부리가 될지언정 소꼬리가 되지 말라"는 속담을 통해 한나라 선왕의 자존심을 일깨워 주었듯이, 그분은 나의 자존심과 존재 의식을 자극하여 장차 어떤 사람으로 어떻게 살아갈 것인지에 대해 항상 고민하고 스스로 선택하도록 하였던 것이다. 나는 그분의 조언 핵심이 언제 어디에서나 존재감이 있는 사람이 되라는 것에 있다고 보았고, 항상 선택한 것에 대해서는 스스로 주인이 되는 주도적인 삶을 개척하려고 노력하였다. 특히 사회가 복잡하고 다원화될수록 가치 있고 존재감 있는 사람이 되기 위해서는 자신의 장점을 살릴 수 있는 분야를 선택하여 집중하는 것이 중요하다고 생각하였다.

한편, 나는 용의 머리가 되지 못할 것을 미리 염려하여 뱀의 머리가 되기를 선택하는 것은 자칫 자신의 성장과 발전을 저해할 뿐만 아니라 자신에게 비겁해질 수도 있음을 늘 경계하여 왔다. 그러한 과정에서 사람의 능력에는 한계가 없으므로 가능하면 큰 것에 도전하여 최선을 다해 성취하려고 노력함이 바람직하며, 특히 젊은 시절에는 그러한 도전 정신과 실행 능력을 키워나갈 필요가 있다는 소신을 갖게 되었다. 그리고 그러한 도전 자체에 상당한 의미를 부여하는 것이 습관이 되었다. 될 수 있으면 포부는 크게 갖고 도전하는 것을 즐기며 그 과정에서 반드시 존재감이 있는 사람이 되기 위하여 노력하였다. 대학 시절에 받은 그분의 밥상머리 교육은 내가 그동안 여러 도전 과정에서 난관을 극복하고 스스로 가치를 높여 나가는 구체적인 실천 방안을 마련하는 데 훌륭한 지혜가 되어 주었다.

한국은행인재개발원 주임교수, 경영학 박사

배 곯은 한 끼니

–권오인

평생 처음으로 쌀이 떨어져 식구들이 저녁밥을 굶다시피 한 사건이 있었다. 늘 사무실에서 야근을 밥 먹듯 하니 집에서는 으레 저녁은 먹고 오려니 한다. 하지만 그날따라 검정 비닐봉지 하나 들고 횡재한 듯 속으로 흥얼거리며 현관문을 열었다. 막 두 딸과 저녁을 먹으려고 밥상머리에 앉았던 아내가 흠칫 놀라는 눈치였다. 그리고 항상 우르르 달려 나와 반기던 아이들마저 못마땅한 표정으로 분위기가 싸했다.

무슨 일인가 싶어 일단 아이들 틈에 앉으며 빨리 밥 달라고 재촉을 했다. 아내는 밥상에 놓인 밥 두 공기에서 한 공기는 내 앞에 놓고 나머지 한 공기는 한 수저씩 덜어내 세 개로 나누어 주면서 지은 밥이 이것뿐이니 그냥 조금씩 먹자 한다. 아내랑 아이들의 분위기가 어두웠던 것은 다름 아닌 밥이 적었기 때문인 것을 눈치챘다. 하여 밥을 조금 기다렸다 먹을 테니 밥을 더 지으라고 했더니 쌀이 떨어졌다는 것이다. 사실은 며칠 전부터 쌀이 떨어져 가는데 마침 아버님께서 화물로 쌀을 보냈다고 하여 기다리다가 오늘 저녁밥이 부족하게 되었다고 한다. 게다가 이때껏 저녁을 먹고 오던 내가 입을 덜어주기는커녕 보탰으니 미운털이 되었다. 그리고 아내는 내가 들고 갔던 비닐봉지를 열어보더니 놀랬다. 가족 모두가 너무 좋아하는 밥도둑 꽃게장과 어리굴젓이 있었기 때문이었다.

뒤주 밑이 긁히면 밥맛이 더 난다는 격언대로 밥도둑이 왔는데 밥이 적으니 어찌하랴. 김이 모락모락 나는 쌀밥에 꽃게장과 어리굴젓을 곁들여 아이들이 허겁지겁 맛있게 먹기에 내 밥을 다 덜어주고 나는 간식을 먹어 배부르다고 거짓말을 하고 굶었다. 가족 모두가 포만감에서 아주 멀리 떨어진 부족한 밥 한술에 섭섭한 마음으로 수저를 놓았다. 한편으로는 미리 챙기지 못한 아내에게 화도 났고 다른 한편으로는 오랜만에 맛있는 반찬을 놓고 가족들이 저녁밥을 굶다시피 한 모습에 미안도 했다. 덫 음식인 라면으로 대체하는 방법도 있지만 우리 식구는 저녁에 라면을 먹지 않기 때문에 어쩔 수 없었다. 요즘 같으면 집 앞에 있는 마트에서 햇반이나 삼각 김밥이라도 사다 먹겠지만 그땐 개발 중이어서 이름조차 세상에 나오지 않았다. 하지만 모처럼 자식이 꽃게장이랑 맛있게 밥을 먹는 모습만 보아도 행복했다.

가뭄에 자기 논에 물이 들어가고 가난에 허덕일 때 자식의 입에 밥이 들어가는 것을 볼 때가 가장 행복했다던 노파의 말이 생각났다. 그러고 보니 사람은 보편성의 본능에 감동하나 보다. 이날 손에 들고 갔던 꽃게장과 어리굴젓은 바자회에서 산 것이다. 해마다 가을이면 사무실 후정에서 시군별로 농·특산물을 가지고 나와 바자회를 연다. 각 지역마다 부녀회가 중심이 되어 특색 있는 먹거리부터 관광 상품들을 판매한다. 하여 고향인 서산 향후회에서 연락이 왔다. 고향의 신토불이 향토 음식을 팔아주는 데 동참해달라는 부탁이다. 퇴근시간을 앞두고 몇 명이 같이 시끌벅적한 사람들의 목소리와 음식 냄새가 풀풀 나는 곳으로 갔다.

그곳에는 각 지역에서 특색 있는 대표 음식을 만들어 경쟁적으로 홍보하였다. 내 귀는 벌써 구수한 서산 사투리를 감지하고 이미 발길을 돌려 바다 냄새나는 부스 앞에 섰다. 그곳에는 총각김치며 깻잎장아찌 김 등이 푸짐하게 진열되어 있었지만, 가장자리에는 정말 내가 좋아하는 꽃게장과 어리굴젓이 눈에 번쩍 띄었다. 사실 그동안 먹고 싶어도 얇은 지갑으로 비싼 반찬을 살 엄두를 못 내던 음식이었지만 모처럼 싼 가격에 살 수 있고 팔아주는 의미가 있어 덜컥 산 것이다. 그 순간 마음은 벌써 김이 모락모락 올라오는 밥상머리가 어른거렸다.

쫓기듯 사무실로 달려가서 책상 위에 널부러져 있던 서류들을 주섬주섬 캐비넷에 넣고 마음 따라 발길을 재촉했다. 그날만큼은 야근을 접고 게으른 버스를 타고 집으로 간 것이다. 그렇게 모처럼 아이들과 맛있는 저녁을 먹겠다는 생각에 들떴던 마음이 단 몇 분 만에 찬물 세례를 받고 보니 씁쓸했다. 사람은 자기 생각대로 다 되는 것도 없고 혜안이 있고 지혜가 있어도 때로는 한 치 앞도 못 내다보는 어둔할 때도 있다.

그날 밤 배에서 나는 생리적 꼬르륵 소리보다 창 넘어서 낙엽이 무겁게 떨어지는 소리가 더 크고 슬프게 들렸다. 마음이 옹졸해졌다. 이 나이를 먹도록 쌀이며 고추 마늘에 이르도록 부모님께 기대어 사는 박봉의 공직 생활을 하고 있는 자신이 밉고 개탄스러워 한숨이 나왔다. 지금 생각해보면 완전한 경제적으로 독립이 안 된 일종의 캥거루족과 다를 바가 없었다는 생각이 들었다.

그때껏 가을이면 추수가 끝나기 무섭게 벼를 도정하여 쌀을 화물로 보내주었다. 택배제도가 없었던 터라 화물운송 영업소에 가서 쌀을 찾아오곤 했다. 그 뿐이 아니다. 김장하여 한 차 가득 실어와 겨울을 나고 집에 갈 때마다 잡곡이며 고구마, 고추, 참깨 심지어 애호박까지 한 보따리씩 싸준다. 그렇게 부모님이 피땀으로 가꾼 농산물로 밥상은 늘 푸르렀다. 그러다 보니 끼니에 대한 의존성은 당연시되고 오히려 때가 되어 올 것이 안 오면 투정을 부렸다. 밥 한 끼니를 굶은 그 날에서야 부모님의 끝없는 사랑에 감사한 마음이 돋아나고 죄송한 마음은 눈물이 되어 두 볼에 흘렀다. 그리고 이 부끄러운 민낯은 어서 아이들의 맑은 눈에서 벗어나고 싶었다.

밥은 주식의 총칭이다. 그래서 한국 사람은 밥심이라는 말에 선 듯 동의한다. 그것도 배가 고파본 사람은 뼈저리게 느낀다. 보릿고개에서도 굶어보지 않았기에 한 끼의 주린 배는 더 서럽게 느껴졌다. 하지만 그날 빈 밥그릇에 소복이 담긴 한 끼의 소중함과 부모님의 끝없는 사랑이 있음에 감사한 깨달음은 평생 잊혀 지지 않는다.

전 충남 계룡시 부시장, 한국사회공헌운동본부 부원장

잊지 못할 우동 한 그릇

–이채윤

나는 열여덟 살 때 가출을 했었다. 가세는 기울었고, 서로 으르렁대는 가족이 원수였다. '머리 깎고 중이나 되자'는 결기였으나, 나서고 보니 막막했다. 피난민 자손이라 기대어 볼 친척 하나 없었다. 주머니에는 달랑 4,000원뿐이었다. 어느 절이라도 찾아 들고 싶었으나 절에 대한 정보도 전혀 없었고, 수행(修行)을 하겠다는 의지도 없었다. 그냥 집이 싫어서 나왔을 뿐이다. 어디론가 떠나려고 종일 서울역 주변을 서성거렸으나 막상 기차를 타지도 못했다. 서울역 대합실에서 하룻밤 신세를 지려 했으나 내쫓김을 당했다. 비가 주룩주룩 내리는 자정에 가까운 밤이었다. 늙수그레한 아저씨가 다가와 은근하게 말했다.

"너 100원 있나?"

"왜 그러시는데요?"

그 아저씨 말로는 200원이면 들어가 잘 방이 있다는 것이었다. 경계심이 일지 않는 것은 아니었으나, 달리 방법이 없어서 그를 따라나섰다. 우리가 간 곳은 서울역 건너편 지금 서울스퀘어(대우빌딩) 뒤에 있던 빨간 벽돌집이 늘어선 유곽(遊廓)이었다. 문간에는 화장을 짙게 하고 담뱃불을 꼬나든 색시들이 추파를 던지고 있었다. 태어나서 처음 보는 이 세상 같지 않은 풍경이었다. 도스토옙스키의 『죄와 벌』 속에 나오는 한 장면 같은 곳이었다.

우리는 빨간 벽돌집 3층 좁다란 방에 들어가 잠을 청했다. 비는 밤새 추적추적 내렸고, 이쪽저쪽에서 이상한 신음 소리는 계속 들려왔다. 아저씨는 목수였고, 일거리를 찾아 울산으로 갈 것이라 했다. 내가 가출소년인 것을 알고 같이 가자했다. 아저씨는 꽤나 유식해서 예수도 목수였으며, 사람의 거처를 마련해주는 목수란 직업은 신성한 것이라고 두런거렸다. 나는 솔깃했으나, 생판 모르는 사람을 따라나설 수는 없어서, 학업을 이어가야 한다는 핑계를 대고 거절했다. 만약 내가 그 아저씨를 따라갔으면 예수 같은 목수가 되었을까?

기차를 탈 배짱도 없던 나는 갈 곳이 없어서 덕수궁에 들어갔다. 그 와중에도 나는 책 2권을 사들고-1500원이 날아갔다-벤치에 앉아서 읽었다. 그 중 한 권이 지금도 내가 갖고 있는 사르트르의 〈구토〉라는 소설이다. 하지만 책이 잘 읽힐리 있었겠는가. 나는 패망한 왕조의 뜨락을 거닐며 내 삶의 적막함에 눈물겨웠다. 곁에는 진홍빛 철쭉꽃이 활짝 피어, 내 슬픔도 찬란했다. 그때 밖에서 마이크 소리가 들려왔다.

"…머나먼 유고슬라비아 사라예보에서 조국의 딸들이 이기고 돌아왔다……"

시청 앞 광장에서 들려오는 소리였다. 그날은 이에리사 선수를 비롯한 한국 여자탁구 팀이 사라예보에서 열린 탁구 대회에서 세계를 제패하고 돌아온 날이었다. 선수단 환영식에서 강한 경상도 억양의 목소리로 축시를 읊은 주인공은 박목월 시인이었다.

나는 가슴이 뛰었다. 나는 내가 시인이 될 운명이라고 생각했다. 그때 내 가방에는 습작한 50편 정도의 시(詩)가 들어 있었다. 나는 내가 가야 할 지향점(指向點)을 찾았다. 나는 박목월 시인을 만나야 한다는 생각을 하고 덕수궁을 뛰어나왔다. 그런데 이미 행사는 끝나고 모두들 차를 타고 떠나는 것이었다.

나는 공중전화 부스로 들어가서 전화번호부 책을 뒤졌다. 그런데 '박목월' 이라는 이름은 없었다. 허탈해져서 다시 서울역을 향해서 걷고 있는데 문득 박 시인의 본명이 '박영종' 이라는 게 떠올랐다. 그리고 "원효로 3가 전차종점"(「종점에서」)이라는 시구가 생각났다. 나는 전화번호부 책에서 '원효로-박영종' 이라는 전화번호와 주소를 찾아냈다. 내 발길은 자연히 원효로 쪽으로 향했다. 그런데 원효로는 어디쯤 붙어 있는 것일까? 서울에서 자라났으나 나는 서울 지리를 전혀 몰랐다.

물어물어 용산-원효로를 찾아가는데 날이 저물었다. 온종일 걸어서 나는 지칠 대로 지쳐 있었다. 공원 벤치에 가방을 베고 누워 잠을 청했다. 4월 말이었는데도 추위가 뼛속으로 스며드는 듯했다. 집으로 돌아갈까 하는 유혹이 고개를 들기 시작했다. 돈은 다 떨어지고 막막하여 찔끔 눈물이 났다. 그때 호루라기 소리가 들리고 경찰이 나를 일으켜 세웠다. 당시는 통행금지가 있던 시절이었다. 나는 파출소로 붙들려 들어갔다. 경찰이 가출을 했냐며 몰아붙이는 바람에 대전서 큰아버지 댁을 찾아왔는데 초행길이라 집을 못 찾았다고 둘러댔다. 내가 박목월 선생님 집 주소를 내보이자 경찰은 그제야 수긍을 하는 표정이 되었다. 처음 들어온 파출소라 겁을 먹었었는데 추운 바깥보다 한결 따뜻해서 세상의 이중성에 눈을 뜨며 의자에 앉은 채 잠을 잘 수 있었다.

다음 날도 나는 박목월 시인 집을 찾아 종일 헤매었다. 지금 생각하면 그다지 먼 거리도 아니고 전화번호도 있으니 전화를 하면 편했을 텐데 왜 그 고생을 했을까 싶다. 돌이켜보면 전화라는 문명의 이기(利器)도 당시 나에게는 낯설었고, 전화를 해서 무슨 말을 해야 할지도 몰랐기에 그냥 시인의 집만 찾았던 것 같다. 찾다, 찾다 지친 나는 동사무소에 찾아가 박목월 시인의 집을 물었다. 직원이 나를 유심히 바라보더니 "이 친구 박 시인과 '코' 가 아주 비슷한데…" 하면서 친절하게 박 시인의 집을 가르쳐 주는 것이었다.

나는 집을 확인하고 공중전화 부스로 들어가 전화를 걸었다. 사모님이 전화를 받았다. 나는 그때 무엇이라 말을 했는지 모른다. 시골서 올라온 학생인데 선생님을 만나서 시를 보여드리고 싶다고 횡설수설했던 것 같다. 내가 집 앞으로 올라가자 사모님이 대문 앞에 나와 계셨다. 연두빛 치마저고리를 입은 단아한 분이었다.

"우리 선생님이 지금 감기가 심하셔요. 시 원고를 놓고 가면 연락을 주도록 할게요."

사모님은 그렇게 말씀하시면서 종일 굶고 노숙을 해서 초췌한 내 행색을 살피시더니 "저녁은 먹었어요?" 하고 물었다. 내가 제대로 대답을 하지 못하자 사모님은 집안으로 들어가서 아들인 듯한 청년을 데리고 나왔다.

"이 학생이 저녁을 안 먹은 것 같으니까 같이 식사를 하고 오세요."

사모님은 아들에게도 존댓말을 하는 것 같았다. 어떻든, 그렇게 해서 나는 박목월 시인의 아들을 따라 중화요리집으로 갔다. 시인의 아들은 맑은 인상에 조용조용한 말투로 말을 하는 다감한 서른 살 정도 된 청년이었다. 그는 나에게 자기 집에는 나처럼 불쑥 찾아오는 시인 지망생들이 많은 데다, 지금 아버지가 독감에 걸려서서 이렇게 대접할 수밖에 없는 것을 이해하라고 하며 미안해하는 것이었다. 그날 나는 우동을 시켰는데 시인의 아들은 무엇을 시켰는지 기억에 없다. 정말 잊혀지지 않는 것은 눈물 나도록 환한 그 우동의 맛이었다. 종일 굶은 탓이었을까? 나는 음식이란 것이 그토록 따뜻하고 환하게 몸을 밝혀주고 정신에 힘을 실어주는 것이란 것을 처음 깨달았다. 그 우동은 음식이 아니라 환한 빛이었다. 일주일 후 나는 박목월 시인 댁으로 전화를 걸었는데 사모님이 이렇게 말씀하셨다.

"학생은 시적 재능이 뛰어나네요. 그런데 인생 경험이 적어서 그런지 너무 관념적이라네요. 학교 마치고 시를 좀 더 다듬어서 찾아오라 하셨어요."

그 말씀을 듣고 나는 관념적인 시가 아니라 그때 그 우동처럼 환한 시를 써야 한다는 깨달음을 얻었다. 그런데 박목월 시인은 나를 기다려주지 않고 그 몇 년 후 세상을 떠나셨다,

훗날 나는 신춘문예에 시가 당선되어 KBS 라디오에 출연을 했는데, 그 방송은 박목월 시인의 아드님이신 박동규 교수가 진행하는 프로그램이었다. 방송이 끝나고 그때 그 이야기를 말씀드렸더니 무척 반가워하셨다.

얼마 전 나는 우연히 원효로를 지나가다가 그때 그 중국집이 여전히 영업을 하고 있는 것을 보고 깜짝 놀랐다. 나는 나도 모르게 들어가서 아무 생각 없이 우동 한 그릇을 시켰다. 하지만 그때 내 가슴까지 환하게 밝혀주던 그 맛을 전혀 느낄 수 없었다. 주방장이 바뀐 탓이었을까?

도서출판 작가교실 대표, 시인, 핸드폰책쓰기코칭협회 코칭본부장

평생 잊지 못할 아름다웠던 나만의 추억

–킨킨탓 (Khin Khin Htet)

문득 '세월은 유수 같다.' 는 한국말이 생각날 정도로 한국 유학생활이 끝난 후 미얀마로 귀국한 지 벌써 3개월이 됐다. '참 시간이 빨리 가는구나!' 그런 생각이 들기도 하지만 나름 바쁘게 시간을 보내고 있다. 그동안 코로나 청정국으로 분류되었을 정도로 확진자가 거의 발생하지 않았던 미얀마에서 코로나 확진자가 급격히 늘어나는 바람에 재택근무로 유학생활로 미루었던 일들을 차근차근 시작하고 있다.

막상 미얀마에 돌아와서 있다 보니 한국에서의 여러 가지 추억들이 머릿속에 주마등처럼 새록새록 하나씩 떠오른다. 혼자서 해외에서 유학생활을 하는 것이 쉽지 않다는 것을 부모님을 비롯해서 주위 분들이 걱정해주셨지만, 나의 각오는 남달랐다. 새로운 도전을 뭐든지 하겠다는 마음이 앞섰던 그 시절 나는 야생마와 같은 결기를 가지고 덤벼들었다. 그런 열정 덕분인지 나는 한국 유학생활을 무사히 마치고 귀국할 수 있었다. 그런데 갑자기 한국이 그리워진다. 귀국 후 미얀마에서 새로운 시작을 앞두고, 한국 유학생활의 값진 경험과 추억이 큰 힘이 되고 나의 미래에 멋진 로망으로 다가오기 때문일까.

나는 2년 동안 한국외국어대학교에서 국어국문학과 전공으로 석사

과정을 이수했다. 그 시절 내내 훌륭한 선생님들, 정이 많고 따뜻한 한국인들, 피부도 색깔도 다르지만 친근한 마음이 한결같은 친구들 덕분에 즐거운 일도 많았고 행복이 가득했던 그때를 생각하면 지금도 가슴 설레고 뿌듯해 온다. 그때 그분들이 나에게 가슴 깊이 새겨진 징표를 만들어 주셨다. 그래서 감히 나는 말할 수 있었다.

"나는 미얀마 대표로 한국에 왔다"라고.

돌이켜 생각해 보면 즐겁고 고마운 시간들의 연속이었다. 뭐든지 열심히 해야 하겠다고 마음을 먹었던 그때 선생님들은 딸처럼 따뜻하게 챙겨주셨고 여기에 보답하는 마음으로 나름 열심히 노력하게 되었다. 그리고 한국 유학생활 때 아쉬움이 남지 않게 가능한 많은 것을 경험해 보겠다는 마음으로 여러 가지 동아리 활동에 참여하였다. 참여했던 행사마다 한국인 친구와 외국인 친구들 덕분에 한국의 문화뿐만 아니라 세계 여러 나라의 문화도 배울 수 있었던 소중한 시간들, 지금 이 글을 쓰는 동안도 여러 가지 추억들이 머릿속에 떠오른다. 한국에 있었던 일 중 제일 기억에 남는 것은 김정숙 여사님과의 만남이다.

한국인들조차도 만나기 어려운 김정숙 여사님을 외국인 학생으로서 만나 뵙게 돼서 영광이기도 했고 기쁘기도 했다. 그것도 내가 다니는 동아리 프로그램을 통해 연락을 받았던 기회였다. 부산에서 개최한 2019년 한-아세안 특별정상회의 D-3일 기념 음식 경연대회 '한-아세안 푸드 스트리드, 아세안의 맛' 행사였다. 국가적인 아주 큰 행사라서 처음엔 잘 할 수 있을지 걱정이 앞섰다. 그리고 김정숙 여사도 함께 음식 경연대회에 참여한다는 말을 들을 땐 가슴이 설레었다. 행사 때 아세안 친구들과 같이 자기 나라의 음식을 요리하면서 아세안 각 나라의 문화도 두루두루 경험하고 느낄 수 있었다. 그리고 한국인들이 국가적인 행사를 진행할 때 어떻게 준비하는지, 한국인들의 꼼꼼한 일 처리를 엿볼 수 있어서 더욱더 좋았다. 그리고 한국 유명한 연예인들도 같이 참여하는 덕분에 기념사진도 많이 찍었다. 그렇게 많은 연예인들을 가까이에서 본 적이 없어 더욱 신이 났다.

행사 시작하기 전에 자기 나라 대표 음식에 대한 소개가 있었다. 여사님께서 미얀마 음식이 맛이 좋다고 하셨고 내가 설명도 아주 잘했다고 칭찬을 해 주셨다. 여사님께 칭찬을 받으니 너무 기뻤다. 그 경연대회에서 여사님이 참가했던 팀이 '화합상'을 받았다. 상으로 비행기표를 주었는데 여사님께서 아세안 외국인 중 나를 선택하고 상을 양보해 주셨다. 너무 감동받았던 순간이었다. 여사님께서 양보해 주신 비행기표로 그해 방학 때 집에 갈 수 있었다. 여사님과 연예인들과 같이 한자리에서 오찬도 했는데 그때 실수할까 봐 몸조심하느라 하나도 못 먹었다. 행사가 끝난 후에야 한숨을 내 쉴 수 있었다. 지금 생각하면 절로 웃음이 나온다.

2년 내내 한국 유학생활에 있었던 일이 마치 한 편의 영화 같다. 선생님들, 친구들, 도움이 필요할 때 항상 도와주신 분들 덕분에 나의 한국 생활에는 불편함이 전혀 없었다. 한국에서 탄생된 보석 같은 이야기가 지금까지도 나의 머릿속에서 맴돌고 있다. 졸업 후 귀국해야 하는 상황에서 아쉬움 속에서 헤어질 때 그동안 친하게 지냈던 친구들에게 "고마워"라고, 또 항상 나에 대한 기대 많았던 선생님, 교수님들께

"감사합니다"라고 마지막 인사를 했던 모습을 떠올리니, 나도 모르게 감사의 눈물이 앞을 가린다.

삶을 살아가면서 누구나 기억하고 싶은 것, 추억하고 싶은 것, 기억하기 싫은 것, 추억으로 남기기 싫은 것이 틀림없이 있을 것이다. 누구나 가장 행복하고 오래 기억하고 싶은 기억이나 추억이 있는가 하면 그렇지 않은 기억이나 추억은 빨리 잊고 싶은 마음도 있을 것이다.

기억이든 추억이든 모두가 다 지난 일이였지만 추억은 기억보다 더 뜻 깊은 의미를 담고 있지 않을까 싶다. 기억은 '있었던 일' 즉 '벌어졌던 어떤 사건이나 일' 뿐이지만 추억은 '있었던 일'에 감정을 더한 느낌으로 그 벌어졌던 어떤 사건이나 일에 나만의 감정을 덧붙이는 것으로 스스로 정의되고 싶다. 사실 한국에서의 생활에서 때로는 마음에 상처를 받기도 하고 나쁜 기억이 전혀 없는 건 아니다. 사람들은 좋은 추억만 저장하고 싶어 한다지만 나는 좋은 추억이든 나쁜 추억이든 다 소중하다고 생각한다.

설령 기억하고 싶지 않은 나쁜 추억이 있을지라도 그것을 통해 무언가를 배우면 나의 앞날에 더 좋은 추억을 만들 수 있다고 믿는다. 그래서 한국에서의 유학생활 모두는 나의 삶에 있어서 멋진 추억이요 행복했던 기억으로만 남아있다. 다시 한국에 갈 날을 기다려본다.

양곤대학교 교수

다섯 번이나 TV 생방송에 출연한 사연

―백영진

필자가 ㈜한국야쿠르트 중앙연구소 소장으로 근무하던 1989년 5월 초였다. KBS-2 TV 방송국 "무엇이든 물어보세요" 프로그램 담당 PD에게서 전화가 왔다. 먼저 자신을 소개한 담당 PD는 필자에게 물었다. 요즈음 유산균 발효유가 건강에 좋다며 너나 할 것 없이 가정이나 사무실에서 먹고 있습니다.

유산균을 섭취하면 우리 몸 어디에, 어떻게 작용해서 건강에 좋은지를 시청자에게 말씀해 주실 수 있으신가요?", "네~그러죠." 필자는 주저 없이 대답했다. 그러자 방송국 PD가 말했다.

"잠시 후 프로그램 담당 작가가 전화를 드려서 내용을 구체적으로 상의하도록 하겠습니다 ."

통화가 끝나고 조금 있으려니까 담당 작가에게서 전화가 왔다.

작가는 "무엇이든 물어보세요" 프로그램에 대해서 다음과 같이 대략적인 설명을 해 주었다.

"이 프로그램은 아침에 남편들을 직장에 출근시킨 가정주부들이 여유롭게 차 한 잔 마시며 시청하는 인기 있는 프로그램입니다. 방송은 아침 9시 05분부터 약 50분 동안 진행되는 프로그램입니다. 이번에 방송할 주제는 "유산균과 발효유" 이며 1989년 5월 11일(목) 오전 9시 05분부터 약 50분간 생방송으로 진행될 예정입니다. 출연 연사는 백영진 박사님과 성균관대학교 낙농학과 K교수, 그리고 경희대학교 치과대학 예방의학과 C 교수 외 방청석에 주부 10여 명이 참석할 예정입니다."

그리고 작가는 소비자들이 "유산균 발효유"에 대해서 가장 궁금해할 만한 여러 가지 질문 항목을 적어서 보내왔고 필자에게 답변 내용을 기록하여 보내 달라고 했다. 작가는 이 내용을 중심으로 대략적인 출연 연사들이 맡아서 이야기할 항목을 적절히 배분해 놓은 시나리오를 작성해서 보내왔다. 방송하기 직전에 PD는 필자에게 방송내용은 일반인이 알아듣기 쉽고, 재미있게 웃으며 이야기하되 회사의 특정제품에 대한 언급은 절대로 하지 말아 달라고 간곡히 요청했다. 방송 중에 참고로 보여줄 제품은 회사의 상표가 직접 보이지 않도록 자막 처리하고, 방송에 사용할 보조 자료들은 방송국 작가에게 요청하여 미리 준비하도록 했다.

TV 생방송이었으므로, 유산균 업체에 근무하는 필자로서는 국민 건강에 기여할 수 있는 좋은 기회였다. 자신의 역할에 대해서 사명감을 가져야 했다. "유산균과 발효유"에 의한 건강 효능을 소비자들에게 제대로 전달해야만 했다. 어떻게 하면 "유산균과 발효유"에 대해서 정확한 정보를 전달해서 소비자들의 장 건강에 도움이 될 수 있을까? 라는 생각으로 고심하지 않을 수 없었다. 특히 이번에 유산균과 발효유 업계에서 국내 처음 TV 생방송으로 유산균 발효유의 소개가 진행되므로 필자의 방송에 대한 기대치가 높았다. 필자가 근무하던 회사의 모든 임직원과 야쿠르트 판매원들도 근무시간이지만 될 수 있는 한 많은 사람이 시청하도록 지시가 내려진 상태였다.

프로그램은 방송인 이창호와 박초아의 MC로 진행됐다.

방송국 PD는 TV 생방송에 처음으로 출연하는 필자에게 방송하는 TV 카메라를 의식하지 말고 편안하게 이야기해 달라고 요청했지만, 이것이 생각처럼 쉬운 게 아니었다. 방송할 때에 시선은 주로 사회를 보는 MC에 두도록 함이 무난하다고 귀띔해 주었다. 제한된 시간 내에서 할 말을 다하려고 하니 자신도 모르게 목소리는 떨리고 말을 차분하고 여유롭게 하지 못하고 말의 속도가 빨랐다. 방송이 끝난후 집에서 녹화된 방송을 차분하게 다시 봤다. 어디가 잘못됐는지, 어느 점을 개선해야 할지 한눈에 알 수 있었다. 다음에 또 다시 TV 생방송 기회가 주어진다면 보다 발전된 모습으로 잘할 수 있으리라 다짐했다.

두 번째 방송 출연은 첫 번째 방송이 나간 후 시청자들의 반응이 좋았던지 약 2년 반이 지난 1991년 11월 8일(금)에 첫 번째와 같은 시간대에 진행됐다. 이번의 방송 주제는 "건강, 장수식품 요구르트" 로 서울대학교 동물자원학과 K교수와 필자 둘이 출연했다. 이번 방송은 처음 방송할 때 보다는 여러 면에서 요령도 익혔고 마음의 여유도 생겨 한결 부드럽게 진행할 수 있었다.

세 번째 방송 출연은 두 번째 방송이 나간 지 약 1년이 지난 1992년

12월 8일(화)에 진행되었다. 이번 주제는 "유산균 음료가 젊음과 건강을 지켜준다" 출연 연사는 필자와 건국대학교 낙농학과 Y 교수 그리고 가수 최진희씨가 찬조 출연 연사로 나오게 되어 한결 분위기가 부드러운 느낌을 주면서 흥미롭게 마쳤다.

네 번째 방송 출연은 1993년 9월 1일(수)에 진행됐다. 한 프로그램에 4번씩이나 불려나가니 고정 패널이 된 기분마저 들었다. 이번 주제는 "장수식품 유산균 발효유" 로 필자와 동국대학교 식품공학과 N 교수가 출연 연사로 나왔다. N 교수는 그동안 TV에 출연한 경험이 많아서 노련하게 생방송을 매끄럽고 편안하게 진행해서 분위기가 한결 좋았다.

"무엇이든 물어보세요" 프로그램은 KBS-TV 생방송으로, 가정주부들에게 인기 있는 장수 프로그램의 하나로 잘 알려져 있다. 1989년 5월 11일 (목) 오전 9시 05분부터 50분간 KBS-2 TV에서 진행했던 생방송 "유산균과 발효유"의 주제로 유산균 발효유 분야로는 처음 방송이 시작된 이후 2000년 8월 24일(목) 까지 11년 동안 모두 5차례에 걸쳐서 "유산균과 발효유"에 관한 주제로 KBS-1과 2 TV에서 생방송 됐다. 특히 1991년 11월 8일 두 번째 TV 생방송 주제 "건강, 장수식품 요구르트"가 방영된 이후 ㈜한국야쿠르트의 액상 발효유 "야쿠르트" 제품의 판매량은 매년 급신장하여 1992년에는 하루 평균 약 500만 본에서 630만 본으로 판매가 26% 수준으로 증가하는 기록을 세웠다. 또한 1988년 8월 '88 서울올림픽' 바로 직전에 발매를 시작한 떠먹는 농후

발효유 "슈퍼-100"도 판매가 잘되어 1992년 1일 판매량이 72만 본까지 최고를 기록했다. 따라서 회사의 연간 총매출액의 증가는 1989년도 1,680억 원에서 1992년도에 약 3,270억으로 3년 동안 약 94% 정도 급신장하였다. 이러한 현상은 필자가 근무하던 회사 이외 국내 발효유의 업계 전반적으로 발효유의 소비가 증대되었을 뿐만 아니라 유산균 발효유가 사람의 장 건강에 유익한 장수식품임을 알리는데 크게 기여하는 계기가 되었다.

다섯 번째의 방송 출연은 KBS-1 TV에서였다. 2000년 8월 24일(목) 오전 10시부터 40분간 "요구르트에 대한 궁금증 다섯 가지" 주제로 필자와 숙명여자대학교 식품영양학과 K 교수 그리고 탤런트 견미리씨가 찬조 출연 연사로 나와서 부드러운 분위기 속에 끝맺음을 잘했다.

방송 중에 시청자 또는 방송국 스튜디오 객석에 앉아 있는 분들이 공통적으로 가장 많이 질의하는 주요 내용 몇 가지만을 요약 정리하면 다음과 같다.

* 발효유의 적절한 음용 시간은 식전 또는 식후 언제가 좋은가요?

사람을 상대로 임상 시험한 결과 "유산균 발효유의 섭취는 식사 여부와 상관없이 아무 때나 편리할 때에 먹어도 같은 효과가 있음이 확인되었다." 발효유는 우유를 원료로 하여 발효되었기에 유산균이 위장의 위산에서 거의 사멸되지 않고 대부분 살아서 위장을 통과하여 소장과 대장에 넘어가므로 아무 때나 편리한 시간에 먹어도 좋다.

* 발효유의 매일 먹는 적정량은 어느 정도인가요?

식품의약품안전처에서 권장하는 유산균 1일 섭취량은 대략 100억 마리 이상으로 본다. 떠먹는 농후발효유나 마시는 드링크 타입 농후발효유는 유산균 수가 법적으로 1g 또는 1 mℓ에 1억 마리 이상 함유되어 있어 떠먹는 발효유 100 g, 또는 드링크 요구르트 100 mℓ 한 종류를 매일 섭취하면 무난하리라 본다. 다소 많이 섭취해도 장에 별 무리가 없지만 사람에 따라서는 장이 예민하게 반응할 수 있으므로 효과를 검증받은 유산균으로 제조한 발효유 제품을 매일 100 mℓ 한 병 이상이면 적정하다.

* 김치를 먹는 한국인이 발효유를 굳이 먹어야 하나요?

발효유 제조에 사용하는 유산균은 그 종류나 숫자 못지않게 위장을 통과하여 내 산성 · 내 담즙성에 견디어 장까지 살아남아 장내에서 정착, 증식하도록 이미 기능이 입증된 균주들을 선발한 것들을 발효유 종균으로 이용하고 있다. 김치는 유산균을 많이 함유한 채소 발효식품임에 틀림없다. 그러나 김치를 전문적으로 제조하는 회사의 김치 외에는 유산균은 자연 증식한 것으로 그 조성이 균일하지 않다. 유산균이 정장작용의 기능을 하려면 위장을 거쳐 소장과 대장까지 살아가야 하는데 김치 유산균은 자연 증식한 것으로 위산이나 담즙에 단련되지 못하여 위장에 있는 위산에 살아남을 확률이 낮다. 김치를 안 먹는 것보다는 먹는 것이 장에 유익한 것은 사실이지만 그렇다고 김치를 먹으니까 발효유를 먹을 필요가 없다고 하는 것은 비약적인 논리라고 생각한다. 전쟁터에서 발효유 속 유산균이 잘 훈련된 군인이라면 김치 유산균은 민간인으로 비유할 수 있다.

전 ㈜ 한국야쿠르트 중앙연구소장, 미생물학 박사(서울대),
중앙대 겸임교수, 한국축산식품학회장

행복동행

월명(月明)

-박제천

한 그루 나무의 수백 가지에
매달린 수만의 나뭇잎들이 모두 나무를 떠나간다.
수만의 나뭇잎들이 떠나가는
그 길을 나도 한줄기 바람으로 따라나선다.
때에 절은 살의 무게
허욕에 부풀은 마음의 무게로
뒤처져서 허둥거린다.
앞장서던 나뭇잎들은 어디론가 사라지고
어쩌다 웅덩이에 처박힌 나뭇잎 하나 달을 싣고 있다.
에라 어차피 놓친 길
잡초 더미도 기웃거리고
슬그머니 웅덩이도 흔들어 놀밖에
죽음 또한 별 것인가
서로 가는 길을 모를밖에

잃어버리고 싶은 순간의 힘

–이일장

삶의 애환은 누구나 느낀다. 물론 누구나 똑같이 공평하게 느끼는 것은 아니지만 말이다. 그런데 내가 처했던 그 고통은 지금까지 엄청난 트라우마로 남아 있다.

이 트라우마로 인해 지금까지도 가끔 꿈속에서 악몽으로 나타나 잠을 그르칠 때도 있다. 그릇된 판단으로 귀중한 삶을 잘못 살았다는 부끄러운 마음의 고백이기도 한 반면에 잃어버리고 싶었던 순간의 힘이 나에게는 어려움을 극복할 수 있는 에너지가 되어 주었다.

1974년 늦은 봄날에 고통은 시작되었다. 70년대에 한국은 폭발적인 경제성장으로 한참 발전하던 시기였으나 개인들의 삶은 그리 녹록지 않았다고 생각한다. 특히 지방 출신 서울 유학생은 서울에서 공부하기가 여간 어려운 일이 아니었다. 서울에 집이 없는 경우 그 당시에는 입주 과외가 대단히 많았다. 보통, 학년 초에 입주하여 1년 정도 지도한 학생이 중학교나 고등학교에 진학하면 다음 해는 다른 입주 과외 집을 찾아 떠나야 하는 떠돌이 신세였다.

신문사에 일단 기사로 입주 과외를 광고하여 구하거나 아는 지인들의 소개로 입주 과외를 구하곤 하였다. 그런데 몇 개월이 지났는데도 과외 집이 구해지지 않았다. 처음에는 곧 해결되리라 기대하고 아무 일이 없었으나 1개월, 2개월이 지나자 저녁에 잠들기 전에 온갖 생각이 많아져서 쉽사리 잠을 이룰 수 없었다. 이른바 불면증이 시작된 것이다.

서울 하늘에 내 몸 하나 기거하면서 공부할 데가 없다는 것이 견딜 수 없는 자괴감으로 다가왔다. 그때는 세상을 원망도 참 많이 했다. 요즘 같으면 병원에 가서 간단히 치료가 가능했으리라 생각되지만 가난한 대학생인 나는 병원에 가는 것이 어리석게도 사치스러운 일이었다. 그때까지 입에 술을 거의 대보지 못했던 나는 우연히 술을 먹기 시작했다. 특히 소주는 가격도 저렴하고 또 술에 약한 나는 조금만 먹어도 취기가 올라 복잡한 일상을 잠시 멈추게 해주기도 하고 잊게 만들었던 것 같다.

그런데 문제가 생기기 시작했다. 처음에는 한 잔 먹으면 잠이 들더니 날이 갈수록 주량이 늘어났다. 술을 먹지 않으면 잠을 청할 수 없게 되었다. 세상 사는 사소한 일들이 모두 스트레스로 다가오면서 잠 못 이루는 밤이 계속되었다. 소량의 음주는 수면에 도움이 된다. 그러나 습관성 음주 수면은 무슨 이유인지는 모르겠으나 혈액순환 장애를 일으켜 깊은 잠을 더욱 잘 수 없게 만들었다. 혈액순환이 말초신경에 반복적으로 장애가 생기는 경우에 피부가 두꺼워진다는 경피증 진단은 퇴직 후에 알게 되었다. 불면증이 안구 주변의 경피증으로 전이가 된 것이다.

혈액순환 장애가 안구 주변의 피부에 콜라겐 성분이 침착되어 피부가 두꺼워지며 점진적으로 피부의 유연성이 떨어졌다. 특히 새벽에 숙면을 지속적으로 방해했다. 지금은 거의 치료가 끝난 상태다. 수면 부족은 직장 근무 시간에 많은 어려움을 주었다. 낮 동안의 근무로 저녁이 되면 피곤해지기 때문에 약간의 음주로 잠이 든다. 새벽이면 언제나 잠이 깬다. 아마도 안구 주변의 혈액순환을 방해하여 안구가 건조하고 아침이면 언제나 눈이 아팠다. 매일매일 피곤하고 심지어는 의욕까지 상실되었다. 그러나 삶을 영위하기 위하여 이런 문제는 나에게 사치스런 일이었다.

오히려 더 열심히 살아야 돼는 이유가 되기도 했다.

음주습관은 주량을 늘려 술을 잘하는 축에 들게 되었고 의기소침 할 수있는 나에게 인간관계를 촉진할 수 있는 힘이 되었다.

중국 주재원 근무 때 일이다. 대형 빌딩을 관리하는 중국인 직원들을 한국 식당에 초대하여 한국식 뷔페를 제공하며 약간의 음주를 곁들이게 되었다. 중국인들은 때로는 주량으로 사람을 평가하는 경우가 있는 것으로 생각된다. 나도 그 시험대에 올랐다. 약 50명의 직원에게서 1잔씩의 백주(50도)를 받아먹지 않으면 안돼었다. "거부하면 그들에게 지는 것이다"라고 생각했다. 모두 받아마시고 그들에게 한 잔씩 건넸다.

몇 잔만 마셔도 취할 정도의 독한 술이다. 술이 취하긴 해도 저들에게 지고 싶지 않았다. 음주 수면으로 단련된 에너지가 없다면 견디기 어려웠으리라 생각한다. 그 이후 나는 아무도 대적할 수 없는 사람으로 그들에게 각인되었다. 회사 일이 순조로운 것은 말 할 것도 없었다.

우리가 살아온 70년대는 많은 사람들이 어렵게 살았다는 것은 내가 아버지가 되어서야 알게 되었다. 6남매 장남인 나에게는 병을 달고 살아도 치료할 엄두를 못 낼 만큼 어리석었음을 고백한다. 잃어버리고 싶은 시간이다.

지금도 진행 중이지만 이를 극복하기 위해 나는 조그만 선물을 받았다고 생각하고 싶다. 잘 잔 후에 아침에 일어나면 세상을 모두 산듯한 행복감을 느낀다. 다른 사람보다 특히 더 큰 행복함을 느낀다고 생각한다. 숙면을 하기 위해서 적당히 피곤해야 한다. 매일 꾸준히 운동한다. 지금도 매일 걷기를 습관적으로 하게 되었다. 신이 준 선물이라고 믿고 싶다.

(주)성호전자 부회장, 현대오토넷 대표이사, 현대자동차 전무

이봐, 해보기나 했어?

–김흥중

고(故) 정주영 회장이 조선소를 만들겠다고 했을 때 던진 "이봐, 해보기나 했어?" 라는 말은 도전 정신의 상징이다. 정주영 회장이 조선소도 없이 첫 번째 배를 영국에서 수주할 때 A&P 애플도어의 찰스 롱바톰 회장에게 거북선 그림이 그려진 오백 원권 지폐를 보이며 설득했던 일화는 아직도 회자 되고 있다.

1984년 서산 간척 사업은 서산 앞바다의 험한 물살로 난관에 부딪혀 기술자들이 쩔쩔매고 있을 때 정주영 회장은 급류를 대형 유조선으로 막는 아이디어를 내며 "이봐, 해보기나 했어?" 라고 던진 말이다. 이 말 한 마디로 공사 기간을 36개월 줄었고, 비용 290억 원을 아낄 수 있었다. 이런 말을 던진 고(故) 정주영 회장은 필자의 인생 정립에 큰 도움을 주었고 38년 직장생활의 본업인 의료기기 분야에서 두각을 세워 주신 분이다.

정주영 회장을 만나자. 이 방법 외에는 길이 없다.

필자가 삼성그룹 삼성의료기기주식회사에 근무하던 까마득한 1986

년으로 기억된다. 삼성의료기기주식회사는 삼성그룹과 미국 제너럴일렉트릭(GE)그룹의 합작회사로 GE사의 의료장비를 취급하였다.

당시 현대그룹 산하 울산대학교에 의과대학을 유치하고자 서울 송파구 풍납동에 1천 병상 규모의 서울아산병원을 신축하고 있었다. 삼성그룹도 현대그룹과 경쟁하듯 인근 강남구 일원동에 서울삼성병원 신축하고 있었다. 필자는 이유 불문하고 현대그룹 서울아산병원에 의료장비를 팔아야겠다는 의욕이 강하게 생겼다. 필자가 상사에게 서울아산병원에 의료장비 판매를 하겠다고 하니 꿈도 꾸지 말라고 했다. 현대그룹과 삼성그룹은 경쟁그룹이고, 더군다나 경쟁하듯 서로 인근에 대형종합병원을 신축하는 데 시간 낭비하지 말라고 했다. 지금도 그 목소리가 쟁쟁하게 들리는 듯하다.

상사의 말에 절대로 포기할 필자가 아니다. 일단 병원의 구매담당자를 만나고자 병원을 방문했다. 병원의 구매담당자도 필자 상사의 말과 같았다. 서울아산병원은 삼성의료기기가 취급하는 의료장비는 절대로 살 수가 없다고 한다. 이후 몇 번 더 구매담당자를 찾던 중 기회가 왔다. 병원 구매과에 고등학교 선배가 있는 것을 확인하고 선배를 만났다. 선배에게 자초지종을 설명하고 구매과를 나왔다. 버스를 타고 회사로 오던 중 불현듯 생각나는 것이 있었다.

다음날 다시 서울아산병원 구매과에 가서 선배를 만났다. 선배에게 무조건 정주영 회장을 만나겠다고 하니 선배가 코웃음을 쳤다. 필자는 선배에게 정주영 회장의 주간 일정과 동선 파악을 부탁했다. 며칠 뒤에 선배를 찾아가니 선배가 정주영 회장의 주간 일정을 알려 주었다. 너무나 고마운 선배다. 필자는 정주영 회장의 주간 일정은 알았지만 어떻게 만나지 하는 방법 찾기에 몰두했다. 일개 사원이 어떻게 대기업 회장을 만나지 하는 회의가 생기기 시작했다. 며칠을 방황하다가 방법을 찾았다. 무조건 찾아간다고 만날 수 있는 방법은 제로 상태다.

당시 정주영 회장은 서울시청 뒤에 있는 현대그룹 계열사 보르네오 가구 본사에 있는 아산재단 본부에서 매주 화, 목요일에 오전 8시 반부터 1시간 정도 결재와 업무 지시를 하고 있었다. 필자는 매주 화요일과 목요일 오전 8시경부터 정주영 회장을 기다렸다. 정주영 회장이 승용차에서 내릴 때 큰 소리로 "회장님, 안녕하십니까?" 인사를 하기로 하고 실행에 옮겼다. 정주영 회장은 필자가 큰소리로 인사를 할 때마다 그냥 쳐다보고 사무실로 들어갔다.

필자의 기억에 한 달쯤 지났을 때 정주영 회장은 큰 소리로 인사하는 필자에게 다가와 "왜 자네는 나에게 큰 소리로 인사를 하는가? 인사하는 이유가 뭔가?" 말씀을 하셨다. 필자는 "회장님께 드릴 말씀이 있습니다."라고 대답을 하니, 정 회장님은 필자를 사무실로 데리고 갔다. 필자는 정주영 회장을 만나면 서울아산병원에 의료장비 판매를 위한 제안 자료와 강조할 말씀을 한 달 이상 철저히 준비했다. 정주영 회장에게는 모든 것을 5분 안에 끝내야 한다는 각오로 준비했다. 필자의 설명을 들으신 정주영 회장은 "자네, 설명을 잘 들었네. 자네, 몇 년 차 사원인가? 내가 인사하는 자네를 몇 주간 지켜보았네. 오늘도 자네가 인사하러 오나, 분명히 이유가 있을 것이니 오늘은 자네를 만나기로 생각하고 왔네." 하시는 것이었다. 필자는 속으로 환호를 외쳤다. 정주영 회장은 종로구 계동에 있는 현대건설 통합구매본부장에게 전화로 "내가 조금 후에 젊은 친구를 보낼 터이니, 이 친구가 취급하는 의료장비를 모두 구매하라."고 말씀하셨다. 필자를 젊은 친구하고 소개하시다니……. 이 말씀을 듣는 순간 이번 판매는 성공했구나 하는 생각이 들었다. 정주영 회장은 필자의 태도와 용기가 맘에 드셨다고 했다.

필자는 고맙고 감사하다는 인사를 코가 사무실 바닥에 닿을 정도로 정중히 하고 사무실을 나왔다. 곧바로 현대건설 통합구매본부장을 만나 자초지종을 설명했다. 결국 필자는 경쟁그룹 병원에 한국 최초로 자기공명촬영장비 1.5테슬라(MRI) 1대, 전산화단층촬영장치(CT) 2대, 유방촬영엑스레이(Mammo X-Ray) 2대, 수술용이동엑스레이(C-Arm X-Ray) 2대, 이동형엑스레이(Mobile X-Ray) 2대(합계: 약 1,400만 불)를 납품하는 성과를 내었고 그해 최고 판매사원의 영광을 안았다고 회사 설립 이래 최고의 영업 실적을 창출하는 기록을 세웠다.

정주영 회장의 만남과 의료장비 납품은 필자만의 독특한 도전 정신과 추진력, 인맥 활용, 꿋꿋한 용기, 신선한 아이디어, 철저한 준비의 결과다. 찾고 두드리는 자에게는 반드시 기회가 온다는 증거다. 정주영 회장이 필자에게 주신 큰 선물로 시작되어 다음 해에 대리 승진은 물론 제너럴일렉트릭(GE) 아시아 최우수 판매상 3년 연속과 한국 최우수 판매상 5년 연속과 한국 최우수 매니저상 2번을 수상했다. 육십 중반을 넘긴 지금도 고인이 되신 정주영 회장님이 생생하게 생각나고 감사하다는 마음이 우러러 나온다. 돌이켜보니 필자가 의료기기업계에서 두각을 나타내고 최고의 경영자가 되도록 초석을 정주영 회장이 깔아 주신 것이다.

보통의 생각은 보통 인을 만든다.

보통 사람들이 생각하는 대로, 원하는 목표가 무엇이든 간에 원하는 대로, 돈을 원하면 돈을 얻고, 성공을 원하면 성공을 얻고, 건강을 원하면 건강을 얻고, 무엇이든지 원하면 다 얻을 수는 없다.

우리가 찾아야 할 가장 소중한 것이 무엇일까?

왜 많은 사람이 엉뚱한 길을 가고 있나?

왜 사람들이 그 길을 보지 못하는가?

왜 사람들이 그 길을 피해서 다니는가?

여기에 대한 해답이 있다. 바로 열정적인 정신과 도전 정신이다. 우리가 삶을 위해, 직장생활을 위해, 자영업을 위해, 노후를 위해 할 수 있는 것이 있다. 바로 그 길과 문을 찾아야 한다. 보이지 않는 길과 문이지만 누구나 쉽게 찾을 수 있다. 학력이 없어도 박사학위가 없어도 찾을 수 있다. 머리가 좋지 않아도 찾을 수 있다. 소위 말하는 백이 없어도 된다. 찾으려는 마음만 갖고 실천하면 된다. 어찌 나 같은 사람이 찾고 들어갈 수 있을까 염려하지 말고 열정적인 정신과 도전정신으로 문을 두드리고 길을 찾으면 된다.

여기서 한 가지 중요한 것이 있다. 육체적인 게으름과 낙천적임을 빙자한 정신적 게으름과 안일함을 탈피해야 한다. 필요 없는 것을 과감하게 버리는 마음의 부자가 되어야 한다. 마음의 부자는 필요한 것을 소유하려고 실천하고 행동으로 옮기는 자다. 반대로 마음이 가난한 자는 필요 없는 것을 버리지 못하고 소유하려고 발버둥 치는 자다.

인생 2막 보통 사람의 행복의 비결은 필요한 것을 많이 갖고 있는 것이 아니라, 불필요한 것에서 얼마나 자유로운가에 달려 있다고 해도 과언이 아니다. 우리가 걱정해야 할 것은 녹스는 삶이다. "난, 원래 그래"라는 말로 자신의 단점을 합리화시켜서는 안 된다. 액티브 시니어는 나쁜 습관과 게으른 본성을 이기는 좋은 습관을 갖어야 한다. 벤저민 프랭클린은 경종을 울리는 말을 하고 있다. 필자는 이 말을 삶의 지표로 삼고 중고등학교 시절부터 액티브 시니어로 인생 2막을 걷는 지금까지 실천하고 있다. "실천이 말보다 낫다(Well done is better than well said.)."

작가/핸드폰책쓰기코칭협회 부회장/넥센미디어 편집국장

북청 물장수가 돌아왔다 물과 화장실의 전설로

—이만휘

봉이 김 선달이 대동강 물을 팔아먹던 이야기는 누구나 알고 있다. 요즘이면 펀딩을 했을 법한 재주꾼이다.

사기꾼의 대명사처럼 불리던 봉이 김선달이 아닌 정직한 물장수 북청 물장수기 되고 싶다. 나도 물장수하고 인연이 되어 늘 마음 한쪽에 정직한 물장수의 꿈을 간직하고 있다.

물과의 특별한 인연은 유년 시절부터 시작되었다. 1962년 서울 동작구 흑석동(국립묘지 방향의 지명은 비계)에 수도시설이 몇 집이나 있었을까요? 대략 50여 가구 단위로 공동수도가 하나씩 만들어져 관리를 하고 있었다. 그 중에 한 꼭지를 우리 집에서 잡고 있었다. 막강하다. 마을 사람들이 물이 없으면 어떤 상황일까? 상상해 보세요. 물장수의 기질은 그때부터 시작되었다

당시에는 "물만 잘 먹어도 장수한다" 이런 말이 사전에도 없던 시절이었을 것이다. 기억하시는지요? 물갈이를 하던 시대 지방 여행이나 출장을 다니면서 물을 바꾸어 먹으면 탈이 나던 시절이 있었습니다.

나는 틈나는 대로 내가 엄마를 도와드리려고 물장수를 자처했다. 전당포 같은 작은 반달구멍으로 2원씩 넣어주면 물을 틀어 두 양동이를

판매하는 것이다. 새벽별보기처럼 해가 뜨면서 물 전쟁은 시작되었다. 생활의 1순위는 물이었을 것이다. 그때도 새치기는 있었다. 줄이 길어지면 집으로 왔다 다시 갔다. 다른 볼일을 보는 동안 양동이 순서가 바뀌고 하여 언성을 높이는 광경도 가끔 있었지만, 아낙들의 수다는 무궁무진하였던 모양이 상상된다. 나는 별도의 공동수도 건물에서 잠을 자며 새벽에 물을 틀어 놓고 근무를 하는 중 내가 졸고 있으면 어떤 사람은 돈도 안 주고 그냥 가버렸다.

당시에 CCTV가 있었으면 손실을 크게 줄였을 텐데. 우리 동네 주민들은 대부분 나를 기억하시고 있었다. 얼마 전에 동네에서 어느 어른이 마니야 하고 이름을 부른다. 공동수도하던 만휘지 하고. 앗! 나도 어른인데 아주머니가 이름을 불러주어 젊어진 기분이었다. 인기가 좋았나보다. 요즘 같으면 무명 트롯가수 수준이었을 듯하다. 나는 이렇게 국민학생 신분으로 산업전선에서 경험하였던 것이 오늘의 나를 만들어 주었을 것이다. 아름다운 추억보다는 공동수도와 슈퍼(구멍가게)를 돌보며 연탄도 팔고, 상품도 팔고, 나중에는 물건을 도매로 구입하는 과정까지 체험하였다.

그 이전 세대 혹은 지방의 우물터에서는 모든 아낙들이 들리는 곳으로 세상 사는 이야기와 이웃 간의 정보를 나누는 중요한 오픈 언론매체 역할을 하였을 것이다. 일부는 빨래터에서 나누기도 하였지만 물은 먹는 물로 끝나는것이 아니고, 사람사는 이야기를 공유하는 중요한 역할도 여성들을 통하여 만들어내고 있었던 것이다. 호기심과 열정만으로 살아온 황해도 서흥 출신의 부모님 DNA 속에서 나는 현재의 위치에서 물과 화장실의 전설이 되었다. 그동안 무역을 하던 해외 경험을 토대로 몇 년 전 독일파트너사와 베트남에서 미팅을 하였다. 주제는 빗물 저장시설이었다. 미팅 이전에 주고받은 내용 속에는 물 부족을 해결하는 독일의 물 문화와 수자원 정책을 벤치마킹하면서 정보를 공유하는 게 목적이었다. 베트남에서의 세계 물포럼 전시회와 미팅 성과는 좋았다.

주 관심사인 먹는 물에 대하여 에비앙 관계자에게 세계 정상의 에비앙 품질의 노하우 이야기도 나누고, 제2의 에비앙을 준비하는 다른 업체의 정보도 공유하고 일본의 수자원 관리 제품도 기억에 남는다. 북청 물장수가 해외 진출을 위한 정보를 공유하는 중이다. 1960년대에 우리나라도 비가 오면 지붕 처마 밑에 다라이(물을 담는 통)를 놓고 빗물을 받아 헤드렛 물로 사용했다. 빨래도 하고 청소도 하였으나 지금 생각하면 그 당시의 수질은 아마도 먹어도 될 정도의 오염되지 않은 물이었을 것으로 생각된다.

서울에도 간혹 우물이 보이지만 물이 충분하지 않아 깊은 곳에 두레박을 넣고 퍼 올리는 양이 가성비가 없었던지 만들어 놓은 우물은 인기가 없었다. 시간이 지나며 2002년 즈음 돈이 보이는 찬스가 보였다. 아파트 건설이 한창이던 현장에 H건설하고 상담을 하였는데 반응이 좋았다. 주방 전용 수도꼭지에 수전과 정수기 라인을 한 몸으로 묶어 두 기능을 하는 요즘의 편리미엄 제품으로 차별화 전략을 제안하여 좋은 반응을 얻어 표정 관리를 하며 현장파악을 하는 중이었다.

상담이 무르익어 샘플을 제시하고 가격흥정을 진행하는 과정에 독재 정권이 살아나는 듯한 아리수의 갑질이 시작되었다. 아파트를 준공 후 정수기 시설이 제공되면 건축 허가를 보류하겠다는 놀라운 권력의 강풍이 불어온 것이다. 이유는 서울시 오세훈표 아리수를 식수로 사용해도 된다는 언론홍보를 연일 보도하는 시기에 정수기를 설치하는 행위는 용납이 안 된다는 것이었다. 물론 노후배관의 문제를 제기하였지만 신축 현장은 환경이 다를 수 있다.

지금 생각하면 학교 무상급식 찬반 투표처럼 아리수에 대한 식수 가능 여부를 투표해야 옳았을 것이다. 미국 FDA에서 NSF 인증을 받았으니 안심하여도 된다는 홍보문구도 있었다. 아뿔싸! 운칠기삼이인가. 정권 권력자가 누가 되느냐에 따라 작은 중소기업에도 미치는 영향이 이렇구나. 물론 대기업은 더 큰 영향이 미치겠지요.

'그때 시기만 조금 늦추었으면 좋았을 텐데' 하는 아쉬움을 달래기도 전에 몇 년 후 아파트에 건설회사가 정수기를 설치하기 시작하였다. 두 가지를 "헐" 하고 소리내었다. 최근 대기업 L 회사의 정수기가 두 가지 기능을 한 몸에 담았다고 광고를 한다. 나는 10여 년 전에 몇 가지 디자인을 대만과 함께 개발하여 마케팅을 하였으나 한국 문화의 소비자 벽을 넘지 못했다.

독일에서는 빗물을 생수로, 빗물로 맥주를 만들어 판매를 한다. 혹시 한국에서 사업을 해 볼까? 정직한 북청 물장수 브랜드를 사용하면 수익성이 있을까. 불과 3년 전 일이지만 내게는 아직 해외 진출에 대한 미련이 남아있다. 우리나라는 1988년 처음 외국인에게만 한시적으로 생수가 판매되었으며 그 후 단속 대상이던 생수 판매가 1994. 3. 16. 합법적으로 국내판매가 시작되었다

인류의 공동자산인 물 주인 없는 물과 관련된 사업을 시작하면서 기업의 사회적 책임을 생각하게 되어 내가 할 수 있는 영역을 찾아서 봉사활동을 시작했다. 구당 김남수 옹의 침뜸과 이어령 교수님의 BBB 창립멤버로서 활동을 모두 20여 년째 하고 있다. 최근에는 내가 만들어서 봉사를 해보자는 마음으로 물과 화장실 #워빌과 함께(water builders)를 해외시장을 통하여 재능기부 단체를 만들어가는 중이다.

지구인 모두는 물에서부터 자유로울 수가없다는 슬로건으로 재능기부형식의 봉사단체는 네 꼭지(주방, 욕실, 세면기, 변기)의 최적화된 기술로 낭비를 줄여 환경을 지키며 DIY 문화를 생활화하며 누구나 유지보수를 할 수 있는 워빌 학교를 운영하는 곳입니다. 이 글을 읽은 독자들의 관심이 워빌과 함께 하기를 소망하며 인류를 위하여 누군가는 해야 할 일이 유엔의 봉사기구로 등록이 되기를 소망해 본다. 물과 함께 플랫폼을 만들어가며 보내온 시간들에 대한 자부심을 가지며 후손들의 미래를 위한 물과 화장실 워빌(waTer builders)을 세계인과 공유하는 날까지 배움의 끈을 이어가겠습니다. 물에 대해서 아직도 모르는게 더 많지만 그래도 한 마디 해 본다면 우리 몸에 필요한 수분의 함량을 채우기 위하여 물맛을 바꾼다던지 다른 물질을 혼합하여 섭취를 하는 것은 우리 몸이 원하는 자연의 물이 아닌 것이다. 즉 물의 성질을 바꾸지 않는 오염되지 않은 물은 기능성 물보다 좋다는 연구 결과를 만들어야 하는 과제를 안고 있다. 환경과 식문화 유전자에서도 차이가 있을 것이다.

Tip: 우리 문화의 자리끼 물을 추천드립니다. 문화와 환경의 변화로 사라져가는 조상님들의 지혜를 돌이켜보면서 저는 평상시에도 하룻밤을 지샌 자리끼 물을 선호합니다.

▷ FDA: 미국의 식품의약국으로 의료, 식약, 화장품에 이르는 인체와 밀접한 부분의 안전규칙을 정하는 기관.

▷ NSF: 미국의 위생협회로 WHO에서 인증한 기관이며 먹는 물의 경우 생산에서 우리 몸에 흡수되는 과정을 정밀하게 기준을 정하는 기관

▷ BBB: 언어의 장벽을 없애는 18개 언어의 통역 봉사단체

주택공사, 한국타포린,무림제지 근무, 한국BATOWA ceo

예초기를 돌리며–예초기 인생론

–구건서

시골 생활은 쑥, 망초대, 달맞이꽃 등 풀과의 전쟁이다. 특히 여름으로 접어들면서 풀이 억세지고 자라는 속도가 빨라져서 제때 풀을 베지 않으면 풀이 아니라 나무와 같이 아름드리로 성장하기도 한다.

곡식을 심은 밭에 있는 풀은 새싹일 때 뽑아주지 않으면 뿌리가 깊어 뽑는 것 자체가 어렵기도 하다. 시골에서 오랫동안 살아오면서 농사를 주업으로 하는 사람들은 풀에 제초제를 살포해서 잎을 말려 죽인다. 그런데 아무리 친환경이라 하지만 제초제는 살아있는 생명체를 죽이는 방법이므로 토양이나 사람에게 좋을 리가 없다. 따라서 내가 사는 신선마을에서는 제초제를 사용하지 않고 예초기로 풀을 깎는 방법을 사용한다.

전체적인 면적이 5천 평이 넘다 보니 예초기를 돌려 풀을 베는 작업이 힘에 부칠 때도 있지만, 의외로 예초기 작업을 하면서 배우는 것도 많다. 이를 우리가 살아가는 삶과 연결시켜 '예초기 인생론'으로 정리해본다.

예전에는 쇠로 된 회전 칼날을 사용했는데 무척 위험하다. 그래서 요즘은 나일론으로 된 끈을 칼날 대신 예초기에 달고 회전을 빠르게 하여 풀을 벤다. 그런데 풀을 잘 깎으려면 회전수와 끈 길이가 적당하고, 예초기 회전수와 풀의 궁합이 맞아야 한다.

중요한 것은 어떤 풀이냐에 따라 예초기 회전수와 끈의 길이를 적절하게 조절해야 한다는 점이다. 예컨대 바랭이 같은 풀은 회전수가 적으면 끈에 감기고 잘려 나가지 않는다. 이럴 땐 속도를 높여 원심력이 최대가 되도록 해야 한다. 반면 어린 쑥이나 어린 망초대 등은 회전수를 줄여도 싹뚝싹둑 잘 잘려 나간다. 이렇게 쉬운 작업임에도 쑥, 망초대, 달맞이꽃 등이 어느 정도 자라 억세지면 끈으로 베는 것이 불가능해 진다. 적당한 시기에 베지 않으면 위험한 칼날을 사용해야 된다. 이렇게 자주 풀을 베다 보면 어떤 풀은 향기가 느껴지는 반면, 어떤 풀은 역겨운 냄새가 나는 경우가 있다.

인생도 예초기로 풀을 베는 작업과 비슷한 측면이 있다. 사람은 습관의 동물이라고 한다. 어릴 때 나쁜 습관을 들이면 억세진 쑥, 망초대 등과 같이 제거하기 어려워진다. 어린 풀은 뽑기도 편하고 깎기도 쉽지만 이미 성장이 끝난 풀은 잘 뽑히지 않고 예초기 작업도 쉽지 않다. 더 나아가 향기를 품은 풀도 있고, 역겨운 냄새가 나는 풀도 있다. 마찬가지로 아름다운 향기를 품은 인생이 있는 반면 악취가 풍기는 인생도 있다.

예초기 돌리는 일이 어떤 풀인지와 끈 길이, 그리고 회전력의 궁합이 중요하듯 인생도 각자 가지고 있는 꿈과 재능, 방향과 속도의 궁합이 맞아야 한다. 예초기 끈이 길다고 풀이 잘 깍이는 것이 아니듯, 꿈과 재능만 있다고 인생이 술술 풀리지 않는다. 예초기 속도가 너무 빠르면 풀이 베어지는 것이 아니라 으깨지고 너무 느리면 감겨서 벨 수가 없듯이 인생도 적당한 속도가 있어야 한다. 물론 속도보다 더 중요한 것은 방향이다. 엉뚱한 방향으로 아무리 빨리 가더라도 목적지에 도착할 수 없기 때문이다.

내비게이션을 활용할 때 가장 먼저 가고자 하는 목적지를 입력하듯이, 인생 항해를 할 때도 살아야 하는 목적인 꿈을 찾아내야 한다. 꿈이 없는 항해는 그냥 바람 부는 대로 흘러가는 돛단배일 뿐이다. 어디로 항해할 것인지 방향을 정하고, 가지고 있는 재능을 동력 삼아 힘차게 목표를 향해 나아가야 한다. 자신의 미래는 자신이 만들어나가는 것이다. 과거는 바꿀 수 없지만, 미래는 바꿀 수 있기 때문이다. 평생 만들 수 있는 행운이 미리 정해져 있는 것도 아니다. 자신의 인생 설계도(인행항해도)를 그려보고 꾸준하게 자신만의 항해를 하다 보면 어느덧 목적지에 다다른 자신을 발견하게 될 것이다. 그러기 위해서 자신의 꿈이 무엇인지 찾아내야 한다,

그러면서 우리는 내 인생 항해는 올바른 방향으로 가고 있는지. 내 인생 항해는 적절한 속도로 가고 있는지? 점검해볼 필요가 있다. 더 나아가 나는 왜(why) 사는지? 어떻게(how) 살 것인지? 무슨(what) 일을 할 것인지? 가끔은 멈춰서서 자신을 돌아보고 앞으로 가야 할 방향을 고민하는 사색의 시간을 가진다면 향기로운 인생 항해가 되지 않을까.

향기로운 인생 항해를 하는 사람들은 크게 4가지의 향기를 갖고 있다. 기본적 향기, 물질적 향기, 정신적 향기, 그리고 사회적 향기가 그것이다. 기본적 향기는 사람이 살아가는 데 꼭 필요한 학습과 일이 포

함된다. 우리는 죽을 때까지 배우고 일한다. 어릴 적 배운 지식을 바탕으로 직업을 선택하고 그 직업이 삶의 든든한 기초로 작용한다. 학습과 일이 없다면 동물과 마찬가지로 먹고사는 것 이외에는 관심이 없을 것이다.

물질적 향기는 돈에 관한 얘기다. 자본주의는 돈으로 모든 것을 사고팔 수 있음으로 돈은 좋은 것이다. 우리는 돈이라는 것을 매개로 삶을 영위한다. 공짜로 주어지는 것은 없으며 대가를 지불해야 한다. 의식주를 해결하고, 아이들을 키우고, 노후생활을 준비하는 데 돈은 반드시 필요한 존재이다. 돈이 좋은 것이라 하더라도 정당한 방법으로 버는 돈에서 향기가 난다. 반면 부정한 방법으로 버는 돈은 냄새가 난다. 돈은 향기롭게 벌어서 향기롭게 써야 한다. 돈의 노예가 아니라 돈의 주인이 되어야 한다.

정신적인 향기는 자신의 인생을 행복하게 가꾸는데 필요한 것으로 꿈과 도전, 긍정적 사고, 끈기와 자존감 등으로 나타난다. 큰 꿈을 가지고 도전해서 그 꿈을 이루어야 한다. 꿈만 가지고 있다고 해서 향기가 나는 것은 아니다. 도전하는 삶에서 아름다운 향기가 뿜어져 나온다. 꿈은 가지고 있지만 도전하지 않고 행동하지 않는 사람을 몽상가라 부르며 이는 향기가 없는 꽃과 같다. 아무리 아름다운 꽃이라도 향기가 없으면 벌과 나비가 오지 않는다. 꿈을 가지고 도전하되 긍정적인 사고를 바탕으로 해야 한다. 또한 포기하지 않으면서 끝까지 버티는 자세와 자신을 사랑하는 자존감이 정신적인 향기이며 이는 사람의 존재가치를 잘 나타내준다.

사회적 향기는 함께 살아가는데 필요한 덕목이다. 상대방을 신뢰하고, 소통하며, 공감하고, 배려하고, 존중하는 세상에서 아름다운 향기가 난다. 서로 믿지 못하는 사회는 이미 죽은 사회이다. 남을 속이면서 자기의 잇속을 챙기는 사기꾼이 판치는 세상은 냄새가 진동한다. 서로 소통하지 않고 막혀있는 관계는 오래가지 않는다. 내가 먼저 마음을 열어야 소통이 된다. 꽃은 젖어도 향기는 젖지 않는다. 꽃은 젖어도 빛깔은 젖지 않는다. 사람은 죽어도 그 사람의 아름다운 향기는 남아있다. 기본적 향기, 물질적 향기, 정신적 향기, 사회적 향기를 아름다운 유산으로 남겨주는 사람이 되어야겠다.

노무법인 더휴먼 회장, 법학박사/공인노무사, 내비게이터십 대표,
신선마을 촌장,홉시언스 대표

잊지 못할 영화 한편–카일라스 가는 길

–한 헌

처음 길을 나설 때만 해도
어머니와 길을 떠날 수 있어서 행복했다.
하지만 서른일곱 살의 어머니는
어느새 여든이 넘은 할머니가 되어 계셨고
어쩌면 마지막일 수도 있다는 생각에
가슴 한 켠이 아련했다.

영화가 시작하면서 나오는 자막이다. 84세 여자 주인공의 아들의 글이고 그 아들은 이 영화의 촬영자이면서 제작자이다. 그리고는 남편을 그리워하는 어머니의 일기가 소개된다. 어머니의 일기가 여러 번 소개되는데 그 일기 속에는 열정이 있고 간절한 소망이 표현되어 있다.

러시아 시베리아 벌판을 자동차는 달려 바이칼 호수로 간다. 허허벌판을 담은 영상미가 좋다. 몽골 대평원을 거쳐서 고비 사막, 알타이 산맥, 중앙아시아 파미르 고원을 지나 네팔 히말라야의 카일라스를 향해 간다. 오지에서 만나는 사람들의 생활 모습이 나온다. 어머니의 질문에 아들이 설명하면 어머니는 "지금 가볼래" 한다. 걸음도 씩씩하다. 비탈길도 잘 오른다. 부처님을 찾아간다. 그들은 힘든 여행을 한다. 멋진 곳을 보는 것이 아니고 위대하고 황량한 벌판을 찾아간다. 그 할머니의 선택이다. 그 할머니가 가 보고 싶은 곳은 위대한 황량함이다.

아들의 글이 또 소개된다.

1970년, 갑작스레 아버지가 세상을 떠나셨다.
이 세상에 서른일곱 살의 어머니,
다섯 살 누이와 두 살배기 나를 남겨 놓으셨다.
평생 홀로 우리를 지켜오신 어머니,
히말라야에 가면 어머니의 깊은 슬픔이
조금이나마 지워질 것 같았다.
돌아오던 날, 어머니께서 물으셨다.
"아들아, 우리 이제 어디에 가니?"

오랜만에 감동 있는 영화를 보았다. 이 영화의 주인공은 84세의 지극히 평범한 할머니이다. 함께 여행하는 40대 젊은 남자가 세 명이 있다. 영화 중간쯤 보면 알게 되는데 세 남자 중 한 명이 주인공 할머니의 아들이다. 아들이 어머니를 모시고 다니는 여행이다. 무려 2만km를 자동차로 다니는 석 달간의 순례 여행이다. 황량한 벌판을 달린다. 볼 것이 별로 없다. 한참을 가야 볼 것이 나타난다. 문화인류학자이자 영화감

독인 아들이 함께 다니며 카메라에 담아 영화가 되었다.

그 할머니를 멋진 주인공으로 만든 사람은 아들이다. 여행을 하는데 아들이 동행한다. 멋지고 훌륭한 아들이다. 어떻게 키웠기에 그런 효도를 할까? 아들이 히말라야 여행을 다녀와서 작은 마을과 6백 년 넘은 사찰 이야기를 자기 어머니에게 해드렸더니 그 사찰에 꼭 가보고 싶다고 하셔서 할머니의 순례 여행은 시작되었다고 한다.

할머니는 37세에 남편을 잃고 두 아이를 키웠다. 그 할머니는 왜 그곳에 가고 싶었을까. 새로운 곳을 볼 때마다 감격하며 감사하다고 한다. 주인공은 인생의 모든 고생을 오지 여행으로 보상받는다. 여행지의 선택에서 주인공은 이렇게 말하는 것 같다. '내 인생은 힘들었어. 그렇지만 나는 열심히 살았어.'

어려운 상황에서도 열심히 살았고 자식을 잘 키워서 노년에 호강한다. 48세 아들을 포함한 세 명의 젊은이들이 함께하며 이 할머니는 여왕이 된다. 아들 잘 키워 호강하는 주인공이 참 부럽다. 어머니를 주인공으로 영화를 만든 아들은 훌륭한 효자이다. 주인공 어머니와 아들은 독특하게도 험한 여행을 함께 하며 영화로 남겼다.

나는 아버지와 사진 취미를 공유한다. 아버지는 77세에 집 근처의 양천문화회관에서 사진을 처음 배우시고 10년 동안 사진 동호회 활동으로 전국 각지에서 촬영을 하시면서 노년을 즐겁게 지내셨다. 나는 아버지 돌아가신 후 유품을 정리하다가, 컴퓨터 하드 디스크에 날짜와 장소를 폴더명으로 정리한 대용량의 사진을 보고 깜짝 놀라며 사진을 정리하게 되었다. 그래서 사진을 전공하는 큰아들과 힘을 합쳐서 "벽송 한건동 사진집"이라는 이름으로 사진책을 만들게 되었고, 가족 친척 친지들이 공유하였다. 이것이 계기가 되어 나도 SPC서울사진클럽에 등록하여 사진을 배우게 되었고, 사진을 함께 배운 동료들과 사진 여행을 함께 하며 즐겁게 지내고 있다. 사진을 예술로 만끽하는 즐거움이 매우 크다. 좋은 예술 작품 기록으로 행복을 만들어낸다.

나는 아버지께 감사하며 아버지의 가장 큰 유산인 5형제와 5며느리가 사이좋게 지내는 것이 나의 소망이다. 내가 요즘 참여하는 사진 수업의 주제가 인물사진 촬영인데 가족 모델이 필요하여 나는 동생들을 모델로 동원하였다. 지난 10월 말 토요일 오후에 성북동 우리옛돌박물관에 모여 독수리 오 형제가 모두 평생 처음으로 모델이 되어 동심으로 돌아가 3시간 동안 즐거운 촬영을 하고, 5형제의 화기애애하고 행복한 사진 85장을 선택해서 병석에 누워계신 어머니께 감사의 선물로 보여 드렸다. 나의 어머니는 87세이다.

나는 결혼 후 가정을 이룬 후에도 부모님과 가까이 살았고 맞벌이를 하였기에 출근길에 아이들을 부모님 댁에 맡기고 퇴근길에 아이들을 집으로 데리고 오곤 하였다. 내가 장남이라는 의무감에서가 아니라 나는 일찍부터 그냥 부모님을 모시고 살고 싶었고, 그래서 지금으로부터 8년 전에는 실천했다. 10여 세대가 거주하는 다가구주택을 구입하여, 나는 5층에 살고 부모님은 4층에 사셨다. 나는 아침저녁으로 부모님께 문안인사를 드렸다. 옛날로 말하면 신발을 신고 가야 하는 별채에 부모님을 모신 것이다.

아버지는 5년간 큰아들 식구와 함께 사셨다. 82세에 춘천으로 이사 오셔서 큰아들과 많은 시간을 함께하셨고 옥상 텃밭도 가꾸시고 춘천 노인복지관도 다니시고 사진 모임에서 활동도 하셨다. 이사 오시고 건강하게 사셨는데 3년 만에 후두암과 신부전이 동시에 찾아와서 서울대병원에서 후두암 방사선치료를 받으시고 강원대병원에 투석을 다니셨다. 아침을 스스로 챙겨 드시고 운전하여 병원 투석실에 가시고 투석 받던 중 흉부 통증을 느끼시고 응급실 거쳐 혈관 조영술 시술 후 심정지로 돌아가셨다.

아버지는 노후의 행복한 3년과 투병 2년을 대학병원에 근무하는 의사인 큰아들이 가까이서 함께 할 수 있어서 나름 의학적 보살핌은 잘 받으셨다. 아버지 돌아가신 후 어머니는 간병인과 함께 사신다. 어머니의 간병비와 생활비가 적은 비용이 아닌데 아들 5형제가 똑같이 부담하고 큰아들인 내가 관리한다. 어머니는 뇌출혈과 뇌경색이 있었고 후유증이 생겨 보행이 불편하시다. 그런 어머니에게 지금 가장 소중한 것은 간병인의 규칙적인 식사 제공과 정성 있는 보살핌이다.

나는 아버지를 가까이에서 모시고 살았기에 보고 배운 것이 매우 많다. 속속들이 알면 알수록 존경스럽고 닮고 싶은 훌륭한 인생을 사신 분이었다. 나는 그런 아버지가 생각날 때마다 고마움의 눈물이 난다.

나는 이 영화에서 84세와 48세 모자의 은은하고 속 깊은 사랑을 보았다. 누구나 다 그렇겠지만 나도 가족이 소중하다. 몸이 불편하신 어머니를 모시고 있고, 사랑하는 아내와 작은아들이 함께 살고 있고, 결혼한 딸 부부가 수시로 손자들을 데리고 오고, 결혼한 큰아들 부부도 수시로 손자들을 데리고 찾아온다. 손자들이 다녀가면 아내는 손자들 안아주어 어깨가 아프다고 하고, 나는 그 어깨를 주물러준다.

내가 장남이어서 그런가. 나에게는 아버지 어머니가 남겨 주신 독수리 5형제가 똑같이 소중한 가족이다. 장남과 막내가 9살 차이 나는 아들 5형제이다. 십 년 이내이니 같은 세대이다. 더 자주 만나고 싶고 행복하고 즐거운 시간을 함께하고 싶다. 어린 시절부터 부모님 슬하에서 오랜 시간 동안 화목하고 친했던 것처럼, 앞으로도 오랜 세월 함께 하며 가족의 정을 느끼고 조카들의 성장하는 모습도 보고 싶다.

강원대학교 의과대학 교수, 강원대학교 의과대학 학장,
강원도 속초의료원 원장

매사 급류와 맞섰던 '나의 청년기'

–소정현

나는 오래전부터 끝없이 반복되는 꿈에 대한 연구를 해왔다. 현실과 꿈이 이어진 것이라면, 우리가 꾸는 꿈은 어떠한 심리적 해석이 가능한 것일까?. 꿈의 내용 자체가 현실에서 받는 스트레스나 불안을 그대로 반영하지는 않지만, 똑같은 내용의 꿈이 반복적으로 등장하는 것은 현실 생활에서의 심리적 어려움이 무의식으로 표출되는 것이다. 이는 스트레스의 원인이 해결될 때까지 지속되는 경우가 많다고 한다. 현실의 걱정거리와 문제가 해결되면 자연스럽게 꾸지 않게 될 꿈이다

그렇다면, 꿈과 트라우마(trauma)는 서로 밀접한 관계가 있는 것이 분명하다. 트라우마는 심리학에서의 '정신적인 외상' 을 말한다. 과거에 겪은 고통이나 정신적인 충격 때문에 비슷한 상황이 나타났을 때 불안해지는 증상이 트라우마이다. 트라우마는 보통 선명하게 기억되는 이미지를 동반해 나타나는 경우가 많다.

현실과 비현실은 상반되는 단어이다. 비현실적이었던 과거가 모양과 형태를 변경하여 계속하여 현재형이 될 때 현실을 더욱 극명하게 보여준다. 반복하여 트라우마를 겪었던 지난날의 고비들이 꿈과 뒤섞이어 불안정했던 청년기 시절을 돌아보는 시간을 오랜만에 갖게 되었다.

나에게 트라우마는 이미 지나간 과거가 마치 현재의 현실처럼 생생하게 발현되는 것을 의미한다. 나의 대학 학번은 83학번이다. 그러나 고등학교 동기들은 82학번이다. 내가 재수를 했기 때문이다. 원래 나는 법대를 희망했다. 그러나 고3 때 병을 심하게 앓는 바람에 그 꿈을 이루지 못했다. 계속되는 입원으로 인해 조퇴와 결석이 잦았다. 학업에 대한 의욕은 강했지만, 우울증으로 인해 공부에 집중하기가 힘들었다.

고1~2학년 때 상위권이었던 성적이 고3 때는 속수무책으로 곤두박질쳤다. 당연히 대입에 실패했다. 재수 생활이 그렇게 힘들 줄은 정말 몰랐다. 허물어진 성적을 다시 끌어올리는 것은 호락호락하지 않았다. 첫 도전에서 낙방한 법대 진학에 대한 갈망은 안개처럼 사라졌고, 흥미 또한 반감되었다.

힘겨운 재수 생활 동안 대입 시험준비 과정은 엄청 힘들었고, 명문대 도전의 꿈은 저 멀리 날아갔다. 우여곡절 끝에 회계학과에 진학했다. 학과에 대한 막연한 설렘과 열정은 없었다. 마치 신혼여행을 마치기도 전에 연인에 대한 애정이 싸늘하게 식은 것처럼, 1학년 첫 학기에 이미 차가운 겨울처럼 식어버렸다. 나 스스로도 너무 당황했지만, 학교를 자퇴하고 3수를 할 생각은 엄두도 내지 못하였다.

과의 적성은 나와 너무 맞지 않았다. 이러니 수업에도 충실하지 못했고, 학과 특성상 맹목적 암기도 어려웠기에, 흥미를 완전히 상실한 상태에서 중간과 기말고사 준비는 정말 고역이었다. 학업 성적은 비실비실보다는(BC) 시들시들(CD)에 가까웠다.

학과에 적응하려는 노력을 일찌감치 포기했다. 다행히 하나의 탈출

구를 찾을 수 있었다. 당시에는 시험을 통과해야 들어갈 수 있는 영어 동아리 어학서클(타임) 가입이었다. 어학서클은 나의 적성에 잘 맞았다. '타임' 지 해석은 단순히 문장 번역만으로는 해석될 수 없었다. 주로 국제정세를 면밀히 분석해야 했기에 상당히 많은 인문학적 지식이 필요했고, 여기에서 큰 즐거움을 느꼈다.

학업은 뒷전인 채 가뭄에 단비를 만난 듯 동아리 활동에 헌신적이었기에 지도교수와 선후배 할 것 없이 모두에게 많은 사랑을 받았다. 이렇듯, 혼신을 다해 동아리를 이끌다 보니 내가 회장을 맡게 되었다. 관례대로라면 회장은 군대를 마친 동기들이 투표로 선출되는 것인데, 우리 동아리 40년 역사상 전무후무하게 예비역이 아닌 현역이 회장이 된 것이다. 이런 사례는 지금까지도 유일무이하다.

당시에도 선후배들이 대학 졸업 후의 진로에 대해 물으면, 생각할 것도 없이 '기자' 라는 말이 무의식적으로 튀어나왔다. 그러나 기자가 될 뾰족한 대안도 없었는데 나도 모르게 무의식적으로 기자가 되고 싶다는 생각을 한 것 같다.

군대도 가지 않은 상태에서 공포의 4학년이 다가오고 있었다. 군 문제는 피할 수 없는 대숙제였다. 대학 1~2학년 때 지역사단 입소와 전방교육을 받았는데, 군이라는 단어만 생각해도 극도의 알레르기를 겪었다. 병원까지 입원해야 했을 지경에 이르렀기 때문이다. 결국, 군대를 일정 기간 회피할 수 있는 유일한 묘책은 대학원 진학이었다. 그러나 대학원 진학은 말처럼 쉬운 일이 아니었다.

대학원으로의 전과는 합격을 장담할 수 없었다. 천우신조였는지 극적으로 정치학과에 입학했다. 하지만 대학과 전공 분야가 다른 대학원 생활은 너무 힘이 들었다. 원서 강의에다 비전공자가 수료해야 하는 이수학점은 지금은 완화되었지만, 당시에는 대학 전공자에 비해 정확히 두 배나 되었기 때문이다. 그런데도 적성은 너무 잘 맞았다.

지금 생각하여 보면, 대학생활과 대학원의 학부가 다르면서 두루 체험한 것은 현재 융합의 패러다임 시대에서는 큰 도움이 되지 않았나 하는 생각이 든다. 그리고 언론인에 대한 꿈도 한 발짝 더 다가설 수 있는 기회가 되었다.

마침 대학원 학과 교수가 학보사 주필이 된 덕분에 해당 교수의 추천으로 대학생 학보사 기자들과 함께 생활할 수 있는 대학원 전임기자라는 소중한 기회를 얻었기 때문이다. 신문의 편집과 인쇄 과정을 두루 체험할 수 있었고, 제작 과정에 전반적으로 참여했다. 무척 흥미와 재미가 있었고, 후배 학보사 기자들과의 사이도 매우 좋은 편이었다.

당시에는 컴퓨터 조판 시대가 아닌 문자를 직접 추출하는 문선공의 시대였다. 또한, 제작 과정도 현재에 비해 매우 원시적이었다. 그래도 언론의 초보적 생리를 체득할 수 있었기에 힘들다는 생각은 들지 않았다.

더욱이 대학원 전임기자 생활이 마무리되어갈 즈음, 당시는 노태우 정부 시절이어서 대학원 학생회 태동이 동시다발적으로 전국에 우후죽순처럼 펼쳐졌다. 대학원 초대 학생회에서도 대학원 학생회 신문 발간 책임을 맡게 된 것이다.

하지만 여기에는 문제가 있었다. 대학원 과정은 교수와 원생과의 도제 관계인데, 이를 아예 소홀히 한 것이다. 아니 무심했다는 표현이 정확하다. 대학원 1학년 때는 대학원 학보사 전임기자로, 대학원 2학년 때는 초대 학생회 신문 발간 역을 맡아 왕성하게 활동하였기에, 대학원 교수들의 눈 밖에 난 것이었다. 그럼에도 진땀 빼면서 다른 사람들이 쉽지 않다고 했던 5학기 만에 학위 취득까지 이루었다.

소기의 성과와 목적은 이루었지만, 군 문제는 발등에 떨어진 불이었다. 최대한 군 입대를 늦추는 방법은 박사과정에 들어가는 것이었다. 그해에는 지원자가 적었기에 합격을 자신했다. 이는 대학원 규율과 현실을 모르는 패기였을 뿐이다. 과신했던 합격의 꿈이 나락으로 떨어진 것이다. 낙방 후 얼마 후에 알게 된 일이지만, 나의 세부 전공과는 무관한 학과 교수가 한 과목에 0점을 준 것이었다. 어쩔 도리가 없었다. 마지막으로 입대를 마지노선까지 늦추면서 타 대학 박사과정을 시도했다. 여기서도 배수진을 치고 치밀하게 준비하였기에 내심 합격을 자신하였지만, 해당 세부 전공과는 단 한 명도 뽑지 않았음을 알게 되었다. 이제 늦깎이 신병 생활은 선택 아닌 필수였다.

다음에 기회가 된다면, 20대 후반과 30대의 힘겹고 우여곡절이 많았던 군 생활과 신문사 입사와 후일담을 쓰고 싶다. 또한, 일간지 기자 생활을 마무리하고 기복이 심했던 인터넷 언론에 발을 담갔던 40대~50대의 기자 생활과 동시에 집필자로서의 고단했던 다양한 경험들도 공유하고 싶다.

20대부터 지금까지 '나의 삶 나의 인생' 은 온갖 격심한 파고에 좌초

되지 않으려는 초긴장의 시간이었다. 각양각색의 폭풍우가 현재의 나를 있게 하였지만, 여전히 그 긴장감의 기억은 방금 지나간 것처럼 생생하기만 하다. 흘러간 시간이지만 지금도 노심초사하며 맞서고 있는 것처럼 그 느낌과 감각은 뚜렷하다.

일요주간 모닝선데이 편집인, 매거진 "자랑스런 한국인" 부사장,
서울일보 국제칼럼니스트, 아시아문화경제신문 편집위원

나프라스타(Vanaprastha)의 삶

–오태동

조용한 이 밤, 산골에 깃든 온 우주의 바스락거림과 그 우아한 움직임, 어둠이 내리는 깊은 산골 납작골에서 명상의 나래를 펴 시간의 강가에 섰다. 의식과 무의식이 연기처럼 엉켜서 춤을 춘다.

'오늘 하루가 언제 지났지? 허~, 한 주가 벌써 갔네! 한 달 동안 도대체 내가 뭘 했지? 아니 벌써 11월이잖아! 허 세월이 쏜살같네!' … '그래, 세상살이 살아가는 모습은 남은 시간이 얼마인가에 따라 달라지는 것이고, 모든 산 것은 끝이 있다는 깨달음에 다 달으면 시간은 가속도가 붙게 되지. 시간의 강가에선 바람이 앞이마를 스치면 벌써 저만치 뒷꽁무니 날리며 내닫는 것이지!' 내 머릿속엔 철 지난 영사기가 다 돈 필름으로 철커덕거리고, 시간바텐더가 건네는 칵테일에 취해 만감을 안고 그 강가에 서 있다. 이제 노년으로 들어서는 문턱에서 마음에 맺혀 오는 시의 이미지가 잿빛 연기로 스르륵 풀려 나온다.

노년의 강가에서는 모든 게 귀하다/ 노년의 은빛 추억은 오래된 강처럼/ 굽이굽이 흘러 느리고 생각이 많지/ 그 강가 세월 지난 갈대들 서걱대며/ 미리네 건너던 초승달 눈 찡긋하면/ 물결 위엔 지혜의 비늘도 번쩍하지/ 빙그레~ 시중의 썩은 미소로 화답하고/ 과거의 강심 파르르르 잔물결 일어나/ 달 뜬 밤에는 님 품고 흘러가곤 하지/ 그래, 시간의 강은 바다 가까울수록/ 앙금 걷고 깊고 맑아 고요해지는 법/ 노인의 강은 본시 도솔천 평온의 강/ 궁극의 지혜 행복의 강이라고도 하지/ 가을 낙엽 하염없이 이리저리 뒹구네/ 사라지는 환희의 열병식 받는다는 것/ 그건 분명 내게는 크나큰 축복이구나.

나의 실존에 대한 존재론적 의문과 성찰은, 내 삶에 있어 반드시 해결하고 답을 구해야 할 가장 기초적인 존재 근거의 토대이다. 그러나 슬프게도 때로 이에 대한 의문에 대한 답 찾기를 덮고, 우리는 '부 존재적' 혹은 '비 존재적' 삶을 살아간다. 그건 삶이 아닌데도 불구하고 말이다.

스콧 니어링의 말이 귓가에 맴돈다. "충만하고 보람이 있는 삶을 누리는 데는 네 가지 조건이 있습니다. 첫째는 생존력, 곧 마음을 튼튼히 하고 기력을 보존하며, 균형 잡힌 감정과 민감한 마음, 직관력, 분명한 인생관이 있어야 합니다. 둘째는 여러 행동노선에서 현명한 선택을 하게 하는 지혜입니다. 셋째는 어느 만큼 이 선택에 따라서 살 수 있는가 하는 당신의 한계입니다. 넷째는 자연의 아름다움 속에서 당신이 체험할 수 있는 조화로운 삶에 대한 자극입니다."

이어 끝도 없이 가슴에 맺혀 오는 생각들이 나래를 편다. 당돌한 질문들이 내면의 호수에 톡~ 짱돌을 던지면, 이어 상념의 동심원이 제법 꼬리를 무는 무거운 파문으로 인다. 제일 바깥 동심원은 '너는 얼마나 많이 아니?' 라는 조금은 생뚱맞은 도전적인 짱돌 파문이다. 우주만물 생명의 신비로운 진리와 존재의 시작과 끝에 대한 질문들이다. '어디서 와서 어디로 가는지 알고는 있니? 죽은 후 넌 어디로 갈 거니?' 또 하나 다른 동심원 파문이 예리하게 가슴을 후빈다. '너의 존재 가치, 살아가는 이유와 의미를 얘기해봐! 세상 탐욕에 빠져 그리 살다 갈 거니? 네 '존재가치와 의미'는 가을낙엽처럼 땅바닥에 굴러다니는구나! 이어 제일 안쪽 동심원 홍심에 마지막 질문이 화살로 꽂힌다. '네 삶의 목표 목적은 뭐니? 목숨 다하는 날까지 뭘 위해 산다는 거니?' 참으로 답하기 쉽지 않은 무거운 질문들, 이 화두들을 붙잡고 지난 15년을 끙끙대며 보냈구나!

첫 질문은 나의 인식 한계를 자각하게 했고, 앎과 지식의 영역을 넓혀서 이해의 세계 바깥은 불가지의 세계요 무한 한계의 영역임을 깨닫게 되었다. 비록 작은 존재이나 앎의 깊이와 폭을 넓혀가는 만큼, 우리는 삶의 지평을 넓혀갈 수 있으리라는 소망을 품었다. 삶의 폭과 깊이를 우주적으로 넓혀 가고 대자연의 신비를 경외하며 그 섭리 가운데 함께 숨 쉬며 살아갈 수 있어야 한다. 그다음은 존재 이유와 소명에 관련된 질문으로서 이 질문에 대한 명쾌한 답을 갖고 있지 못하다면, 나는 허망하게 숨을 쉬고 있는 것이며 삶을 그저 버리고 있는 것일 게다. 생의 끝날까지 붙들고 갈 수 있는 존재 이유와 소명을 반드시 내 것으로 가지고 있어야 한다. 마지막 질문은 그 소명 위에 삶의 목표와 목적을 우뚝 세우는 것이다. 가치 있는 생애 목표를 푯대로 세우고 나무늘보처럼 느리더라도 포기하지 말고 끈기 있게 올라가 보자!

인간군상, 세상 사람들이 사는 모습을 보면 그 다양성이 놀랍다. 열심히 억척스럽게 사는 사람들 모습을 보며 숙연해지지만, 가슴 한 켠에선 궁금증이 도진다. '과연 제대로 살아낸다는 것은 무엇일까?' 이 답이 없어 보이는 의문에 채질하기를 멈추고 포기하는 순간, 내 삶은 낮은 수준에 머물고 말 것이리라. '나답게 나다운 사람'이 되어 진정한 지혜를 얻고 행복의 비결을 풀 수 있다면 좋으련만…….내 안에 잠든 거인, 순수영혼을 깨우고 궁극으로 빚은 정금 같은 삶을 살 수 있다면 얼마나 좋으리! 자, 이제 하찮은 것에 목숨을 걸지 말고, 마지막 남을 것에 목숨을 걸기로 하자!

이어 의식의 흐름은 지난 9월에 던져진 질문으로 흐른다. 마음 한 켠의 숙제다. 고백하라고 한다.

"어느 날 마법처럼 찾아온 깨달음의 이야기, 당신 인생의 전환점이 된 순간은 무엇입니까?"

이 물음에 나의 회상의 나래는 15년 전으로 거슬러 올라간다. 바로 인도의 고대 경전 〈베다〉를 접했던 40대 후반의 어느 날, 마법처럼 찾아온 깨달음의 순간이다. 그 깨달음은 바로 道在近而求諸遠(도재근이구제원)! 그 깨달음으로 나는 세상을 훌훌 털고 바나프라스타의 삶을 위해 산으로 올라왔다. 나이 오십에 입산해 거의 15개 성상을 경계인으로서 은둔의 성찰을 이어가고 있는 것이다. 내 인생의 전환점은 바로 그 깨달음, '바나프라스타 Vanaprastha(은둔기)로 들기' 였다.

수천 년 전의 지혜가 집대성된, 인도의 고대경전 〈베다〉는 내 삶을 바꾼 책이다. 그 책에서는 인생의 전 과정을 네 단계로 나누고 있다. 브라흐마차르야 Bramacharya(학습기), 그리하스타 Grihastha(가정생활기), 바나프라스타 Vanaprastha(은둔기), 산야사 Sannyasa(순례기)로 나는 것이다. 1, 2단계를 거쳐 학습과 공부를 통해 가정적 사회적 의무를 다한 후, 3, 4 단계로 나아갈 것을 권하고 있다. 50세부터 사람 나이 쉰 살이 되면 '바나프라스타' 라고 불렀다고 전한다. 이 셋째 단계는 50세에서 74세의 25년의 기간으로, 그 뜻은 '산을 바라볼 때' 라는 뜻이다. 나이 쉰 살이 되면 가정사 사회사 아들딸 자식 키우는 일도 마쳤으니 서서히 산으로 떠나야 할 때라는 뜻이다. 즉 세속적인 의무를 다했으니 이제는 자기 몫의 삶을 위해 마음과 진리를 닦으며 살라고 권면한다. 산을 바라보고 나아가 깊은 산 속에 들어 명상과 사유로 성찰과 득도의 삶을 살라는 말이다. 그리하여 자기 내면의 소리를 듣고 우주의 절대진리에 대한 깨달음을 얻고 '완전한 자유 Moksha(모크샤), 즉 해탈의 경지에 오르라' 는 엄중한 뜻이다. 다행히도 내 나이 50에 나는 자식짐을 일찍 벗었다. 그리고 굼벵이 걸음으로 가파른 산길을 오르고 있다.

마지막 4시기인 '산야사' 는 75세 이후 순례시기로, 산을 내려와 삶의 모든 여정을 순례하며 모든 욕망을 소멸시키고 태어날 때의 모습, 즉 무소유의 삶을 살며, 죽음으로 나아가는 최종 삶을 마무리하는 것이다. 일체의 물질과 탐욕과 현상세계로부터 초월하고 해탈하여, 우주의 진정한 지혜를 얻어 지혜자의 삶을 사는 것을 뜻한다. 그는 완전한 무소유자로서 순례의 길에서 탁발하며, 자신의 모든 것을 베풀며 존재와 지혜를 나누게 된다. 바로 내가 이어 가야 할 길이다! 이제 그는 〈아쉬마 다르마〉에서 말하는, '영원성밖에 남는 것이 없다' 는 진리의 길을 맨발바닥으로 실천하며 걷는 위대한 순례자가 된다. 그의 일생은 지금까지 아트만 Atman =〉 카르마 Karma =〉 다르마 Dharma =〉 모크샤 Moksha 로 나아가는 힘겨운 산들을 넘어왔다. 그리고 이제 '완전한 자유자' 로서 삶을 다 마치게 되는 것이다. 참으로 놀라운 지혜가 아닐 수 없다.

나의 삶의 여정도 어느덧 세 번째 다르마, 바나프라스타(은둔기) 여정을 지나고 있다. 수천 년을 이어 온 인도인들의 지혜를 가슴에 품고 가는 길이다. 이 인생 노정에서 지혜의 우물, 그 거울에 가만히 나의 모습을 조심스레 투영해 본다. 그리고 정갈하게 얼굴과 손발을 씻고 앞섶 옷깃을 조심스레 여민다. 오래지 않아 찾아올 친구를 기다린다.

이윽고 뚜벅뚜벅 걸어오는 발소리, 그리고 방문 앞에서 멈춘 발걸음, 이어 똑똑똑 노크 소리… "거, 누구요?" 오~, 함께 걷고 이야기 나누는 친구가 왔네. 바로 내 친한 친구, 죽음이라는 녀석이다. 나는 빙그레 미소를 건넨다. '멋진 죽음' , 비참한 죽음이 아닌 품위 있고 행복하고 의연하게 마지막 순간의 마무리를 해야 할 때다. "자~ 이제 가자, 친구여!"

▷ 참고도서

인도경전 〈베다〉, 하워드 가드너〈열정과 기질〉, 법정 〈일기일회〉, 헤렌 & 스콧 니어링 〈조화로운 삶〉 등.

AI Convergence Lab 대표, 미래학자, 경영학 박사,
(전)벨라루스대통령행정대학교 교수, 숙명여대 초빙교수

절대와 상대를 오가는 존재, 사랑

-류한영

압구정역 근처의 서울UO치과 채 원장으로 부터 교정치료를 받던 어느 날, 지난번 진료 시 약속한 치료 방향과 상이한 이야기를 하는 닥터 채에게 이의를 제기하였다. 이상하게도 닥터 채가 언성을 높이면서 화를 냈다. 그러고 난 후 한 달이 지나 진료받으러 치과에 가니 닥터 채가 진료를 거부하는 정말 이상한 사태가 발생하였다. 너무나 당황해서 병원 실장에게 이야기하니, 실장이 닥터 채에게 이유를 물어보겠다고 말한다. 한참을 지난 후에 병원 실장이 말하길 '나의 이의제기가 스스로가 최고라고 생각하는 닥터 채의 자존심을 상하게 했다' 고 한다. 자존심이 상한다고 진료비를 이미 다 받은 의사가 환자의 진료 및 면담을 거부하는 것은 아무리 생각해도 비상식적이다. 병원 실장은 저희도 닥터 채의 이런 태도에 매우 힘들다고 하소연한다. 닥터 채의 입장은 민사소송으로 손해배상 청구하여 돈을 돌려받으라는 것이다. 이러한 부당한 대우에 나의 속은 한편으로는 불길이 솟고, 한편으로 앞길이 막막해진다.

이때 닥터 채의 진료 거부는 절대갑의 치졸한 갑질이고 나는 어떠한 항거도 할 수 없이 상황을 받을 수 밖에 없는 상대적 을의 입장이 되었다. 이 우울한 상황속에서 내 마음은 우울함, 분노, 무력감에 휩싸이고 말았다. 이 아름다운 가을날에 말이다. 사회적 관계에서 무기력한 존재에 불과한 나에게 대자연은 황홀한 향연을 펼쳐 보여주고 있는데 이 복잡다단한 감정이라는 놈은 어디서 나오는 것일까?

이십여 년 전 봄이다. 의상과 선묘의 전설이 깃든 곳에 가게 되었다. 절대 진리를 사랑하는 의상, 상대적 존재인 의상을 사랑하는 선묘, 이들의 사랑은 온전하지 못하였다. 그럼에도 그들의 사랑은 화엄종의 종찰 부석사를 탄생시킨다. 절대와 상대가 합일(균형)하지 못하고 도망가고 쫓는 관계(불균형), 돌고 도는 관계 속에서 새로운 것이 창조된다. 가만히 보면 불균형이 과히 나쁜 것만은 아니다. 새로운 씨앗을 잉태하고 있으니 말이다.

화려함이 지나쳐 눈을 부시게 하는 가을날의 우울함을 이렇게 위로를 삼으면서 이십 여 년 전의 발자취를 더듬어가며 부석사를 간다. 돌이 뜬단다. 이게 말이 되는가? 얼마나 황당무계한 이야기인가? 땅의 힘에 영향을 받지 않는다는 이야기다. 태어나서 지금까지 배운 물리학 상식으로는 이해가 가지 않는다. 도대체 의상대사는 왜 이런 황당한 이름을 지어놓고 화엄종찰을 개창했을까?

이 물음 속에 우울함은 자취를 감추고 만다. 이 화두를 가지고 일주문을 지나 계단을 하나하나 밟아 올라간다. 화엄사의 가람 배치는 화엄(華嚴)할 때 한자 華에 맞추었다고 한다. 그러나, 나에게는 하나하나 다가오는 계단과 내 발에 닿는 감촉만이 전달될 뿐, 그 어떠한 유수한 설명도 다가오지 않는다. 이렇게 올라가면 화엄종의 9계단을 다 오르고도 남을 것 같다. 계단을 다 오른 후, 앞에 펼쳐져 있는 한 폭의 그림 같은 전경은 우리나라 최고의 목조 건축물인 무량수전이다. 그리고 우측에는 선묘, 좌측에는 부석을 거느리고 있다.

무량수전에 올라서서 무엇이 저 무거운 바위를 들어 올렸소? 잠시 동안 침묵이 흐른다. 사랑, 사랑, 사랑이라는 단어가 입가에서 흘러나온다. 의상을 사랑한 선묘는 용이 되어 의상이 화엄 사상을 펼 수 있도록 서해바다의 풍랑에 진리의 도장을 찍어 잠들게 하였고, 부석사 터에 자리 잡고 있던 도적들에게 거대한 바위를 들어 올리는 위엄을 보여주어 항복을 받아낸다. 이러한 선묘의 무조건적인 사랑 덕택으로 의상은 아무런 장애를 받지 않고 화엄 사상을 펼 수 있게 되었다.

선묘각으로 발길 옮겨간다. 안으로 들어가니 선묘가 서서 반긴다. 옆으로 돌아서니 선묘가 바위를 뛰워 사부대중의 조복을 받는 장면의 불화가 있다. 그런데 조복하는 사람들 중 한 사람이 큰 원속에 작은 원 3개가 있는 그림을 들고 있는 특이한 장면이 보인다. 해인십바라밀도에 나오는 도는 힘의 변형과정을 표현해 놓은 10개의 그림 중 하나이다. 의상의 해인십바라밀의 조화인가? 선묘의 조화인가? 의상의 절대 진리가 선묘의 의상에 대한 사랑이 하나로 어우러진 나타난 기적인가?

아, 해인십바라밀은 무엇일까? 우리는 마음의 바다에 살고 있다. 보고 듣고 맛보고 느끼는 것에 따라 감정이 출렁인다. 출렁임 속에 희로애락이 꽃피고 어떤 경우는 출렁임에 끌려다니면서, 허우적거리면서 산다. 이렇게 출렁이는 마음의 바다에 진리의 도장을 찍는 것이 해인(海印)이다. 출렁이는 마음의 바다에 진리의 도장을 찍는 과정을 의상이 표현한 것이 해인십바라밀도(海印十爬羅密圖)이다.

멍하니 선묘의 사랑을 바라보다 보니 어느덧 태양은 서쪽으로 시나브로 기울어져 간다. 기울어져 가는 태양을 따라가니 서부도가 기다리고 있다. 서부도에 들어서니 맑고 정갈한 기가 나의 몸을 감싸 안고 빙그르 한 바퀴 돈다. 기의 들고 남이 있는 곳, 기문(氣門)이다. 부도, 열반에 든 고승이 자리잡은 곳에 화엄사의 정수가 자리 잡고 있었다.

분노도, 기쁨도, 슬픔도 사라진 완전한 균형의 상태를 뜻하는 죽음 속에 부석사를 들고 나는 기문이 놓여져 있는 것을 보고, 다시 한번 생각한다. 죽어서도 의상을 사랑해 용이 된 선묘. 이렇듯 상대와 어울려 살아가는 삶 속에서 진리의 꽃이 피어오르는 것을 보면서, 내 속에 있는 닥터 채에 대한 분노와 우울한 마음을 뒤로하고 부석사를 떠난다.

치유요가, 싱잉볼 힐링 및 명상가

퇴직은 있지만, 은퇴가 없는 삶

-최일수

신중년 세대는 보통 30세 전후에 취업한 후 평균 50세 전후에 주된 일자리에서 물러나지만 72세까지는 계속 일하기를 희망하고 있는 세대다. 이들 신중년의 큰 걱정거리로는 '소득이 부족해 경제적으로 어렵다'는 응답이 24.6%로 가장 많았고 다음은 '자녀가 독립할 때까지 경제적으로 부양하는 것'(22.5%), '자녀의 독립 또는 은퇴 이후 느끼는 외로움과 사회적 고립감'(11.8%), ' 부모님을 경제적, 비경제적으로 부양하는 것'(7.6%), '경제활동에 참여하기 어려움 '(6.7%) 등 이라고 한국보건사회연구원(2019. 06. 23)의 조사 자료에서 밝히고 있다.

3막 인생을 살아야 하는 이들은 준비가 허술하고 일자리 미스매치가 심해 대부분 저임금 비정규직이나 생계형 창업에 몰리고 있다. 이들의 활력을 되살리지 못하면 생산가능 인구 감소와 노인 빈곤 문제가 더욱 증폭되면서 가정경제 전반에 활력이 떨어지고 국가 사회적으로 상당한 부담으로 다가오게 된다. 신중년 세대는 우리나라 고도성장의 주역이다. 부모 부양과 자녀 양육의 이중고를 겪고 있는 마지막 세대로 노후 준비가 제대로 되어 있지 않아 맞춤형 지원이 절실한 인구집단이기도 하다. 이들의 평균 대학 진학율은 35퍼센트 수준이었다. 국가 산업이 고도로 성장하는 터라 취업을 원하기만 하면 자기 주도적으로 취업할 수 있었다. 그러나 퇴직을 앞둔 신중년을 맞이하는 사회는 그들에게 쉽사리 재취업기의 기회를 주지 못한다.

이들이 받는 연금은 월 평균 55만 원 수준이라고 한다. 이 수준으로 기초 생활도 유지할 수 없다. 삶을 위해서 적지만 소득이 있는 일을 해야 한다. 현직에서 퇴직은 했지만, 은퇴 없이 계속 일해야 하는 당위성이기도 하다. 그러나 이들을 필요로 하는 일자리가 없다. 스스로 뭔가를 찾아 나서야 한다. 그나마 조금이라도 준비가 되어 있다면 2~3년은 버틸 수 있으나, 전문성이 없는 영역이라면 준엄한 경쟁 사회에서 자연도태되고 말 것이다. 2막 인생을 대기업이나 신의 직장에서 근무했다고 3막 인생의 일자리가 자동적으로 주어지는 것도 아니다. 그 흔했던 전관예우도 김영란법으로 사라졌다.

한 대기업에서는 퇴직한 선배와는 업무협의를 하지 말라는 지침도 있다고 한다. 수년 간의 경험과 화려한 경력이 있다 해도 인정받지 못하는 것이 퇴직 이후의 실상이다. 인생 3막, 이제 새로운 환경에 도전해야 한다. 자신이 가진 역량으로 험난한 파고를 헤쳐나가야 한다. 후배들과 나눌 수 있는 나만의 가치 있는 경험이라도 가지고 있어야 한다.

인생 3막이 결코 짧은 시간이 아니다. 지나온 직업생활과 거의 맞먹는 기간이 될 수도 있다. 특히 눈앞에 다가온 4차 산업혁명은 삶의 패러다임을 근본적으로 바꾸도록 강요하고 있다. 더 이상 과거와 같은 안주(安住)를 허락하지 않는다. 4차 산업혁명 시대를 맞이하여 신중년이라는 신분으로 무엇을 어떻게 준비해야 할 것인가는 더욱 암담하다.

셰익스피어는 '경험이란 헤아릴 수 없는 값을 치른 보물' 이라고 했다. 구슬이 서 말이라도 실에 꿰어야 보배' 라는 속담도 있다. 학자 한 명이 은둔생활을 하면 도서관 1개가 없어지는 것과 같다' 고도 한다. 선배들의 축적된 경험은 재학습(relearn)에 필요한 중요한 자료일 뿐 아니라 후배들과 나눌 수 있는 중요한 지적자산(知的資産)이기도 하다.

2막 인생을 살며 축적된 신중년의 경험은 누군가에게는 꼭 필요한 보물일 수 있고, 실에 꿰어야 할 보배일 수 있고, 도서관에 보존되어야 할 가치 있는 기록일 수 있다. 이런 경험을 나누지 못하고 사라지게 한다면 개인은 물론 국가적으로도 큰 손실이다. 2막 인생에서는 절대적 빈곤보다 상대적 빈곤이 더 큰 상실감으로 다가왔지만, 3막 인생에서는 절대적 빈곤이 더 극복하기 어려울 수 있다. 일이 없어 절대적 빈곤의 굴레를 벗어나지 못한다면 이 또한 난감한 지경이 될 것이다. 건강 나이가 허락하는 한 신 중년은 뭔가 새로운 일에 도전해야 한다. 새로운 도전으로 어느 정도 소득으로 연결된다면 이 또한 행복한 선택이다.

필자는 2012년 말 대학에서 정년퇴직을 했다. 비교적 안정된 직장에서 35년 이상을 근무했다. 퇴직 후 일정액의 연금도 받고 있다. 인생 3막은 그럭저럭 살아갈 수 있다고 생각했다. 막상 퇴직하고 맞이한 사회는 너무나 달랐다. 퇴직 10년 전부터 은퇴 후의 삶을 준비 했지만 생각하고는 너무나 먼 현실이었다. 대학에서 강의한 내용을 바탕으로 여러 대학에서 프리렌서로 진로 취업 강의를 하며 3년을 보냈다. 2015년에 제자들과 함께 협동조합을 설립했다. 큰 자본금 없이 재지들의 제안에 나의 커리어를 더하여 '진취적인교육협동조합' 을 창업하여 올해로 만 5년이 경과 되었다. 큰돈은 벌지 못하지만 내가 가진 역량을 필요로 하는 후배들에게 나눠주는 의미도 있다.

'인생 3막도 일자리가 최고의 삶' 이다. 인생 3막을 준비하는 신중년이 일과 직업에 대한 궁금증과 호기심을 새롭게 자극하는 물음표(?)에 재학습(relearn)이라는 단어가 추가되어 느낌표(!)를 만들게 하고, 궁극적으로 일과 직업의 의미를 새롭게 깨닫는 '물음 느낌표(!?)' 를 이끌어 내어 답답했던 울타리를 벗어나 생동감이 넘치는 정글에서 인생 3막에 새롭게 도전하는 계기가 되기를 소망한다.

경영학 박사, 진취적인교육협동조합 이사장,
(사)한국멘토교육협회 부회장

새 아침의 가치

–강득형

새해 아침은 한 해의 시작이다. 새해 아침에 나는 연하장을 쓴다. 지난 한 해를 한 장으로 정리한 후 새 아침에 생각을 담아 지인들에게 보내드렸던 기억이 난다.

최근에는 소량만 만들어서 연초에 뵙는 분들이 있을 때 기념으로 드리기도 하였으나 이제는 나 자신에게 기록을 남기기 위해 쓴다. 요즘 연하장을 보내는 것은 전철에서 신문 읽는 사람 찾는 것보다 어렵게 느껴지는 현실이다. 새해가 되면 내가 왜 연하장 한 장에 이렇게 정성과 고민을 담아보려고 했을까 곰곰이 생각을 해보곤 한다.

중 · 고등학교 국어시간에 국어 선생님이 고시조 한 편을 가지고 한 시간 동안 그 시대 상황을 설명하셨던 생각이 난다. 고시조 저자가 당시 핵심어로 짧게 기록한 문장 속에서 우리가 글을 꼭 길게 쓰지 않아도 시대 상황과 자신의 심경을 표현하고 기록할 수 있다는 것을 생각해 보았다.

나도 나의 한 해의 고민을 짧게 압축해서 남겨보면 좋겠다는 생각을 해보았던 기억이 떠오른다. 또한 당시 우표 수집을 하면서 우체국에 가끔 갔었는데 한 해를 표현하는 독창적인 연하장들이 있었다. 한 해의 고민을 담은 편지 한 장과 연하장이 함께 한다면 먼 미래에 연하장 값도 오르고 시대정신도 담겨 있어서 훗날 더욱 가치가 올라가지 않을까라는 생각을 가져 보았던 기억이 떠오른다.

박수근 화백의 '빨래터'가 유명한 이유 중 하나는 6·25전쟁 이후 당시 서민들 삶의 모습 속에 시대정신의 가치를 담았기 때문이 아닐까…….

군대 가기 전에는 편지를 써보았던 기억이 나지 않는다. 군 입대 후에 부모님과 지인들에게 연락할 방법은 외출할 때 공중전화와 편지가 소식을 전할 수 있는 유일한 수단이었다.

1990년대 중반부터 천리안, 나우누리 등 인터넷을 사용하였지만 일반 시민들에게 보편화되지는 않았었고, 핸드폰이 보편화되기 전에는 '삐삐'라는 것이 있었는데 주로 간단한 음성 메시지와 전화번호 연락처를 남기는 정도의 수단이었다. 최근 영화 〈삼진그룹 영어토익반〉 배경이 1995년 당시 '삐삐'와 '공중전화'를 사용하던 모습의 시대상을 담고 있다.

"산업화는 늦었지만 정보화는 앞서가자"라는 어느 일간 신문의 캠페인 홍보 이후 우리나라는 IMF 사태를 맞이하였고, 김대중 정부에서 전 국민의 정보화를 위해 각 가정에 저렴하게 컴퓨터를 보급하였다.

당시 컴퓨터의 일반적 보급으로 문서와 우편 등을 메일로 보내기도

하였지만 새 아침이 밝아오면 일반 시민도 지인에게 연하장을 보내는 것이 흔하던 시절이었다. 국민 개개인이 1인 1폰 사회로 진화하는 과정 속에서 우리에게 익숙하던 편지 형식의 우편물이 서서히 줄어들게 된 원인 중의 하나였다고 생각한다.

전 국민이 스마트폰을 사용하면서 새로운 포노 사피엔스 시대를 맞이하였고, 인간의 뇌가 30배 이상 진화하였다고 한다. 오래전 유엔미래포럼 박영숙 대표의 강연 내용이 생각난다. 1980년생 이전과 이후 세대들의 가치관이나 의식이 많이 다르다는 내용이었는데 요즘 공감이 가는 것 같다.

지난해 상영한 〈82년생 김지영〉 영화의 내용은 자신의 가치를 찾아가려는 주인공의 모습 속에서 기성세대들의 희생정신과 확연한 '가치 차이' 가 발생한다는 것을 느껴 보았고, 영화를 본 많은 여성들도 공감을 한다는 말속에서 변화하는 시대 가치가 느껴진다.

지난해 『90년생이 온다』는 책이 화제가 되면서 시시각각 우리에게 빠르게 다가오는 세대 간의 변화는 새로운 시대 가치로 융합해서 진화해 갈 것으로 생각된다.

우리나라도 점점 자본주의가 고도화되고 있다는 생각을 해보았다. 경제소득 1만 불에서 2만 불 정도의 경제사회가 어느 나라나 인간미가 있다고 생각된다.

우리나라는 2017년 처음으로 '국민소득 3만 불 시대' 가 시작되었다.

국민 소득이 증가할수록 이성과 감성이 조화로운 사회로 진화해야 하는 시대적 과제가 우리 앞에 놓여있다.

인생은 공수래 공수거(空手來空手去)이다. 생전에 돈을 아무리 많이 가지고 있어도 영원히 가져갈 수 없다는 것을 대기업 총수를 보면 알 수 있다. 요즘 문화가 매장에서 화장으로 많이 바뀌고 있다. 이 세상에 많은 것을 남기고 싶은 게 인간의 욕망이라고 생각한다. 자신의 삶을 기록하고 지인들과 생각을 공유하는 것이 재산을 남기는 것보다 훨씬 우월하다고 생각하지만, 사람마다 각자의 가치 기준이 다르다는 것을 생각해본다.

현대사회는 스마트폰 사용 이전과 이후의 사회로 구분해질 것 같다. 스마트폰 사용 전에는 우편 등 편지를 주고받던 정情의 사회였다면 스마트폰 사용 이후의 사회는 모든 정보가 공유되는 새로운 뉴노멀(New Normal) 사회로 진화하고 있다.

올 초 신종 코로나바이러스 감염증(코로나 19) 팬데믹(전염병 대유행 최고 위험단계) 사태로 전 세계가 생존 위협의 영향 속에서 대면보다는 비대면(언택트)을 추구하는 사회로 진화하고 있다. 이 사회현상이 가능할 수 있는 매개체가 스마트폰의 대중화였다. 또한 일반인들에게 유튜브가 대중화되면서 대면으로 홍보하던 것을 비대면으로 홍보와 전달을 할 수 있는 새로운 영상 문화의 가치로 진화하고 있다.

올해 인공지능(AI)이 화두였다. 우리 앞에 성큼 다가온 인공지능의 출현 속에서 스마트폰과 컴퓨터의 진화 속도와 비례해서 인간의 감성도 점점 메말라가는 것 같다.

인류가 생존하기 위해서는 대면(휴먼터치)과 비대면(언택트)이 융합해야 하는 운명 앞에 인간만이 가진 정신과 따뜻한 마음의 가치가 더욱 소중하게 느껴지는 시대이다. 시시각각 변화하는 사회현상 속에서도 인간만이 가진 오감을 느낄 수 있는 향기 가득한 따뜻한 마음과 정성이 담긴 편지나 연하장이 그리워지는 시절이 아닐까 생각한다.

새해를 새롭게 시작하는 마음가짐으로 지난 한 해의 생각과 올 한 해 꿈을 한 장의 편지나 연하장에 담아 나만의 가치를 기록으로 남겨 보는 아침 어떨까요?

화가, 덕하물산 대표, 평생교육사, 문화예술교육사, 한국어교사, 사회복지사

장애인들과의 행복한 동행

–이은영

벌써 12월 1일이면 4년째가 된다. 2016년 12월 1일, 우리 회사에 '드림팀(Dream Team)' 이 공식 출범했다. 그냥 일반적인 회사조직이 아니고 오로지 장애인들로만 구성된 재택근무팀이다. 역시 장애인인 팀장 1명과 중증장애인 6명으로 구성된 장애인들이 하루 3시간씩 각자의 집에서 회사의 업무를 수행하고 있는 것이다. 이들이 집에서 수행하는 업무는 회사 채용인력의 온라인 리쿠르팅과 4대 보험 EDI를 통한 입·퇴사 신고 등 비교적 일상적인 인사지원업무를 수행하고 있다.

처음 장애인 드림팀을 만들게 된 이유는 사실 다른 데 있었다. 회사의 상용직이 500명이 넘어서자 회사에서는 커다란 고민이 생겼다. 상시 50명이 넘는 회사는 장애인을 의무적으로 고용해야 하고 장애인을 고용하지 못하면 장애인고용부담금을 벌금처럼 공단에 납부해야 한다. 우리 회사도 예외는 아니어서 연간 2억이 넘는 미고용 부담금을 납부하게 되었던 것이다.

어느 날 회사의 대표께서 이 건을 경영상의 최대 이슈로 꺼내게 되었고 어떻게 해서든 장애인을 고용해보자고 의견을 모았다. 직접 현장에서 일할 수 있는 장애인을 채용하려고 여기저기 광고도 내보았고 채용

박람회에도 참석해 보았지만, 장애인을 고용하여 현장 업무에 투입한다는 게 그리 만만하지 않다는 것을 곧 알게 되었다. 장애의 형태에 따라 현장 업무에 지장도 많았고 산재 사고도 많을 뿐만 아니라 매일 출퇴근하는 것조차도 장애인들에게는 쉽지 않은 일상이었다. 또한, 수시로 재활 치료를 받아야 하는 장애인들의 특성상 상시 현장 업무에 배치한다는 게 서로에게 큰 부담이 된다는 것도 알게 되었다.

그러던 중 우연히 교통사고로 후천성 장애를 갖고 있는 한 분을 만나게 되었다. 한때는 사업도 꽤 크게 하셨던 분인데 뜻하지 않은 사고로 사업도 다 접고 재활 치료와 장애인 활동보조인으로 오히려 장애인들을 돕고 계신 분이었다. 그분과 이러한 고민을 털어놓고 어떻게 하면 좋을지 이야기하던 중에 '중증장애인의 재택근무를 통한 일자리"' 에 뜻이 모아지게 되었다. 그분도 이제 남은 생에 100명의 장애인을 취업시키는 것이 목표라고 하시며 더 적극적으로 참여의사를 전해왔다. 그래서 필자는 '드림팀' 에 대한 구상을 구체화하게 되었고, 그 분을 드림팀장으로 영입하여 장애인 복지관, 재활센터 등을 찾아다니며 인터넷으로 재택근무할 수 있는 중증 장애인들을 채용하게 되었다. 함께 일할 수 있는 6명의 장애인을 채용하여 직무교육을 시켜 2016년 12월 1일부터 재택업무를 시작하게 된 것이다.

평상시 장애인들을 접해보지 않았던 필자로서는 중증의 장애인들을 면접 보면서 이분들이 과연 일을 할 수 있을까 의심하기도 하였다. 장애인들을 소개시켜 준 종로복지관의 사회복지사도 쉽지 않을 거라고 조언하면서 이분들의 직무교육에 함께 참석하여 장애인 입장에서 교육이 잘 진행될 수 있도록 도움을 주었다. 꽤 추웠던 그 날 장애인들을 직접 교육장에 데리고 오신 부모님, 장애인의 활동보조인들도 모두 교육에 함께 참석하여 열의를 보였다. 처음엔 그분들도 이 업무가 성공될 수 있을지 깊은 우려를 가졌던 것으로 보인다.

그렇게 우려와 관심 속에 드림팀이 출발한 지 벌써 4년이 된 것이다. 그들의 재택근무는 아침 6시부터 밤 10시 이전에 회사에서 내려준 일정한 업무를 언제든 3시간 이내에서 집에서 자유롭게 수행하면 된다. 한 팀은 온라인 구인·구직 사이트에 접속하여 회사에서 상시 채용하고 있는 인재를 찾아 우리 회사 채용담당자에게 보내주면 되고, 또 한 팀은 입·퇴사가 빈번한 현장 근로자들의 4대 보험 가입·탈퇴 업무를 사회보험 EDI에 접속하여 신고해주는 회사의 인사담당자의 일상적이고 반복적인 업무를 지원하고 있다.

1년에 2번 장애인들과 한자리에 모여 간담회를 갖고 있다. 처음에는 분기별로 한 번씩 가지려고 계획했지만 중증장애인들은 모이는 것도 큰 일이라는 것을 알게 되었다. 부모나 활동보조인이 동행해야 하고 개인 차량이 없는 경우는 일반 대중교통으로 모인다는 것은 그들에게도 큰 스트레스라는 것을 알게 되었고 그래서 이제는 봄, 가을 두 번만 간담회에 모이고 있다. 이제는 업무도 제법 익숙해져서 추가적인 교육도 필요 없게 되었다.

그런데 드림팀 직원들과 함께 일하며 필자는 생각지도 못한 큰 의미를 갖게 되었다. 처음 교육할 때는 말도 힘들고 표정도 어둡고 행동도 쉽지 않았던 장애인들이 이젠 한자리에 모이면 수다도 늘어나고 표정도 무척 밝아졌으며 휠체어 없이 보조기를 차고 조금씩 걷기 시작했다고 하며 기뻐하는 장애인도 있었다. 장애인들과 함께 간담회에 참석한 어머니의 말씀이 나에겐 정말 큰 힘과 보람이 되고 있다.

"우리 아이가 아침에 일어나면 컴퓨터 앞에 앉아 회사 일해야 한다고 해요. 예전에는 일어나지도 않으려고 하던 아이가 정말 달라졌어요. 재활센터에 데리고 가면 보는 사람마다 자기도 회사에 취직해서 일한다고 엄청 자랑하고 다녀요. 정말 이런 게 직업 재활이라고 생각합니다. 이 일이 영원히 없어지지 않았으면 좋겠어요" 장애인 근로자에게 월급은 잘 받느냐고 물어봅니다. 작은 월급이지만 그 돈을 어디에 쓰는지도 물어봅니다. 힘들게 표현하는 말에 마음이 울컥하기도 합니다. "엄마 용돈도 드리고요, 저축도 하고요, 맛있는 것도 사 먹는다"고 합니다.

필자는 이 일을 계기로 장애인들을 다시 생각하게 되었다. 장애인들에게 일자리가 얼마나 중요한지를 알게 되었고 그것이 그들에게는 희망이고 삶의 기쁨이라는 것도 알게 되었다. 그래서 본격적으로 장애인의 일자리를 찾아주는 '장애인고용지원' 서비스를 해보기로 마음먹었다.

"조인스위드(JoinsWith)"라는 장애인고용지원팀을 사내에 만들어 장애인을 고용하고자 해도 어떻게 고용해야 하는지 어떻게 함께 일할 수 있는지를 고민하는 회사들에게 장애인 직무를 개발하고 적극적으로 고용하도록 제안하는 일에 나서기로 하였다. 재택근무를 하는 근로자가 늘어나다 보니 출퇴근 근태관리, 연차휴가관리, 급여관리, 업무보고 및 의사소통을 제공하는 프로그램도 필요하여 개발하여 제공하게 되었다.

장애인고용 재택근무와 관련한 각종 인사노무 컨설팅도 진행하고 있다. 장애인복지관, 일자리 지원센터 등과도 협력하여 더 많은 장애인이 일할 수 있는 기회를 만들어가려고 협력하고 있다. 요즘같이 코로나19로 인한 비대면 업무가 늘어나고 있는 시점에 중증장애인을 적극 활용하여 일자리를 늘리는 것도 기업과 장애인 모두에게 좋은 기회라고 생각한다.

우리나라에 전체 장애인이 259만 명이라고 한다. 전 국민 20명 중에 1명은 장애인인 것이다. 우리는 이들과 더불어 살아가고 있다. 경증 장애인들의 취업률은 그래도 꽤 높은 편이지만, 중증 장애인들의 취업률은 20%에도 못 미친다고 한다. 이들에게 일자리를 찾아주는 것은 가장 큰 복지이며 재활이고, 행복한 동행임을 일을 통해 깨닫게 된 것이다. 나를 통해 1,000명의 장애인이 취업하는 새로운 꿈을 갖게 되었다.

(주)조인스에이치알 상무

잊지 못할 내 삶의 한 순간

초판 1쇄 인쇄 | 2020년 12월 3일
초판 1쇄 발행 | 2020년 12월 8일

지은이 | 가재산 외 55명
펴낸이 | 김용길
펴낸곳 | 작가교실
출판등록 | 제 2018-000061호 (2018. 11. 17)

주소 | 서울시 동작구 양녕로 25라길 36, 103호
전화 | (02) 334-9107
팩스 | (02) 334-9108
이메일 | book365@hanmail.net
인쇄 | 하정문화사

ISBN 979-11-967303-7-6 03810

* 책값은 뒤표지에 표기되어 있습니다.
* 잘못 만들어진 책은 구입처에서 교환해 드립니다.